KB272729

상검 6
이현 新무협 판타지 소설

초판 1쇄 찍은 날 § 2003년 5월 21일
초판 1쇄 펴낸 날 § 2003년 5월 30일

지은이 § 이현
펴낸이 § 서경석

편집장 § 문혜영
편집책임 § 박영주
편집 § 장상수 · 유경화
마케팅 § 정필 · 강양원 · 이선구 · 김규진 · 홍현경
펴낸곳 § 도서출판 청어람
등록번호 § 제1081-1-89호
등록일자 § 1999. 5. 31
어람번호 § 제2-0211호

주소 § 경기도 부천시 원미구 심곡1동 350-1 남성B/D 3F (우) 420-011
전화 § 032-656-4452 팩스 § 032-656-4453
http://www.chungeoram.com
E-mail § eoram99@chol.net

ⓒ 이현, 2003

값 7,500원

ISBN 89-5505-698-2 04810
ISBN 89-5505-591-9 (SET)

商劍

이현 新무협 판타지 소설

6 웅비(雄飛)

도서출판 청어람

목 차

제6권 웅비(雄飛)

제1장

난세(亂世)의 어느 하루

북경성의 좌안문(佐安門)을 나온 행렬은 계속 남으로 달렸다.

전후좌우 도검으로 무장 수행원들이 탄 수십 기의 기마 무인이 호위하는 행렬의 가운데는 육두마차가 있었고 멀찍이 전방에는 날카로운 눈매의 십여 기의 기마 전초가 사위를 경계하며 가고 있었다.

'싸움을 중단해야 해.'

마차 안에 홀로 자리 잡고 앉은 교평천은 뭔가에 쫓기는 듯한 다급한 표정이었다.

보타 신니로부터 광동 상방 총행두 위진해가 자신과 만나 단판을 짓고 싶다는 얘기를 처음 전해 들었을 때만 해도 상대의 진의를 몰라 반신반의했었다. 하지만 그간의 모든 전개 과정을 되돌아보니 의심스러운 구석이 한두 가지가 아니었다.

'분명 누군가 있다.'

지금 자신과 싸움을 벌이는 상대는 위진해뿐만이 아니었다.

서로 간의 입장을 확인하고 회담이 성사되기까지는 보타 신니가 적극적으로 나서서 중재를 했고 그를 위해 수십 차례 전서구가 오가며 그간의 사건들이 하나하나 진실을 밝히고 있었다.

위진해가 벌인 싸움이 아니었다. 누구도 모르는 제삼의 그물이 두 사람을 조이고 있었는데 둘만 몰랐다.

그러고 보니 그간 이상했던 점은 그것뿐이 아니었다.

두 상방에서 동원한 중소방파의 고수들 수백이 죽어 나갔는데도 무림맹에서는 단지 이성을 되찾고 싸움을 중단하라고만 했을 뿐 더 이상 적극적인 개입을 하지 않았다.

광동 상방이 동원한 고수들 중에 마교의 무리들이 끼어들었다는 정보만 흘려도 무림 전체가 흔들리고 무림맹이 동원되어 광동 상방이 사면초가에 빠질 것이라는 계산은 그야말로 싸움의 실체조차도 몰랐던 자신만의 탁상공론이었다. 각대문파들은 둘로 나뉘어 지지하는 상방을 위해 서로 편들기에 바빴지만 정작 결정을 해야 하는 무림맹에서는 팔짱만 끼고 있었다.

무림에 산서 상방의 피해를 부각시키고 광동 상방의 잔혹성을 부각시킬 목적으로 일부러 몇 곳의 공소가 끔찍이 당하도록 만든 자신의 고육지계가 무색할 지경이었다.

그런데 그 모든 것의 뒤에 다른 세력이 있었다.

그가 위진해를 만나 담판 짓는 것에 동의한 것도 그런 모든 사실을 종합한 결론이었다.

"포구에 도착했습니다."

밖에서 그의 수하가 먼저 내려 마차 문 앞에 서서 공손히 말했다.

영정하의 물길을 타고 내려가 양주를 지나 장강 줄기를 타고 대해로 빠지면 영파 바로 앞바다에 있는 보타산으로 갈 수 있었다. 늘 그렇듯 포구에는 수십 명의 관병들이 나와 배를 타기 위해 대기하는 수백 명의 사람들을 정리해 검문하고 있었다.

"썩 물렀거라!"

"저리 가지 못하겠느냐!"

교평천 일행이 포구에 닿자 호위무사들은 말을 몰아 사람들을 한구석으로 밀어냈다. 영문을 모르는 사람들은 대단한 관리의 행차라도 있는 것으로 짐작하고는 아무 소리도 못하고 밀려났다. 관병들도 미리 기별을 받은 듯 손수 나서서 교가장의 무사들과 함께 주변 잡인들을 한곳으로 몰아 정리를 도와주었다.

포구에는 미리 준비시켜 둔 세 척의 배가 대기하고 있었는데 그중 두 척은 미리 도착했던 호위무사 일백여 명씩을 태우고 이미 강 위에 떠 있었고, 교평천이 타기로 한 마지막 배만 접안 중이었다.

강 위에는 수송선과 거룻배를 포함한 십수 척의 배가 교평천 일행의 위세에 눌려 여기저기 흩어져 물 위를 오가며 어서 그들이 포구를 떠나주기만을 기다리고 있었다.

배와 육지를 연결하는 커다란 부교가 내려지자 몇 명의 호위무사들이 먼저 배에 올랐고, 이어 교평천이 탄 마차가 부교 위로 말을 달래가며 오르는 순간이었다.

거룻배 한 척이 배를 향해 다가왔다.

죽립을 쓴 사공은 사람들이 교평천 일행에게 신경 쓰는 틈을 타 서서히 배로 접근했다.

"물러가라."

배 위에서 그를 발견한 호위무사가 사공을 향해 눈을 부라리며 말했다. 하지만 죽립인은 들은 체도 않고 계속 배를 접근시켰다.

"아니, 저놈이!"

호위무사는 재빨리 몸을 날려 거룻배로 날아 내렸다. 그는 교평천 직속 호위인 삼십육천강(三十六天罡) 중 한 명인 화중이라는 자였다. 마치 한 마리 학이 강가에 내려앉듯 날렵하고 경쾌한 동작으로 보아 그의 무공 수위가 결코 만만치 않음을 보여주었다. 거룻배는 이미 교평천의 배에 거의 닿아가고 있었다.

"헛!"

화중이 미처 거룻배에 내려서기도 전에 죽립인은 몸을 날려 뭍으로 달아났다. 물 위에서 날듯이 몸을 빼는 등평도수(登萍渡水)의 한 수는 오히려 화중의 위라 할 수 있을 정도였기에 그는 직감적으로 불길한 예감을 느꼈다. 하지만 그를 더욱 놀라게 한 것은 거룻배에서 나는 매캐한 화약 냄새였다.

"으헉!"

그는 크게 놀라며 재빨리 경공을 전개해 허공으로 솟구쳤지만 이미 늦었다.

쾅! 쾅! 쾅!

수백 수천 근의 화약이 일시에 폭발하는 듯 거대한 물기둥이 솟아오르며 화중과 거룻배가 형체도 없이 사라진 것은 물론이었고 교평천의 배도 무사하지 못했다.

"으아악!"

폭발로 부서진 배의 파편과 찢겨진 인육덩어리가 사방으로 날았고 그나마 직접 타격을 면한 호위들도 폭발의 위력에 추풍낙엽처럼 이리

저리 처박히며 비명을 터뜨렸다.

부서진 것은 그 배뿐이 아니었다.

쾅! 쾅! 쾅!

다른 두 척의 배도 기습을 받았는지 거의 동시에 폭발하며 물기둥에 휘말렸다.

영정하에는 평소에도 거룻배들이 적지 않았기에 배에 타고 있던 호위들이 가까이 접근하는 거룻배에 신경 쓰지 않은 것이 실책이었다. 두 척의 배는 폭발과 함께 즉시 물속으로 가라앉았다.

교평천도 무사하지 못했다.

폭발은 마차가 막 부교를 건너 배에 도착한 직후에 일어났기에 그는 미처 마차에서 내리지도 못한 상태였다. 폭발의 충격으로 마차의 한 부분이 떨어져 나가며 교평천의 머리를 쳤고 그는 피를 흘리며 마차 밖으로 튕겨져 나딩굴었다.

"총행두!"

뭍에서 배를 타려고 기다리던 호위 중 다치지 않은 자들이 배 위로 달려 올라왔다.

"총행두님을 보호해라!"

"자객을 경계해라!"

급박한 호위들의 말소리가 사방에서 터져 나왔고 여기저기에서 검을 빼 든 호위들이 교평천 주위를 급박하게 오갔다.

다행히 그는 크게 다치지 않았다.

겉에서 보기에는 알 수 없지만 그의 마차는 안전을 고려해 철골로 틀을 만든 후 중요 부위에 철판을 덧대었기에 큰 폭발에도 불구하고 일부만 찌그러졌는데, 교평천의 이마를 친 것은 떨어져 나간 마차의 장

식물로 상처가 그리 크진 않았다. 미처 마차에서 내리지 못한 것이 그로서는 행운이었다.

수십의 호위들이 도검을 빼 들고 흉흉한 기세로 사위를 경계하는 가운데 교평천은 호위들에 둘러싸여 배에서 내렸다.

"장원으로 돌아간다!"

호위 중 긴 흰 수염을 휘날리며 한 노인이 소리쳤다.

그는 무상검(無常劍) 척경남(戚硬男)이란 자로 삼십육천강의 수좌였다. 삼십육천강의 절반은 이미 폭발로 죽거나 다쳤기에 불과 십수 명만이 그의 지시에 따라 교평천을 호위하며 말을 달렸다.

"물렀거라!"

검은 연기가 일시에 뒤덮은 포구는 갑작스런 폭발에 영문을 모르는 선객이며 관병들이 우왕좌왕하는 통에 아수라장이 되어 있었다. 다친 이마를 흰 천으로 동여맨 교평천을 등 뒤에 태운 호위의 앞뒤로 다른 호위들이 섰고, 그들은 다급하게 채찍을 휘둘러가며 길을 텄다.

"으악!"

질풍같이 말을 몰아 포구를 막 벗어나 숲길을 지날 무렵 어디선가 강궁이 날아와 호위들을 노렸고 앞장서서 말을 달리던 호위 하나가 말에서 굴러 떨어졌다. 비명을 시작으로 수십 발의 강궁들이 호위들을 노리고 날아들었다.

"으아악!"

호위 하나하나가 특급고수로 이루어진 경호 부대였지만 수십 발의 강궁을 모두 쳐낼 수는 없었다. 달리는 동안 계속해서 호위들이 차례로 철시(鐵矢)에 꿰뚫리며 말에서 떨어졌다. 하지만 북경성까지는 최소한 반 시진은 족히 달려야 했기에 그들은 동료의 죽음에도 아랑곳 않고 거칠게 말을 몰았다.

많은 사상자를 낸 끝에 숲길을 겨우 벗어나니 호위무사들의 수는 겨우 일곱으로 줄어 있었다.

멀리 성문이 보이자 일행은 더욱 박차를 가해 말을 달렸다.

"총행두님이시오! 기습을 당했소!"

멀리서부터 척경남이 소리를 지르며 말을 몰아 다가가자 관병들이 그를 알아보고는 재빨리 물러서며 통과를 시켰다.

"물렀거라!"

그들은 성안에 들어서서도 속력을 줄이지 않고 말을 몰았다.

요란한 말발굽과 고함에 놀란 길 가던 행인들은 황급히 길가로 비켜섰고 기마들은 그 사이를 쏜살같이 달리니 황도는 말발굽 소리와 비명 소리로 아수라장이 되었다.

교가장이 저 멀리로 보이는 곳에 이르자 갑자기 길가 건물 주위에서 수십의 인영들이 내려서며 호위들을 공격했다.

"으악!"

대낮 황도의 성안에서 적이 공격할 것이라고는 전혀 예상하지 못했던 호위 둘이 등에 각각 검을 맞고 말에서 굴러 떨어졌다.

"아니, 저건!"

추명이었다.

무영 덕분에 어찌어찌 곤륜파에 가입한 그는 북경 분타의 설립을 책임지고 추진하라는 풍요립의 지시로 여전히 북경에 남아 있다가 우연히 그 광경을 목격했다. 한곳에 자리를 깔고 앉아 있는 성격이 아니라 하루 종일 밖으로 쏘다니며 사람을 만나고 정보를 수집하는 것이 그의 일과였는데 오늘 운 좋게(?) 엄청난 광경을 본 것이었다. 추명이 본 것은 말 달리며 달아나는 기마들과 그 뒤를 쫓는 백여 명의 무인들이었다.

'무슨 곡절이 있다.'

추명은 그 무리의 뒤를 따랐다.

'이상한데?'

그가 보기에 흑의인들은 말을 달려 달아나는 일행을 충분히 제압할수 있을 정도의 무공을 지닌 자들이었다. 하지만 그들은 뒤를 바짝 쫓으며 간간이 한 명 한 명 격살시키는 것 외에는 적극적인 공격을 하지않고 있었다.

"문을 열어라!"

척경남의 외침에 호위의 등 뒤에 매달려 있는 교평천을 알아본 정문의 수문무사들이 황급히 문을 열자 겨우 세 기만 남은 기마는 순식간에 장원 안으로 빨려 들어갔다.

"으아악!"

정문의 수문무사들도 추적자들을 보았기에 재빨리 문을 닫으려고했지만 추적자들이 더 빨랐다. 갑작스런 암기세례에 수문무사들은 순식간에 고슴도치가 되어 쓰러졌다.

"쳐라!"

선두에 선 자의 외침에 따라 추적자들이 안으로 쏟아져 들어왔고 그들이 지나간 자리에는 이미 시체가 되어버린 십여 명의 수문무사들만남았다.

추명은 교가장이 잘 내려다보이는 나무에 올라앉았다.

별도의 높은 담이 쳐진 장원의 내원까지는 볼 수 없지만 그런대로외원의 안까지는 잘 보이는 전망이 괜찮은 곳이었다.

"으악!"

교가장 안에서도 한 무리의 무인들이 쏟아져 나오며 앞장섰던 몇몇 흑의인들이 목숨을 잃었다. 그런데 공격자들의 수가 점점 늘어나고 있었다. 추명이 자리 잡은 나무 밑으로 다시 이삼백에 이르는 많은 수의 흑의인들이 지나더니 교가장의 문을 지나쳐 안으로 들어갔다.

'어려워.'

나무 위의 추명은 고개를 저었다. 내원 입구를 막아섰던 교가장의 호위들이 일시에 무너지며 그대로 안쪽으로 밀리는 것을 보았기 때문이다.

'이쯤이면 되겠지.'

동창의 번자수(番子手:말단 포졸, 밀정) 송응은 황궁의 정문인 오문에서 멀지 않은 곳에 섰다. 다행히 성문을 지키는 병사들은 군기가 들었는지 정면만 뚫어져라 쳐다보고 있었기에 그에게 눈길을 주는 자는 없었다. 바닥에 보퉁이를 내린 그는 돌아서서 겉옷자락으로 가리고는 얼른 화섭자로 보퉁이 한구석에 삐져 나온 심지에 불을 붙였다.

치치치칙!

심지에 불꽃이 붙자 그는 재빨리 자리를 떴다.

돌아서는 그의 표정에는 큰 짐을 던 푸근함이 보였다.

"은자 오천 냥이면 되겠지?"

어젯밤 송응의 집을 찾은 낯선 남자 하나가 은원보 한 보퉁이를 그의 앞에 내려놓으며 한 말이었다. 또 다른 보퉁이 하나가 그의 앞으로 밀쳐졌다.

"벽력탄이지. 내일 오시(午時:12시 전후)경이 될 걸세. 오문 근처에서 이걸 터뜨려 주기만 하면 되네. 신호를 기다리다가 남문 쪽에서 붉은 화전이 하늘로 올라가면 심지에 불꽃을 붙이게."

"아, 아니, 황궁 바로 앞에다 벽력탄을!"

송응은 너무 놀라 말을 잇지 못했다.

"사람이 다치는 일도 아니고, 그저 오문 멀찍이서 심지에 불꽃만 붙이는 일이야. 화섭자로 불만 붙이는 일로 은자 오천 냥을 받을 수 있는데 거절하겠나? 자네 아니라도 이런 일을 할 한량들은 성안에 널리고 널렸네. 굳이 자네를 택한 것은 내 눈에 가장 먼저 띄었기 때문이야. 복이 많아 돈벼락을 맞은 셈이지."

등잔불에 어리는 거무튀튀한 표정으로 보아 상대가 역용을 했다는 것은 쉽게 알 수 있었다.

"음!"

송응은 마른침을 삼켰다.

'사람을 죽일 필요도 없고 단지 폭탄 심지에 불만 붙이는 일이 은자 오천 냥!'

친지들에게 사정하다시피 해서 어렵게 구한 은자 삼십 냥으로 얻은 번자수 자리였다. 그가 건달만 아니었다면 친지들도 그렇게 큰 액수를 쉽게 추렴해 주지는 않았겠지만, 집안에서도 워낙 막돼먹은 짓을 해온 그였기에 마지막이라는 단서를 붙여가며 사정 반 협박 반 섞어가며 어르자 모두들 몇 냥씩 보탠 덕분이었다. 그렇게 모은 은자 삼십 냥을 싸들고 평소 안면이 있는 당아두(檔兒頭:동창 십장)에게 부탁해 얻은 번자수 자리는 한 달이면 원금의 몇 배는 충분히 뽑을 수 있다는 말이 있을 정도로 짭짤한 자리였다.

은자 오천 냥!

아무리 위험 부담을 고려하더라도 평생 만져 보기 힘든 거금이었다.

송웅의 손이 슬그머니 은자 보퉁이로 갔다. 일을 맡겠다는 간접적인 표현이었다.

"잠깐!"

상대의 말에 그는 흠칫 놀라 얼른 손을 거두었다.

"또 뭐요?"

무안해진 그가 다른 조건이 또 있나 해서 물었다.

"만일 실패하면 죽음일세."

방 안에 싸늘한 살기가 흘렀다.

"알고 있소."

그만한 생각도 없이 손을 뻗은 것은 아니었다.

일면식도 없는 놈이 찾아와서 은자를 오천 냥이나 들이밀 때는 상대도 허술하지 않을 것이라는 것은 굳이 말하지 않아도 알 수 있었다. 아마 자신에 대해 사전에 충분한 조사를 마친 놈이 틀림없었다.

자신이 절대 거절하지 않을 것이라는 것도.

"좋아."

상대는 그 말만 남기고 연기처럼 어둠 속으로 사라졌다.

방 안에는 보퉁이 두 개가 그의 앞에 남았다. 하나는 은원보가 든 것이고 다른 하나는 벽력탄이었다.

"까짓것, 황제를 암살하라는 것도 아닌데."

더 이상 갈등은 필요없었다.

상대는 자신이 은자만 들고 튈 경우도 충분히 대비했을 것이고 일에 실패했을 경우도 준비해 두었을 것임은 불문가지였다. 이미 승낙한 이상 할 일을 똑바로 하는 것만이 그가 죽지 않을 수 있는 길이었다. 아마 거절을 했더라면 이미 이 자리에 죽어 있었을 테지만.

'아까 본 그 화전이 어제 약속했던 그 신호가 맞겠지?'

송웅은 혹시나 하는 마음에 그런 생각을 하며 걸음을 빨리했다. 하나뿐인 모가지가 걸린 일이었다.

쾅!

벽력탄은 송웅이 대로를 건너 골목 사이로 사라질 무렵 정확하게 폭발했다.

"뭐냐?"

"적이다!"

오문의 수비병들이 당황하며 우왕좌왕하는 사이 황궁 안에 잠복하고 있던 대내 고수들이 일제히 성벽 위로 모습을 드러내 번뜩이는 눈매로 사방을 훑어보며 궁문 주변을 철통같이 에워쌌다.

"성문을 닫아라!"

누군가의 지시에 의해 병사들이 육중한 성문을 닫았고 뒤이어 도착한 금의위 병사들과 동창의 고수들이 성벽 위 곳곳에서 속속 모습을 드러냈다.

둥. 둥. 둥. 둥.

긴급 상황을 알리는 북소리가 사방으로 울려 퍼지는 가운데 급박한 병사들의 발소리가 이어지더니 갑옷을 입은 황제 직속의 어림군들이 줄줄이 투입되었다. 잠깐 사이에 황궁은 개미 한 마리 얼씬거리지 못할 정도의 철옹성이 되었다.

"누, 누가 쳐들어왔느냐?"

황제는 손을 벌벌 떨며 내관에게 물었다.

지난번 달단이 십만 기병을 몰아 황성을 포위하고 있다고 들었을 때도 이렇게 가까이서 폭음이 들리지는 않았다. 그때는 자신이 황제로 등극하기 전이었기에 그저 궁인들을 통해 돌아가는 소식이나 묻는 것이 고작이었다.

"소신이 즉시 알아보겠나이다."

새파랗게 질린 내관이 종종걸음으로 나갔다.

곧 이어 제독동창이 내관과 함께 들어왔다.

"무슨 소란인가?"

"지금 오문 근처에서 벽력탄을 터뜨린 놈들이 있다고 합니다. 아무래도 모반을 꾸미고 있는 놈들이 황궁을 공격해 민심을 혼란케 할 목적으로 벌인 짓이 틀림없습니다."

제독동창이 출동했던 지휘관을 통해 알아본 바로는 그냥 폭발물만 터졌고 주변에 개미 한 마리 얼씬거리지 않는다고 했지만, 이번 기회를 이용해 그동안 찍어두었던 대신 몇몇을 정리해야겠다는 생각을 했기에 살을 붙였다.

'음, 병부시랑 그놈도 기분 나쁘고 형부상서도…….'

황제의 반응을 곁눈질하며 재빨리 그는 이번 사건과 연관 지어 잡아들일 몇몇 대신들을 떠올렸다. 일단 죄를 뒤집어씌워 놓고 물고를 틀면 매에 버티는 장사가 없었고, 간혹 끝까지 입을 다무는 놈들이 있기는 했지만 조금만 신경을 써 적당히 증거를 만들어두면 아무런 하자가 없었다.

이런 기회를 놓치면 바보라는 소리 듣기 십상이었고, 누군가를 잡아들이지 못한다면 그건 곧 자신의 무능으로 이어질 수 있었다. 물길이 시원하게 뚫리지 못해 흐름이 좋지 않은 곳에서는 수시로 도랑을 쳐주어야 물이 넘쳐 나지 않는 법이었고 그 틈에 가재 몇 마리를 잡는다고 해서 죄가 되는 일은 아니었다.

"모반? 아니, 이런 태평성대에 모반이라니, 그 무슨 얼토당토 않은 소리인가?"

황제가 화들짝 놀라며 눈을 크게 떴다.

'멍청한 놈.'

각지에서 크고 작은 민란이 끊이지 않는 이런 시기를 태평성대로 알고 있는 황제가 한심하게 생각은 됐지만 굳이 내색해 심기를 건드릴 필요는 없었다.

"이미 동창에서 수사하고 있는 사건 중에 미처 보고드리지 못한 것이 있사옵니다. 아직 모반과 관련이 있다는 물증이 없어 행동을 취하지 못하고 있는 형편인데 이미 관련자는 어느 정도 파악을 하고 있다고 들었사옵니다."

"물증은 무슨 물증! 벽력탄에 황궁이 무너져도 물증이 없으면 아무 조치도 취할 수 없다는 겐가? 그런 괘씸한 놈들은 당장 잡아들이도록 하라! 증거는 잡아놓고 족치면 나올 것이 아닌가? 어찌 그대는 그리도 답답한가!"

젊은 황제는 이마에 핏줄까지 불끈거리며 노한 목소리로 말했다.

주색만 탐하다가 지병이 악화돼 골골거리던 선대 황제는 충신의 아들에게 주어버린 만년설삼을 아까워하며 눈을 감았고, 그 뒤를 이어 권좌를 물려받은 지금의 황제는 얼마 되지도 않았기에 아직 확실히 자리를 잡지 못하고 있었다. 굳이 과거사를 들추어보지 않아도 이런 시기

가 가장 위험하다는 것은 잘 알고 있었기에 다른 일도 아니고 모반과
관련된 일에는 조금의 관용도 보일 수 없었다.

"황공하옵니다. 이 모든 것이 소관의 불찰인 듯하옵니다. 즉시 잡아
들이도록 하겠습니다."

돌아서는 제독동창의 입가에 은은한 미소가 번졌다.

증거도 필요없고 무조건 잡아들이기부터 하라니 이보다 더 확실한
결제가 어디 있다는 말인가?

'음, 몇 놈 추가해야겠군.'

일단 역모 사건으로 피바람을 일으키면 잘 봐달라며 한 보따리 싸들
고 오는 눈치있는 놈들도 제법 있게 마련이었다. 경험상 이번 일은 질
질 끌며 두고두고 뿌리를 뽑아야 확실한 한밑천이 보장되었다.

"교가장이 기습을 받고 있다며 지원군을 보내달라는 비상 연락을 보
내왔습니다."

그가 수족처럼 부리는 환관 하나가 와서 말했다.

"뭐라고? 대체 어떤 놈들이기에 백주에 황제 폐하께서 계시는 도성
안에서 칼부림을 일으킨다는 게냐?"

"황궁의 모든 문이 폐쇄되었기에 더 이상 연락을 주고받을 길이 없
는지라 아직 자세한 정황을 파악하지 못하고 있습니다."

"음!"

제독동창은 고민에 빠졌다.

자신의 직권으로 궁문을 열고 내원 고수를 보내 도울 수도 있겠지만
지금은 상황이 너무 좋지 않았다. 황궁 앞에서 폭발물이 터진 상황에
서 사사로이 병력을 내보내 교가장을 돕는다면 자칫 훗날 자신의 명줄
을 자르는 단초가 될 수도 있었다. 그동안 교평천이 자신에게 대한 것

으로 따지자면 수백 번이라도 도울 생각이 있지만 지금은 아니었다.

"일단 대내 고수 십여 명만 보내라. 지금은 병력을 뺄 수가 없는 상황이 아니더냐? 혹시 모반을 꾀하는 무리가 소요를 일으키려는 것이라면 백성들이 혼란에 빠질 우려가 있으니 군영에 기별을 넣어 병력을 급파하도록 하고."

이 정도면 이런 비상시국에서 자신의 할 도리는 다 한 셈이었다.

'아니!'

폭발음의 진원지는 분명 황궁 쪽이었다.

추명이 폭음을 들은 것은 교가장 내원 쪽에서 도검 소리와 비명 소리가 귀를 찢자 안으로 들어가 볼 것인가, 아니면 이곳에 남아 지켜볼 것인가를 망설이고 있을 무렵이었다. 숨어들어 가 살펴보고 싶은 마음이야 굴뚝같았지만 공격한 자들의 무공이 워낙 높아 보여 추명도 두 명 이상은 감당하기 어렵다는 생각이 그의 발목을 잡고 있었다.

폭발한 장소를 어림잡아 보니 자금성의 정문인 오문 근처였다. 마치 그것을 증명이라도 하듯이 급박한 북소리와 징 소리가 황궁 쪽에서 들려왔다.

아무리 머리를 굴려보았지만 천하 상계의 거두 교평천이 도성 안에서 기습을 당하고 황궁 쪽에서는 폭발음이 들리는 이 상황이 얼른 납득되지 않았다.

'음, 일단 여기서 지켜봐야겠구나.'

아무래도 함부로 몸을 움직일 시기가 아니었다.

"음!"

교평천은 장탄식을 했다.

바같은 도검 소리와 비명이 난무해 지옥이 따로 없었다.

암살자들이 장원 안으로 퇴각하는 자신을 따라 들어왔기에 막대한 공을 들여 설치했던 그 숱한 기관진은 제대로 써보지도 못하고 무용지물이 되고 말았다. 게다가 외원의 고수들이 순식간에 내원까지 밀리는 통에 내원의 기문진도 미처 발동시킬 여유가 없었다. 지금 내원의 모든 고수들이 목숨을 걸고 막아주고 있기는 하지만 이미 형세가 기울어 놈들이 내실(內室)로 들어오는 것은 시간문제였다.

그의 곁에는 요월선자와 아들 본성이가 초조한 표정으로 그의 얼굴만 쳐다보고 있었다.

"당장은 숨어 있다가 나중에 본성이를 데리고 이곳을 빠져나가시오."

"집을 버리고 갈 곳이 어디 있다는 말이에요?"

아들의 손을 꼭 붙들고 있는 요월선자는 거의 울 것 같은 표정이었지만 아들만은 꼭 살려야 한다는 생각에 겨우 참고 있었다.

"이곳을 벗어나 일단 청수원으로 가서 암도를 타고 달아난다면 성을 벗어날 수는 있소. 그러니 만일 쉽게 수습이 될 것 같지 않으면 도성을 떠나 염방의 곽수민에게로 몸을 피하시오."

지난번 하경이 달아난 탈출로를 알고 있기에 그렇게 말했다. 다만 교가장에서 밖으로 통하는 비상용 탈출로가 없는 것이 걱정이었다. 그렇다고 자신까지 숨으면 부자가 모두 위험했다. 자신을 찾아 구석구석 뒤질 것이 틀림없을 것이었다.

이곳에 뼈를 묻을 것이라는 생각이 들자 문득 그동안 치부(致富)를 위해 정신없이 뛰었던 세월이 덧없이 느껴졌다.

'허허허, 욕심이 과했나.'

공수래공수거라는 말이 정녕 빈말은 아니라는 생각이 들었다.

"비영(秘影), 너는 이제부터 내가 아닌 본성이를 지킨다. 산서 상방은 이제 본성이가 이끌어야 할 것 같구나."

"존명."

어디선가 무표정한 대답이 들려왔다.

비영은 내실을 담당하는 마지막 비밀 호위였다.

바깥에서 나던 도검 소리가 시간이 갈수록 뜸해지자 교평천은 더욱 초조해졌다.

'아버님!'

사태의 급박함이 병석에 누워 계신 아버지마저 잊게 했다.

그는 마지막으로 병석에 계신 아버님에게로 달려갔다. 가시는 길을 이렇게 비참하게 맞게 해드려야 한다고 생각하니 눈물을 주체할 수 없었다.

문을 열고 들어서니 문 쪽을 보고 있는 아버지 교등고가 보였다. 귀가 먹은 것은 아니었기에 바깥 소란을 알고 자신을 기다린 것이 틀림없었다. 시중을 들던 어린 하녀가 보이지 않는 것으로 보아 소란 도중에 겁을 먹고 먼저 몸을 피한 것이 틀림없었다.

'못된 년.'

하지만 지금은 그런 생각조차도 사치였다.

"아버님, 저를 노린 적들이 장원으로 쳐들어왔습니다."

교등고는 눈을 껌벅이며 알고 있다는 표시를 하였다. 그의 눈길이 다급하게 문갑으로 향했다. 평소 아버지가 귀중품을 넣어두던 곳이었다. 교평천이 눈치를 알고 황급히 문갑을 여니 서신 하나가 들어 있었다. 봉투 안에는 달랑 한 자가 써 있는 종이가 들어 있었다.

"화(和)."

아마 조화를 이루며 살라는 뜻이겠지만 지금은 그런 것을 깊이 음미할 시간은 아니었다. 되는대로 품속에 서신을 넣은 그는 아버님께 절을 올렸다.

"소자가 무능해 어쩌면 지금이 마지막이 될지도 모르겠습니다. 먼저 인사를 드립니다."

그는 교등고의 반응을 기다리지도 않고 방을 나왔다. 그는 고개를 저으며 부인과 아들이 있는 방으로 돌아왔다.

"와아!"

갑자기 밖에서 큰 소란이 일었다.

"관병이다!"

누군가 크게 소리 질렀다.

'아, 제독동창이 구원병을 보냈구나!'

교평천의 안색이 펴졌다.

하지만 적들의 기세는 더욱 흉흉해졌다. 창을 통해 밖을 보니 암살자 수십이 내원으로 통하는 길을 막아서 관병들이 진입하지 못하고 있었다. 게다가 관병들 중에는 무공이 변변한 자가 별로 없는지 흑의인들의 칼질 한 번에 서너 명씩 나자빠지는 것이 보였다.

'동창 고수들이 아닌 모양이로구나. 당장 반 각만이라도 버틸 수 있다면 대내 고수들이 와줄 텐데.'

몇몇을 제외하고는 도무지 흑의인들의 상대가 되지 않는 것으로 보아 인근 군영에서 급히 출동한 병사들로 보였다. 그들은 기세 좋게 내원으로 몰려왔다가 이내 되밀려 외원으로 쫓겨가 밖에서 소리만 질러대고 있었다.

‘곧 올 거야.’

출동한 관병들이 그에게 희망을 갖게 했다. 이 정도 대규모의 관병이 왔다면 황궁에 소식이 전해졌을 가능성이 높았다.

하지만 그때 그의 기대에 찬물을 붓는 말이 들려왔다.

“황궁 쪽에도 변고가 있는 것 같습니다.”

비영이었다.

“……?”

“아까 들렸던 폭발음은 황궁 쪽에서 난 것 같았습니다.”

“그게 확실한가?”

교평천이 확인하듯 물었다.

황궁 쪽에서 폭발이 있었다면 어서 빨리 대내 고수가 와주기를 바라는 그의 희망은 물거품이 된 것이나 마찬가지였다.

‘놈들이 치밀한 계산을 하고 공격을 가했다!’

그제야 아까 들렸던 폭발음이 사실은 자신을 겨냥한 철저히 계산된 폭발이라는 것을 짐작할 수 있었다. 북경에서 자신이 제독태감과 예사 관계가 아니라는 것을 모르는 사람은 황제뿐이었다. 하지만 황궁에 변고가 생겼다면 제독동창의 목이 두 개가 아닌 다음에야 황궁에서 고수를 빼내 자신에게 보내줄 리 만무했다.

‘여지가 없어.’

그는 재빨리 요월선자와 아들 교본성의 혈도를 짚었다. 관병들의 출동이 오히려 적을 서두르게 만들 것이니 시간이 많지 않았다.

이어 벽에 길게 걸린 그림을 제거하자 커다란 문이 나왔다.

그 안에는 여러 가지 서류가 몇 장 들어 있을 뿐이었고 사람 하나가 들어갈 정도의 공간은 되었다. 사실 그곳은 각종 중요 문서들이 가득

찼던 곳이었지만 얼마 전에 서류를 지하의 비밀 창고로 옮겼기에 비다시피 했다. 지하로 가면 모두 피신할 수 있지만 그러려면 본채의 마당을 지나야 하니 지금으로선 가능한 일이 아니었다.

그는 두 사람을 억지로 안으로 구겨 넣었다.

"싸움이 끝나거든 지하에 있는 비밀 창고를 찾아라. 중요 서류들은 그곳에 모두 넣어두었다. 상방 내에서 네가 확실히 믿을 수 있는 사람은 염방 방주인 곽수민과 비영, 두 사람이 전부다. 산서 상방을 잘 이끌어야 한다."

교본성은 혈도가 짚힌 채 눈만 껌벅거렸다.

'아!'

교평천은 품속에서 아버님이 남긴 서신을 본성이의 품속에 넣어주었다.

"이 아비는 욕심이 과했다. 명심해라! 태풍이 몰아치면 큰 나무는 쓰러져도 숲은 남는다. 나는 그걸 몰랐다."

유언과도 같은 마지막 말을 마치자 그는 아들을 향해 애정 어린 눈길을 보내고는 요월선자를 보았다.

"본성이를 잘 부탁하오."

그때였다.

"놈들이 내실로 들어옵니다."

비영이었다.

"너는 살아남아 반드시 본성이를 지켜주어라."

"존명."

교평천은 재빨리 벽장문을 닫고 족자를 내리고는 의연하게 의자에 앉았다.

쾅!

다음 순간 문이 부서지며 흑의인 오륙 명이 문을 박차고 안으로 들이닥쳤다.

"네가 교평천이냐?"

앞장섰던 중년 사내가 말했다.

"그렇다. 어째서 나를 노리는 게냐? 위진해가 보낸 자들이 아니라는 것은 알고 있다."

"흐흐흐, 너무 늦게 알았다. 한동안 둘이 잘 싸우더니 싸움에 염증이 났느냐? 계속하고 있었더라면 그만큼 수명이 더 연장되었을 터인데."

상대가 비웃듯이 말했다.

"네놈들의 정체가 무엇이냐?"

어차피 받아들여야 할 죽음이라면 상대의 정체라도 꼭 알고 싶었다.

"가는 마당에 굳이 알 필요가 있을까? 하지만 너무 모르고 가면 내게 섭섭하다 하겠지?"

그는 교평천을 향해 싱긋이 미소를 지어 보이더니 말을 이었다.

"진공가향무생부모(眞空家鄕無生父母)! 흐흐흐, 이만하면 되었느냐?"

"팔자진언(八字眞言)?"

교평천은 깜짝 놀라며 반문했다.

진공가향무생부모(眞空家鄕無生父母).

이 세상의 집과 고향, 부모는 참된 것이 아니고 진실된 것은 모두 하늘에 있다.

여덟 자로 되어 팔자진언이라 불리는 이 말, 팔자진언이 마교(魔敎)

의 일파인 문향교의 교리라는 것을 모르는 사람은 없었다.

"어, 어째서 마교가 상인들의 일에?"

"후후, 천하에 빈손으로 되는 일이 있더냐? 중원천하에 가장 부자가 누구냐?"

"나, 나를 죽여도 산서 상방의 재산을 가질 수 있는 것은 아니다."

교평천이 총행두로 있기는 하지만 산서 상방이 그의 사유물은 아니었다.

"그런 걱정일랑은 우리에게 맡겨두고 너는 저승길이나 조심해서 가거라. 네 아들놈은 어디에다 숨겼느냐?"

"허허허, 다행히 네놈들이 올 것을 알고 밖으로 나간 모양이구나."

교평천은 자신도 모르게 눈이 족자로 향하려는 것을 겨우 참고는 말했다.

"흐흐, 아직 죽일 생각은 아니니 너무 걱정은 말아라. 하지만 살아 있는 이상 절대 우리 손길을 벗어날 수는 없을 터이니 너무 좋아할 것 없다."

"나쁜 놈들!"

"시끄럽다. 그만 가거라."

흑의인의 검이 허공에서 번뜩였다.

"으악!"

교평천의 목에 가는 혈선이 생기는가 싶더니 몸이 풀리며 상체가 탁자 위로 엎어졌다.

쿵!

천하를 쥐고 흔들었던 산서 상방 총행두의 죽음치고는 너무나도 허망했다.

"가자!"

그의 지시에 따라 흑의인들이 신속하게 내원을 빠져나갔다.

관병 수백이 모여들어 교가장을 포위하고 있었지만 감히 내원 안으로 들어가지 못하다가 흑의인들이 몰려나오자 앞을 막아섰다.

그러나 평범한 관병들이 무공 고수들인 흑의인들을 막아서기에는 역부족이었다. 흑의인들이 흉흉한 기세로 휘두른 검날에 선두에 섰던 십수 명의 관병들이 삽시간에 죽임을 당하자 나머지 관병들이 겁에 질려 뒤로 주춤거리는 사이 흑의인들이 비호같이 몸을 날려 달아났다.

"잡아라!"

관병들이 창칼을 앞세우고 뒤를 따라갔지만 그건 어디까지 체면치레용일 뿐이었고 이내 뒤쫓는 것을 포기했다. 누구도 앞장서기를 꺼리니 이내 차이가 벌어져 흑의인들은 금세 시야에서 사라졌다.

게다가 관병들의 할 일은 그것 말고도 많았다.

잔당을 수색한다며 방향을 돌려 교가장 안으로 들이닥친 그들이 한 일은 아무도 없는 집 안 곳곳을 수색하며 값나가는 것을 챙기는 것이었는데 그런 파렴치한 행각은 산서 상방의 회관에서 사람이 나올 때까지 계속됐다.

비영은 방 안의 천장 위 서까래에 누워 귀식대법으로 숨을 죽이고 있었다. 관병들이 노략질을 하든 하녀들을 희롱하든 그런 것은 관심사가 아니었고, 그에게 주어진 임무는 산서 상방의 차기 총행두인 교본성의 목숨을 지키는 데 있었다.

그가 관병들에 대해 취한 조치는 비밀 문이 있는 족자를 건드리던 관병 하나를 암기를 던져 죽인 것이 전부였다.

관병들이 출동하자 여유가 없었던 습격자들이 교평천의 목숨만 노린 것이 다행이었다. 그는 상방 사람들이 내실로 들어와 교평천의 죽음을 확인할 때까지 미동도 않고 그곳에 엎드려 있었다.

"총행두님!"

산서 상방 북경회관의 행두인 만하동(萬河動)이 교가장이 습격당했다는 소식을 듣고 급히 여러 상인들과 회관 경비무사들을 이끌고 온 것이다. 그는 안으로 들어서기도 전에 문짝이 떨어져 나간 내실의 탁자 위에 널브러져 있는 교평천의 시신을 발견했다.

그들이 안으로 들어와 울음을 터뜨리자 비영은 비로소 천장의 비밀 문을 열고 아래로 내려왔다.

"누구냐?"

갑자기 천장에서 사람이 내려오니 깜짝 놀란 만하동이 물었다.

비영은 말없이 족자를 치우고 비밀 문을 열어 두 모자를 꺼냈다.

"마님! 공자!"

그러잖아도 만하동은 교본성의 행방을 몰라 은근히 애를 태우고 있었다. 산서 상방의 뒤를 이을 후계자마저 죽었다면 상방 조직 전체가 와해될 수도 있었다.

두 사람은 혈도가 짚혀 있는 상태에서 오랫동안 갇혀 있었기에 피가 제대로 돌지 않아 안색이 창백하게 변해 있었다.

비영이 즉시 두 사람의 혈도를 풀어주었다.

쥐가 났는지 요월선자는 자신의 몸 주무르기에 바쁘더니 어느 정도 몸이 풀리자 아들을 주물러 주었다.

"이곳의 모든 기관과 진법을 복구할 동안 청수원에 가 있는 것이 안전하겠어요. 그동안만 행두께서 이곳을 지켜주세요. 대신 우리가 살아 있다는 사실 외에는 일체 행방을 알리지 마세요. 모든 일은 당분간 본성이를 대신해 제가 맡아 처리할 예정이니 그리 아세요.”

요월선자가 말했다.

그녀는 신속히 상방의 권력을 인수하기로 마음먹었다.

아들 본성이가 아직 어리니 상방 내에서 총행두 자리를 노리는 자들이 있을 것이 틀림없었다. 하지만 평소에 상방 수뇌부와 적지 않은 교분을 쌓아둔 자신이라면 충분히 지켜낼 자신이 있었다.

‘여자라고 못할 것은 없지.’

그녀에게 있어 교평천은 하나의 도구일 뿐이었는지도 몰랐다.

비록 오랫동안 살을 맞대고 살아왔기에 부부의 정이 전혀 없지는 않았지만 애당초 나이가 많은 교평천을 사랑해서 둘째 부인으로 들어온 것은 아니었다. 다른 부인이 둘이나 더 있기는 했지만 아직 나타나지 않는 것으로 보아 습격자들의 손에 죽은 것이 분명했다.

그녀는 청수원으로 옮겨갈 준비를 서둘렀다.

교가장에 비하면 청수원은 형편없이 작았지만 자신에게도 익숙해 편할 뿐더러 내실이 될 후원에는 각종 진식과 비상 탈출로마저 있어 이곳보다 안전하다고 할 수 있었다.

제2장

탄주어(呑舟魚) : 배를 삼키는 물고기

항주를 벗어나 동해로 나가는 길목의 가장 큰 섬인 주산도에서 동쪽으로 십여 리 정도 떨어져 있는 곳에 위치한 보타산(普陀山)은 사방 십여 리가 못 되는 조그만 섬이었다.

예로부터 선인들이 은거하여 선단을 제조한 곳이라는 전설로도 유명한 이 섬에는 당대(唐代) 천축승이 이곳 보타산 암굴에서 수행한 이래 안휘의 구화산, 산서의 오대산, 사천의 아미산과 더불어 불문(佛門)의 사대성지 중 하나로 이름나 있었다.

보타관음사(普陀觀音寺).

보타산의 여러 사찰 중에서 가장 큰 규모를 자랑하는 사찰이기도 했지만 무림에서 중요시하는 것은 오십 년 전 절대검후(絕代劍后)로 이름을 날렸던 보타문의 전임 방장인 보타 신니(普陀神尼)가 만년 수행을 위해 머물고 있는 곳이기도 하기 때문이었다.

보타관음사의 현 주지는 그녀와 동문수학했던 사매이기도 했기에 검을 거두고 불도에만 전념하려 하는 보타 신니에게 절에서 멀리 떨어진 보타산 남쪽 관음동을 수행 장소로 마련해 주었다.

오늘 그녀는 해변으로 나와 백보석(百步石) 위에 마련된 임시 회의장에서 누군가를 기다리고 있었다. 반타석(盤陀石)이라고도 불리는 백보석은 넓고 평평해 위에 백여 명의 사람들이 동시에 올라설 수 있을 정도였다.

굳이 백보석을 회의 장소로 정한 것은 평평한 바위를 중원으로 생각하고 그 위에 평화를 심을 결단을 내리라는 배려였다.

주위에는 장검을 둘러맨 제자들이 조금도 방심하지 않겠다는 자세로 사방을 경계하고 있었다. 절대검후가 있는 이 자리에 누가 감히 침범해 소란을 피우랴만 오늘의 모임은 그만큼 조심해야 하는 자리였다.

이미 섬 곳곳에는 보타문의 제자들이 천라지망을 펼치듯 사위를 경계하고 있었고 보타산을 찾는 모든 향화객도 오늘만큼은 입도(入島)가 금지되었다.

강호의 은원에서 이미 손을 뗀 그녀가 오랜 수행을 깨고 나온 것은 당금 중원에 일고 있는 피바람을 멈출 수 있는 중요한 회담이 오늘 이 자리에서 열리기 때문이었다. 보타 신니가 중재를 서지 않았다면 이루어질 수도 없는 일이었다.

"배가 오고 있습니다."

뒤에 서 있던 제자 상경(常憬)이 보타 신니에게 말했다.

제자 중에서 미색이 뛰어난 그녀는 신니가 말년에 거둔 제자로 지금 그녀 곁에 남은 유일한 제자였다.

처음 상경의 관상을 본 보타 신니가 불가와 인연이 없음을 알고는 제자로 받지 않으려고 했지만 평소 절친한 친우가 부탁을 해 받은 제자였다. 그런데 가르쳐 보니 오성이 뛰어나 배움이 남달랐기에 사부된 입장으로도 재미가 있어 십수 년 동안 정성을 다해 가르쳤기에 이제 무림에 내보내면 제법 자기 역할을 할 만큼은 되었다.

보타 신니도 배를 보고 있었기에 가볍게 고개를 끄덕였다.

배는 한 척이었는데 서서히 섬으로 접근하더니 이윽고 포구 안으로 들어왔다. 닻이 내려지자 몇 명의 무사들이 배에서 내리더니 보타 신니를 향해 다가왔다. 하지만 온 사람은 오늘 이곳에 오기로 한 교평천이나 위진해가 아니었다.

보타 신니는 무슨 사정이 생겼음을 직감했다.

과연 그녀의 생각대로 상대가 건네주는 편지를 받아 든 보타 신니의 안색이 어두워졌다. 교가장이 기습을 당해 쑥대밭이 된 것은 물론이고 교평천도 암살자들에게 죽임을 당했다는 연락이었다. 소식을 보내온 자는 산서 상방 산하의 염방 방주라는 곽수민이었다.

그녀는 긴장된 표정으로 남쪽 바다를 보았다. 그 말이 사실이라면 광동 상방의 위진해에게도 무슨 일이 생겼을 가능성이 있었다.

보타 신니의 표정이 크게 어두워졌다.

남궁우와 상문인 등을 대동한 무영이 배를 빌려 타고 본 함대가 대기하고 있는 큰 바다로 나왔다.

함대는 떠나올 때와 마찬가지로 아무런 이상 없이 자리를 지키고 있었다. 뱃머리에 선 무영을 알아본 호소가와가 멀리서 손을 흔들며 반가움을 표했다.

배가 가까워지자 무영이 몸을 날려 큰 배로 옮겨 타고 그 뒤를 남궁우가 따랐다. 그는 무영을 놓치면 조카 손녀를 찾을 수 없다는 생각에 한시도 뒤를 놓치지 않았다. 셋 중 가장 무공이 떨어지는 상문인은 배가 더 가까이 붙기를 한참 기다려야 했다.

"혹시 곡 낭자가 타고 가는 우리 배를 보았소?"

무영이 물었다.

마땅히 정박할 곳을 찾지 못한 선단은 항주만의 내해에서 멀리 떨어지지 않은 동해로 빠지는 길목에 임시로 정박하고 있었다. 곡완주 등이 남해로 빠질 생각이 있다면 호소가와 등이 보지 못했을 리가 없다는 생각이었다.

"보았습니다. 손까지 흔들어주셨습니다. 저는 주공의 지시를 받고 어디론가 나가시는 줄 알았습니다."

"휴, 다행이다."

무영은 물론 두 사람의 대화를 옆에서 주의 깊게 듣고 있던 남궁우도 가슴을 쓸어내렸다. 남해로 빠졌다면 갈 곳이 뻔하다는 생각이었다.

"위험합니다."

그런데 상문인이 갑자기 나섰다.

"무슨 소리요?"

"도중에 해적선과 마주치기라도 한다면 한 척으로는 감당하기 어렵습니다."

맞는 말이었다. 뭍에서라면 곡완주의 무공으로 크게 어려움을 당할 일은 없겠지만 바다는 달랐다.

"여기를 지나친 지 얼마나 되었는가?"

"반 시진 정도 되었습니다."

다행히 전속력으로 달린다면 두세 시진 이내에 따라잡을 수 있는 거리였다.

"어서 함대에게 출항을 명하도록. 빨리 따라잡아야 해."

다행히 호소가와는 대기하고 있는 동안 식수며 식량 등을 충분히 준비해 두고 있었다. 대장선에서 출항을 알리는 기가 올려지자 모든 배들의 닻이 일제히 올라가고 돛이 바쁘게 펴졌다.

쾅! 쾅! 쾅! 쾅!

이십여 척의 배가 다섯 척의 배를 둘러싸고 맹렬히 포격을 해대고 있었다. 사활을 건 서로 간의 포격전은 치열했지만 아무래도 수적인 차이를 극복하지 못했다.

"어떡해?"

남궁화가 울상이 된 얼굴로 곡완주를 보며 물었다.

그러나 곡완주라고 뾰족한 방법이 있을 턱이 없었다.

치열하게 전개되는 포격전을 보며 그녀도 어찌할 바를 몰라 했다. 공연히 섣불리 움직였다가는 쌍방 모두에게 적으로 오인받아 포격을 받을 우려가 있었다. 이래저래 꼼짝도 못하고 배 여기저기에 백기를 걸어두고 싸움을 지켜보고 있는 것이 고작이었다. 그저 이 배에 포격을 퍼붓지 않는 것만도 다행이었다.

"정말 재수가 이리도 없을까?"

남궁화가 말했다.

그녀들이 탄 배가 싸움판 한가운데 끼어들어 오도 가도 못하게 된 것은 정말 우연이었다. 막 주산도를 돌아 동해로 들어오는 순간 자신의 뒤쪽에 갑자기 이십여 척의 전투함들이 나타났다.

신경이 쓰였지만 뭍도 멀지 않아 오가는 어선들도 제법 있었고, 상대 배에서는 그녀가 탄 배에 대해 아무런 적의를 보이지 않았기에 가던 길을 계속 가던 것이 화근이었다.

일각이 채 지나기도 전에 앞쪽에도 다섯 척의 배가 나타났다.

아무런 생각 없이 계속 내려가는데 뒤를 따르던 배들이 갑자기 좌우로 크게 진용을 벌여 학익진 대형을 갖추더니 다가오던 다섯 척의 배를 포위하고 달려들었다. 서로 마주 보며 오던 길이라 다섯 척의 배는 순식간에 포위당했는데 운 나쁘게 두 선단의 가운데 곡완주들이 탄 배가 끼어들게 된 것이었다.

다른 몇 척의 어선들도 그 포위망 안에 갇혔지만 배들이 작고 중간에 끼지는 않아 재빨리 달아날 수 있었기에 포위망 안에 남은 것은 곡완주들이 탄 배가 유일했다.

쾅! 쾅!

포격전은 계속 이어졌다.

오고 가는 포탄이 간혹 그녀들의 배 주위로도 떨어졌기에 날아다니는 포탄의 방향에 신경을 쓰는 일도 보통이 아니었다.

하지만 싸움은 오래갈 것 같지 않았다.

비슷한 무장을 한 상태에서 몇 배에 달하는 수적 열세를 만회하기란 쉽지 않았다. 다섯 척의 배들은 이리저리 움직이며 결사적으로 포위망을 뚫으려고 했지만 그때마다 신속하게 막아서며 공격을 퍼붓는 적선들에 막혀 번번이 포위망을 뚫는 데 실패했다.

아예 침몰시켜 버리려고 작정을 했는지 이번에는 불이 붙은 화전(火箭)들이 허공을 날아 다섯 척의 배들을 향했다. 잠깐 사이에 벌써 두 척이 돛에 불이 붙어 연기를 내뿜었다.

타격을 받은 두 척의 배가 점차 전력에서 이탈하는 기미를 보이자 가뜩이나 열세였던 전세의 저울추는 급격하게 기울었다. 이제 다섯 척 모두 불에 타 수장당하는 것은 시간문제였다.

곡완주도 고전하고 있었다.

포탄이나 화살들은 처음에는 대충 제대로 목표를 향했기에 그녀가 탄 배는 피해갔지만 싸움이 길어지며 혼전의 양상이 되자 제대로 방향을 잡지 못해 날아오는 포탄이나 화살의 수가 늘어갔다. 그렇다고 맞대응을 할 수도 없어 그저 이리저리 눈치를 보며 배를 조금씩 움직여 싸움판을 벗어나려고 시도하는 것이 고작이었다.

무영의 함선들이 그 싸움을 목격한 것은 바로 그때였다.

"연기가 보입니다!"

돛대 꼭대기에 설치된 망루에서 번을 서던 병사가 소리 질렀다. 바다에서 연기가 날 경우란 그 이유를 묻지 않아도 뻔했다.

"전속으로!"

급속 항진을 알리는 북소리에 따라 배들은 최고 속력으로 목표 지점을 향해 달렸다.

쿵! 쿵! 쿵!

멀리 배들이 한데 엉켜 싸우는 것이 보였고 포탄 소리가 쉬지 않고 들려왔다.

"잘못 짚었구나."

한 떼의 배들이 엉켜 싸우는 것이라 곡완주가 끼어들었을 까닭이 없다는 생각에 무영이 그렇게 말했다.

"엇, 우리 배가 저기 있습니다! 앗, 그런데 공격을 받고 있습니다!"

호소가와가 천리경에서 눈을 떼고 무영을 돌아보며 다급히 말했다.
곡완주가 탄 배에도 유탄이 떨어지고 있었으니 그의 눈에는 당연히 그
렇게 보였고, 포격전이 워낙 치열한 탓에 유탄일망정 피해도 상당히 입
었으니 틀린 말은 아니었다.

"뭐라고?"

무영이 그의 천리경을 빼앗다시피 하고 싸움판을 보니 과연 쌍봉기
를 단 배가 포탄세례를 받고 있는 것이 보였다.

"저런 괘씸한 놈들. 공격 준비!"

보선의 옆구리에 있던 포구들이 들어 올려지며 선단의 함포가 개방
되었고 다른 전투함들도 관선들과 마주칠 경우를 대비해 그동안 숨기
고 있던 포신을 모두 드러냈다.

"저놈들을 죄다 포위해라!"

무영이 천리경에서 눈을 떼지 않고 말했다.

가까이 가면서 보니 피아가 확연히 구분됐다.

세 척의 배가 불길에 타올라 바다 속으로 가라앉고 있었고 다른 두
척도 치명적인 공격을 당해 거의 기동이 불가능한 상태였다. 포위망을
구축한 상대가 마지막 일격을 가하려는 듯 두 척을 향해 맹렬히 포탄
을 쏘아대자 또 한 척이 서서히 바다로 가라앉기 시작했다.

그들도 무영의 함대를 보았지만 아랑곳 않고 마지막까지 침몰하는
배를 향해 포를 쏴대며 수명을 재촉할 무렵 무영의 함대가 현장에 도
착했다.

"발사!"

미처 이쪽 선단을 향해 공격 진용을 갖추기도 전에 무영의 명령이
떨어졌다.

쾅! 쾅! 쾅!

요란한 발사음과 함께 포탄이 자욱한 연기를 뚫고 바다 위를 날았고 이어 화약을 매단 쇠뇌가 발사되었다.

석포를 개량한 심지 폭탄도 날았다. 오랫동안 목표물의 거리에 따른 발사각과 폭약 심지의 길이 등이 정밀하게 분류되어 만들어진 폭탄이기에 대부분이 정확하게 적선에 떨어져 폭발했다.

쐐애액!

이어 화전세례가 이어졌다.

화약을 매단 철궁이기에 발사되자 하늘로 치솟아 긴 연무를 그리며 적선을 향해 날았다. 적선에서는 사정 거리가 닿지 않았기에 화전을 쏠 엄두도 내지 못하고 있었다.

적선의 수가 이쪽의 세 배에 이른다는 것을 인식하고 있었기에 기선 제압을 위해 배에 탑재된 모든 무기가 쉴 틈도 없이 동원되어 적선을 향해 쏘아졌다.

일각이 채 지나기도 전에 일곱 척가량의 적선이 불길에 휩싸였고 그동안 적선들은 겨우 이쪽에 대응해 포격을 시작했다. 하지만 정확도가 떨어지는 철환만을 발사하는 상대 배들은 애초에 각종 무기로 중무장한 이쪽 선단의 적수가 아니었다.

적선에 둘러싸여 있던 곡완주도 어느 틈에 배를 몰아 포위망 밖으로 나와 그동안 당한 복수라도 하려는 듯 상대를 향해 포격을 가했다.

잠깐 사이에 또다시 두 척의 적선에서 불길이 올랐고 철환을 맞아 옆구리에 치명적인 일격을 당한 두 척의 적선이 기우뚱거리며 물속으로 가라앉기 시작했다.

싸움은 반 시진 만에 끝이 났다.

월등한 전투력을 앞세운 무영의 함대에 밀린 상대방 전함 다섯 척이 꽁지가 빠지게 달아났다. 무영의 선단을 제외하고 바다에 남아 있는 것은 불에 타고 있는 십여 척의 전함들과 심한 타격을 받아 빌빌대는 대여섯 척의 배들뿐이었다. 포격전이 치열했기에 왕극아가 이끄는 전투함 한 척도 불에 타고 있었다.

바다 위에는 허우적거리는 선원들이 사방에서 파도에 이리저리 떠밀려 다니며 살려달라고 소리 질러댔다.

"다 건져. 건지는 대로 혈도를 단단히 짚어둬."

무영이 지시했다.

"불에 타거나 반파된 배들은 어떻게 할까요?"

호소가와가 물었다.

"재활용이 될지 모르니까 가능한 배는 죄다 살려내요."

무영의 지시에 따라 물에 빠졌던 선원들이 배 위로 건져 올려졌고 그 즉시 혈도를 점해 반항하지 못하도록 했다. 불에 타고 있던 배는 즉시 소화에 들어갔고 운항 능력을 상실한 배는 밧줄로 연결했다.

바다에 빠져 허우적대는 자들은 수백이 넘었다. 그중 일부는 탈진해 파도 속으로 휩쓸려 갔고 나머지는 배에서 떨어져 나간 판자 조각을 의지하거나 그마저도 없는 사람들은 헤엄을 치며 겨우 버티고 있었다. 선단 여기저기에서 밧줄이 내려지자 거센 물살과 싸우며 겨우 생명을 부지하던 사람들이 파도를 뚫고 밧줄에 매달렸다.

광동 상방 총행두 위진해는 지옥 문턱까지 갔다 온 기분이었다.

그는 아직도 자신을 위기에서 구한 선단의 정체를 모르고 있었다.

수십 년을 바다를 벗 삼아 상방을 키워왔지만 쌍봉기를 상징으로 하는 어떤 단체에 대해서도 들어본 바가 없었다. 다만 몇 척의 전투함에는 쌍봉기 아래 적룡기가 달려 있는 것을 보고 남해대왕과 관련이 있을지도 모른다는 생각은 하고 있었다. 하지만 남해대왕은 유명한 해적 두목인데 까닭없이 자신을 구해줄 리가 없다는 생각에 궁금증만 커지고 있었다.

다행히 자신의 배는 수하들이 타고 있던 다른 배들이 결사적으로 지키려고 노력했기에 다섯 척의 함선 중 지금 유일하게 바다에 떠 있을 수 있었다.

"배를 저쪽으로 몰아라."

위진해는 대장선으로 보이는 배를 향하도록 명했다.

아직 적아를 구별할 수는 없지만 어차피 적이라 해도 어쩔 수 없는 노릇이고, 구해준 것으로 보아 그렇지는 않을 것이라는 생각도 들었다.

위진해의 배가 자신에게 다가오는 것은 무영의 안중에도 없었다. 그의 관심사는 온통 두 여자가 탄 배에 가 있었다.

"화매, 곡매, 오해라구, 어서 돌아와!"

무영이 뱃전에 서서 곡완주와 남궁화가 탄 배를 향해 소리 질렀다.

"싫어요."

곡완주는 배를 적당한 거리에 대고는 건너오기를 거부했다.

아직 설소소와의 일에 대해 조금의 오해도 풀지 않고 있는 것이 분명했다. 곡완주가 그의 선단 곁을 떠나지 않고 있는 것은 단지 한 번 혼찌검을 당해 혼자 떠나기가 두려웠거나 마음을 완전히 돌리지는 않았다는 반증이었다.

"내가 그리 갈까?"

기다리다 못한 무영이 소리 질렀다.

"흥, 더러운 발을 어디에다 들여놓으려구!"

남궁화가 소리쳤다.

"갈게."

무영이 그 말을 무시하고 건너가려는 자세를 취했다.

"건너오면 바다에 빠져 버리겠어요."

이번에는 곡완주였다.

"젠장, 그럼 어쩌라는 거야?"

"각자 갈 길을 가요. 우리는 이 배로 가고 싶은 곳으로 갈 테니 당신
은 당신대로 알아서 가면 될 것이 아니겠어요?"

남궁화가 또 나섰다. 두 여자는 교대로 한마디씩 했다.

"험. 화아야, 네가 무슨 오해를 한 모양인데 내가 들어보니 큰일이
아니었더구나."

보다 못한 남궁우까지 가세했다.

"흥, 제가 두 눈으로 똑똑히 보았는데 오해는 무슨 오해? 할아버지
가 저 사람에게 속은 것이 분명해요. 그 사람을 붙잡고 엉덩이나 실컷
두드려 주세요."

남궁화가 말했다.

그때였다.

"배가 다가옵니다."

한 척의 배가 서서히 자신의 배로 다가오는 것을 본 호소가와가 무
영에게 알렸다.

"빌어먹을, 지금 마누라가 둘이나 오해하고 도망가려는 판인데 배가
오거나 말거나 무슨 상관이오. 당신이 알아서 하시오."

무영이 돌아보지도 않고 말하자 별수없이 호소가와가 나서서 그 배를 맞았다.

"건너가도 되겠소?"

배가 가까이 접근하자 위진해가 소리쳐 물었다.

호소가와의 허락으로 배에서 내려진 작은 소선을 타고 위진해가 건너왔다.

'흠!'

호소가와는 속으로 심호흡을 했다.

배로 건너온 세 사람 중 앞에 선 상인 차림의 중년인의 뒤를 따르는 두 사람의 무공이 예사롭지 않다는 것을 알았기 때문이다. 두 사람의 기도는 자신을 완전히 압도하고 있었다.

"광동 상방 총행두 위진해라 하오."

'헛!'

호소가와는 깜짝 놀랐다.

남해에서 오랫동안 해적 노릇을 해왔기에 광동 상방 총행두가 어떤 자리인지는 잘 알고 있었다.

'내가 상대할 사람이 아니군.'

호소가와는 무영을 찾았다.

"주공, 광동 상방의 총행두라고 합니다."

"그래서 어쩌란 말이오?"

평소 호소가와에게는 말을 함부로 하지 않는 무영이었지만 지금은 두 여자의 반란에 골머리가 아파 죽을 지경이었는지라 다른 말은 귀에 들어오지도 않았다.

무영이 시큰둥한 반응으로 일관하는 또 다른 이유는 거대 상방에 대

한 거부감 때문이었다. 광동 상방이 장강 이남 최대 상방으로 산서 상
방과 함께 중원을 양분하고 있는 거대 상방이라는 것을 모르지는 않았
다. 그리고 부모님이 비명에 돌아가신 것도 그런 상방의 이권 확장에
상당한 원인이 있다는 생각이 항상 뇌리를 떠나지 않고 있었다. 게다
가 지금은 무척 바빴다.

　"주공, 광동 상방은……."

　혹시 상대에 대해 몰라서 그러나 싶었던 호소가와가 무영에게 다가
와 귓속말을 건네려 했다.

　"호소가와, 당신이 상전이오? 지금은 교평천이 함께 온다 해도 신경
쓰고 싶지 않다구!"

　무영은 그의 말을 무시하듯 더 큰 소리로 말했다.

　'음!'

　호소가와로서도 달리 방법이 없었기에 자신이 위진해 일행을 선실
로 안내하는 것이 고작이었다.

　'젊은 사람이 건방지기가 이를 데 없구나.'

　그래도 목숨을 구해주었기에 고마운 마음을 가지고 있던 위진해는
초면부터 무시를 당해 체면을 구겼다는 생각에 기분이 몹시 상했다.
뒤따르던 두 명의 중년 사내도 불쾌한 표정을 감추지 못하고 굳은 얼
굴로 콧김만 내뿜었다. 한 명은 평범한 무복이었지만 다른 한 명은 도
인 차림의 사내였다.

　"험, 광동 상방 총행두님이시라지 않은가?"

　보다 못한 남궁우까지 나섰다.

　"아니, 손녀 찾아내라고 하실 때는 언제고, 지금 마누라들이 난리가
났는데 광동 상방인지 광땡 상방인지 하는 것이 다 무슨 소용이 있습

니까? 광동 상방에다 산서 상방을 합쳐 준대도 마누라들과 바꿀 생각은 조금도 없는데 제가 왜 거기에 신경을 써야 합니까? 바쁘고 중요한 일부터 처리하는 것이 순서에 맞지 않다는 말씀입니까?"

건너편 배에 있는 남궁화나 곡완주도 다 들을 수 있을 정도로 일부러 언성을 높여가며 크게 말했다.

'음, 이 녀석이 점수를 따려고 별수를 다 쓰는군.'

남궁우가 쓴맛을 다셨다.

딴에는 생각해서 나섰는데 공연히 조카 손녀에게 점수만 잃었고 위진해에게는 입장만 더 난처해진 격이었다.

"글쎄, 오해라니까. 설소소가 회의장에서 한 말을 가지고 나한테 앙심을 품고 밤중에 찾아와서 소란을 피운 거야. 나를 못 믿어?"

무영은 다른 사람은 안중에도 없다는 듯이 남궁화와 곡완주를 향해 계속 떠들었다.

"젊은 사람이 예의가 없군."

위진해의 뒤를 따르던 중년 사내 중 하나가 무영을 흘낏 보며 말했다. 그는 몹시 기분이 나빴지만 상대가 목숨을 구해주었다는 생각에 많이 참고 한 말이었다.

"뭐요? 그렇다면 당신은 마누라가 달아나도 다른 일부터 챙겨야 한단 말이오?"

한마디 하고 나섰던 중년 사내의 안색이 붉게 물들었다.

"목숨을 구해줬다고 계속 입을 함부로 놀린다면 더 이상 참지 않겠다."

"참지 않으면 어쩌겠다는 거요?"

"본인은 해남파의 총호법 아귀장(牙龜長)이라 한다. 이 자리에서 몇 수 가르침을 내려 네놈을 훈계하고 난 연후에 목숨을 구해준 것에 대해서는 따로 감사를 표하겠다."

"아구창이라 했소? 말이 복잡하구려. 고마우면 잠자코 있는 것이 당연한 도리지 무슨 훈계를 하겠다는 것이오?"

무영이 바득바득 그와 시비를 조장하는 것은 그들에 대한 반감도 반감이려니와 은근히 남궁화와 곡완주를 이쪽 배로 끌어들이려는 생각 때문이었다.

보아하니 상대의 무공이 보통은 아닌 것 같은데, 시비가 붙어 소란이 일면 곡완주가 건너올 가능성이 클 것이고 그러면 남궁화도 혼자 배에 남아 있지는 않을 것이라는 계산이었다.

그의 생각대로 남궁화나 곡완주도 두 사람의 대화를 듣고 있었기에 무영이 광동 상방 총행두를 하찮게 대하는 것에 조바심을 내고 있었다. 그들은 무영이 위진해를 무시하고 자신들에게 매달리자 이미 어느 정도 기분이 풀어져 있었다.

'어머, 어떡해. 저러다 중원 상계에서 따돌림이라도 당하면 어쩌려고……'

상인으로 성공하겠다는 무영의 결심을 아는 두 여자는 모두 같은 생각을 하고 있었다.

"이놈!"

아귀장이 검을 빼 들었다.

그는 자신의 이름을 빗대어 놀리는 사람을 싫어했다. 어릴 적에 아버님이 거북이처럼 오래 살라고 지어주신 이름이었지만 크면서 놀림을 많이 받았던 까닭이다. 성인이 되고 나서 이름 가지고 시비를 거는 놈이 없었는데 어린놈이 오늘 완전히 그의 뚜껑을 열었다.

‘음, 오늘따라 바다에 갈매기가 많이 다니는군.’

상황을 수습할 만한 사람은 위진해나 남궁우 정도였는데 두 사람 모두 먼 바다 쪽을 보며 딴청을 피웠다.

위진해는 무영으로부터 계속 모욕을 받았기에 아귀장의 행동을 제지하고 싶은 마음이 조금도 없었고, 남궁우 또한 방금 전 무영의 말에 기분이 상했기에 ‘너 이놈, 혼 좀 나봐라’ 하는 격이라 수수방관했다. 해남제일검이라 불린다는 아귀장의 명성에 대해서는 그도 익히 들어 잘 알고 있었다.

“오호, 무공으로 하자? 관두슈. 내 배까지 망가뜨리려고?”

상문인과 호소가와는 이미 무영의 좌우에 서서 품 자(品字)를 이루며 은근히 호위하는 형태를 취했다.

“험!”

배가 망가진다는 말에 남궁우가 헛기침을 했다.

생각해 보니 그런 상황까지 가는 것은 아무래도 좀 심했고, 이 일을 빌미로 나중에 남궁화가 그때 왜 할아버지는 팔짱만 끼고 계셨냐고 되묻는다면 곤란했다.

손을 봐주는 것은 아무래도 좀 힘들겠다 싶었던 아귀장은 내공을 무럭무럭 발산시켜 기세를 돋우며 은근히 겁을 주려고 시도했다.

‘아니, 저놈이!’

그렇지 않아도 기세가 흉흉하게 보여 이쪽에서 나누는 대화에 온 신경을 기울이고 있던 곡완주도 그 기운을 감지했다. 다른 것은 다 참을 수 있어도 무영이 위험에 빠지는 것은 조금도 참지 못했고, 게다가 내심 무영의 배로 건너갈 핑곗거리만 찾고 있던 중이었던 그녀였다.

“하앗!”

곡완주는 재빨리 허공으로 몸을 날려 이십여 장이 넘는 거리를 가볍게 건너뛰었다.

‘아니, 저놈 봐라.’

아귀장은 깜짝 놀랐다.

웬 계집애같이 생긴 녀석이 다른 배에서 건너오는데 이십여 장을 넘어 허공을 날아 내리는 것을 보니 무공이 보통이 아닌지라 자세히 보니 남장 여인이었다. 눈앞에 서 있는 늙은이만 고수인 줄 알았더니 그게 아니었다.

‘음!’

그는 재빨리 상황을 인식했다.

우선 주둥아리를 함부로 놀리는 젊은 놈도 무공이 보통은 아니라는 것을 알고 있었지만 자신보다 위로 보이지는 않았다. 하지만 정체 모를 노인네는 그 깊이를 예측하기 힘들었고 방금 다른 배에서 날아 내린 남장 계집도 보통이 아니었다. 게다가 수하를 자처하며 젊은 놈의 좌우에 버티고 있는 놈들도 한 수의 재간은 있는 놈들이 틀림없었다.

‘어디서 온 놈들이기에 이렇게 대단한 놈들이 많지?’

내심 의아한 생각마저 들었지만 나이도 어린 녀석에게 무례를 당했기에 다시 한 번 호통을 치려는데 위진해가 재빨리 나섰다.

“허허허, 수신제가를 하시느라 바쁘신 것을 모르고 본인이 결례를 한 것 같소이다. 용서해 주시기 바랍니다.”

그 말을 하는 와중에 남궁화도 몸을 날려 이쪽 배로 건너왔다. 그녀는 무공이 미치지 못했기에 배를 최대한 가까이 붙인 후에야 건너올 수 있었다.

‘응, 창궁신보?’

아귀장은 무림의 고수답게 남궁화의 신법을 쉽게 간파했다. 강호에서 창궁신보를 쓸 인물이라면 남궁가밖에 없었다.

"총행두어른, 남궁가의 인물도 있습니다."

그는 재빨리 위진해에게 전음으로 알렸다. 무림제일세가라 불리는 남궁세가의 인물이 이 자리에 있다는 것을 위진해가 알아둘 필요가 있다고 생각한 때문이었다. 계집의 무공은 대단해 보이지 않았지만 그 뒤에 있는 가문은 만만히 생각할 곳이 아니었다.

남궁화는 건너오자마자 남궁우에게 안겨 울음을 터뜨렸다.

"엉엉! 할아버지, 장 오라버니가 나를 못살게 굴어요."

"헛헛헛. 알았다, 화아야. 하지만 여러 사람들이 보고 있으니 그만 울려무나."

'음!'

그제야 아귀장은 노인의 정체를 파악했다.

얼마 전에 남궁화가 실종되어 남궁세가에서 은밀히 사람을 풀었다는 정보를 입수한 적이 있었다. 남궁세가 가전의 창궁신보에 '화아'라 불리는 빼어난 미모의 남장 여인.

'음, 남궁화라는 계집과 남궁가 사대봉공 중의 하나인 대안검호가 틀림없구나.'

남장을 하긴 했지만 빼어난 미모를 숨기지 못했기에 얼핏 보아도 흔치 않은 미모의 그녀가 남궁가에서 실종설이 돌고 있다는 남궁화라는 건 쉽게 알아챌 수 있었다.

게다가 그녀가 안겨 응석을 부리며 할아버지라고 부를 수 있는 부리부리한 호목(虎目)의 절정고수, 남궁세가의 맹호라는 대안검호 남궁우말고는 그런 외모를 가진 자가 없었다.

"남궁가 사대봉공 중 하나인 대안검호라는 자도 이 자리에 있습니다."

그는 위진해를 향해 계속 전음을 보냈다.

'음, 갈수록 정체가 궁금해지는 자들이구나.'

남궁세가의 봉공이 끼어 있다면 자신이 함부로 대할 자리는 아니었다. 위진해는 남궁우에게도 함부로 소리를 질러대며 반항하는 이 젊은 이의 정체가 갈수록 궁금해졌다.

"안으로 들어가시지요."

자꾸 주공의 집안 사정이 드러나는 것 같자 호소가와가 재빨리 그들을 선실로 안내했다.

"돌아가서 얘기하자구. 내가 설가 그 계집애를 증인으로 세울 수도 있어."

무영은 두 여자를 달래기 위해 땀을 삐질거렸다.

"흥, 짜고 치는 골패가 아니라는 것을 뭘로 증명하지요?"

어느새 남궁화가 눈물을 닦고 허리에 손을 얹어가며 닦달을 했다.

"그럼 화매는 나를 그런 바람둥이로 본다는 거야?"

"잠깐만 떨어지면 어디서 하나씩 꿰차고 오는데 그걸 어떻게 믿으라는 거예요?"

한동안 실종되었다가 곡완주와 그렇고 그런 사이가 되어 나타난 것을 두고 하는 말이었다. 그 말에 옆에 서 있던 곡완주의 얼굴이 붉게 물들었다.

'어머, 내가……!'

남궁화는 그제야 자신의 실책을 눈치 채고는 얼굴이 빨개졌다.

"험, 험."

난처해진 무영이 헛기침을 했다.

"자, 자, 그런 얘기는 나중에 하고. 일단 무슨 일로 광동 상방의 총행두께서 절강 앞바다까지 오셔서 이런 모진 일을 당하셨는지 그거나 알아보세."

이만하면 되었다 싶었는지 남궁우가 얼른 마무리로 나섰다. 자신이 가주께 간청하다시피 해 동가장에 머물도록 허락받았는데 남궁화가 가출해 버렸으니 빨리 찾지 못하면 뵐 면목이 없다는 생각에 노심초사했었다. 지금 남궁화의 귀여운 얼굴을 보는 것만으로도 그의 마음은 푸근했다.

"험, 깜빡 잊을 뻔했군요."

있어봐야 닦달만 당할 자리였기에 대충 여자들이 수습된 것 같자 무영은 주제를 바꿨다. 그는 얼른 위진해 등이 기다리는 선실로 향했고 상문인이 뒤를 따랐다. 곡완주도 상대의 무공이 예사가 아닌 것을 알기에 걱정이 되는지 뒤따라 들어가 무영의 뒤에 섰다.

"무적 호송단를 맡고 있는 장입니다."

무영은 이름을 밝히지 않았다.

"광동 상방의 총행두로 있는 위진해요."

"대명은 많이 들었습니다."

"허허허, 쓸데없이 여러 사람의 귀만 더럽히고 있소이다."

위진해는 한껏 체면을 차렸다.

"그렇다는 소문을 듣기는 했습니다."

'아니, 이놈이!'

분수를 모르고 내뱉는 무영의 말에 위진해의 얼굴이 거시기를 밟은 것처럼 누렇게 떴다. 하지만 그는 최대한 인내심을 발휘했다.

"허허허, 워낙 여러 가지 일을 하다 보니 가끔은 아랫사람들이 실수를 하기도 하지요."

"험, 상탁하부정(上濁下不淨)이라는 말이 있기는 하지만 직접 총행두
님을 뵈니 그러실 분은 아닌 것 같군요."

이번에는 위진해도 화를 주체하지 못했다.

"홍, 젊은 사람이 입심 한번 대단하구려."

"죄송합니다. 제 입이 사람을 좀 가리는 편이라."

설상가상.

쾅!

위진해는 더 이상 참지 못하고 탁자가 부서져라 후려쳤다.

"구해준 것은 정말 고맙소만 대체 내게 이렇게 무례하게 구는 이유
가 무엇이오!"

"광동 상방 사람이라는 것을 알았다면 구해주지도 않았을 것이오.
기왕에 구했으니 목숨을 보전했으면 그만 가보시오. 게다가 당신이 나
를 찾은 것이지 내가 당신을 초대한 것은 아니지 않소?'

그렇지 않아도 위진해를 보고 있자니 부모님의 얼굴이 자꾸 떠오르
는 것 같아 심기가 불편했던 무영이었다.

곁에서 듣고 있던 아귀장이 더 이상 참을 수 없었던지 벌떡 일어나
며 검을 뽑아 들려는 순간이었다.

'헉!'

그는 마치 목에 칼을 들이댄 듯한 섬뜩한 기운을 느꼈다.

무서운 기세를 흘리고 있는 자는 뜻밖에도 아까 배를 날아 건너온
남장 여인이었다. 그 기세는 아귀장이 발산하는 살기를 완전히 압도하
며 전신을 무겁게 짓눌러왔다.

'으음.'

그제야 아귀장은 이 여자가 진짜 강적임을 알았다.

갑자기 그의 귀에 살기가 풀풀 묻어나는 냉막한 목소리의 전음이 들려왔다.

"당신이 누구든 상관하지 않아. 하지만 함부로 나선다면 목숨을 내놓아야 할걸."

아귀장은 아무런 반응도 보이지 못했다.

중원 무림에서 단순히 암경을 내뿜어 이토록 자신을 압도할 수 있는 무공의 소유자는 흔치 않았다. 그는 내공을 극한으로 끌어올려가며 같이 암경을 뿜어 대응했다.

선실 안은 삽시간에 두 사람이 뿜어대는 경기에 서릿발 같은 냉기가 감돌았다. 다른 사람들도 모두 두 사람이 내공으로 대결을 하고 있다는 것을 알고 있었기에 아무런 말도 않고 보고만 있었다.

'음!'

곡완주는 암경을 세 명 모두에게 흘려보내고 있었기에 아귀장은 물론이고 위진해와 다른 한 명의 중년 사내도 식은땀을 흘렸다.

"위 총행두, 나는 당신을 알지 못하오. 다른 사람들은 어떤지 몰라도 나는 당신과 말을 나누는 것보다 내 마누라 될 여자를 챙기는 것이 더 중요하다고 여기는 사람이오."

무영은 그 말과 함께 팔짱을 끼고 세 사람을 바라보았다.

나가 달라는 축객령이었다.

"허허허, 방해하고 싶지는 않소이다. 다만 이 상태로는 이동할 수 없으니 보타산까지만이라도 같이 가주었으면 하는 마음이오. 게다가 놈들에게 다시 공격을 받을지도 모르니……."

여러 차례 개망신을 당한 처지에 부탁하고 싶은 생각은 없지만 그럴 수밖에 없는 것이 현실이었다. 자신의 배는 빌빌거리고 호위함들은 죄다 가라앉아 바다 속에 들어가 있으니 어쩔 도리가 없었다.

"알겠소. 호송비는 은자 백만 냥이이요."

선실에 있던 모두의 눈이 휘둥그레졌다.

"핫핫핫! 이 위진해의 목이 그래도 제법 값이 나가는 것은 틀림없지요."

위진해가 호탕하게 웃었다.

무영이 백만 냥을 부른 까닭은 자신을 의식해서 그런 것이라는 것을 알고 있었다.

"대금은 어떻게 하겠소?"

"일단 내가 배로 돌아가 선금 오십만 냥을 보내 드리겠소. 대신 광주까지 호송을 완료하면 이백만 냥을 더 내겠소."

곳곳이 위험천만이기에 안전한 곳은 그래도 총방이 있는 광주밖에 없었다. 그곳까지 무영의 선단이 호송을 맡아준다면 별 탈이 없겠다는 생각이었다.

"광주까지는 오백만 냥이고 도착 즉시 지불하는 조건이오."

'음, 고약한 놈!'

때를 놓치지 않는 것은 상인의 기본이었지만 여간 배포가 크지 않다면 오백만 냥을 달라고 하진 못할 것이었다. 그리고 지금은 광주까지 무사히 갈 수만 있다면 오백만 냥이 아니라 천만 냥이라도 내야 할 판이었다. 그런 생각을 하니 오백만 냥이 적당할지도 모른다는 생각이 들었다.

"좋소."

한 달이면 왕복이 족한 거리였다.

잠깐 배를 태워주고 오백만 냥을 내라고 하는 것은 아무리 위진해의 목숨 값이라 해도 날강도 같은 경우였지만 그는 아무런 이의를 제기하지 못했다.

위진해가 일 년 동안 벌어들이는 재화를 은자로 환산하면 수천만 냥으로, 나라 전체 일 년 세수의 몇 배가 넘었다. 병자가 목숨이 위태로운 경우 은자가 없으면 집이라도 팔아 약값을 마련하는 것이 당연하니 그런 생각을 하면 오백만 냥은 결코 비싼 금액이 아니었다. 지금 그의 처지는 목숨이 경각에 달린 중환자에 못지않았다.

'음, 의외로 배포가 크고 사리 판단이 정확한 자로군.'

지금 무영은 기분상 위진해가 조금이라도 비싸다거나 흰소리를 했다면 당장 배에서 쫓아내려고 했었다. 흥정을 않으면 상인이 아니라고 했지만 대번에 응낙한 것으로 보아 상대가 자신의 마음을 읽었거나 역시 거상다웠다.

"손님을 모시도록 하시오, 최상급으로."

호소가와가 위진해 일행을 특실로 안내했다.

배를 찾는 특별한 손님을 대비해 특별히 준비된 선실이었다.

그들이 보타산에 도착하는 데는 그리 오래 걸리지 않았다.

보타 신니는 그때까지도 백보석을 지키고 있었다. 염방에서는 사람을 보내와 교평천이 일을 당한 것을 전했지만 위진해로부터는 아무런 소식을 듣지 못했기에 그녀는 노심초사하고 있었다.

'곧 중원에 혈풍이 몰아치겠지.'

위진해가 죽었든 살았든 혈풍은 피할 수 없었다. 이번 사태는 상계에 국한된 일이 아니었다.

보타 신니는 남북 중원의 중간이라 할 수 있는 이곳 보타산에서 두 거두의 회담을 주선할 수 있게 되어 싸움을 종식시킬 수 있다고 내심 안도했었다. 하지만 지금 교평천은 죽었고 이제 위진해의 생사가 궁금했다.

"배가 옵니다."

상경의 말대로 멀리 한 무리의 선단이 포구를 향해 오고 있는 것이 보였다. 선단을 이끌고 보타산을 찾아오는 것으로 보아 위진해일 가능성이 높았다.

잠시 기다리자 배가 포구 안으로 들어오고 한 무리의 사람들이 내리자 보타 신니가 마중을 했다. 그녀로부터 교평천 역시 기습을 당해 죽었다는 얘기를 전해 들은 위진해도 크게 놀랐지만 그 역시 습격을 받아 남에게 몸을 의탁하고 있다는 말에 보타 신니도 크게 놀랐다.

'음, 빨리 돌아가서 상방을 단속해야겠구나.'

혹시 했던 염려가 현실이 되어 나타났기에 위진해의 마음은 더욱 급해졌다.

"제 막내 제자입니다. 이번 기회에 강호의 견문을 넓혀주고 싶군요. 뭍으로 나가시는 길에 같이 태워가신다면 폐를 끼치지는 않을 것입니다."

급히 섬을 떠나려는 위진해에게 보타 신니가 제자인 상경을 그에게 소개했다. 위진해가 응낙하지는 않았지만 자신의 체면을 보아 거절하지도 않을 것이라는 생각에 그녀는 곁에 공손히 시립한 제자를 보며 말을 이었다.

"누누이 말했지만 너는 불문과 인연이 없다. 게다가 강호에 겁난이 닥쳤으니 미력한 힘이나마 보탬이 되도록 최선을 다해라."

이미 제자에게는 미리 말해 둔 것이 있었다.

"이번에 출도하면 보타문의 속가제자로서 사문의 이름에 욕됨이 없도록 항상 처신을 바로 하도록 해라. 기회가 닿는다면 사저들도 만나 보도록 하고."

보타 신니는 자애로운 눈길로 상경을 바라보며 말했다.

그 말이 끝나자 옆에 서 있던 사미니(沙彌尼:어린 여자 중)가 보퉁이 하나를 건넸다. 이번 강호 출도를 위해 준비한 것이었다.

상경은 사부를 향해 조용히 구배를 하고 보퉁이를 받아 들고는 위진해의 뒤를 따라 배에 올랐다.

"손님이 늘었소이다."

위진해가 무영에게 말했다.

복장은 비구니의 것인데 머리가 치렁치렁한 모습에 무영이 의아한 표정을 짓자 위진해가 설명했다.

"보타 신니의 제자요. 속가제자라 머리를 기른 모양이니 궁금하게 생각하지는 마시오."

그는 상경을 향해 말을 이었다.

"이 배의 주인, 장 선주요."

"상경이라고 합니다."

상경이 고개를 숙여 정중히 인사를 했지만 무영은 가볍게 고개를 끄덕이곤 자리를 떠났다.

'음, 오해받지 말자.'

곡완주와 남궁화의 화가 덜 풀렸는데 또 예쁜 젊은 여자와 말을 잘못 나누다가는 무슨 봉변을 당할까 걱정이 되어 얼른 피하는 무영이었다.

'흥, 무례한 자.'

상경은 몹시 불쾌했다.

기껏해야 또래로밖에 보이지 않는 젊은 남자에게 무시를 당했으니 기분 좋을 리가 없었다. 게다가 자신을 보타 신니의 제자라고 소개하기까지 하지 않았는가? 스승의 위명이 중원에서 어떠한지는 자신도 잘 알고 있었기에 한껏 품위를 지키려고 노력하는 중이었는데 강호로 첫발을 딛자마자 애송이에게 무시를 당한 셈이었다.

"흥!"

상경은 가볍게 코웃음을 치는 것으로 자신의 불쾌감을 표시했다.

'흠, 하는 수 없지.'

무영은 못 들은 척 걸음을 옮겼다.

이미 곡완주와 남궁화도 예쁜 여자가 타자 잔뜩 경계하며 무영의 태도를 주의 깊게 보고 있었다. 두 여자는 서로 마주 보며 눈빛을 교환했다.

"아직은 몰라. 계속 감시를 해야 해."

"맞아, 사내란 기회만 있으면 무슨 짓을 할지 알 수 없어."

두 여자는 서로 전음을 주고받으며 경계에 들어갔다.

광주로 향하는 도중 호소가와가 배 한 척을 몰고 선단을 이탈했다. 무영의 지시를 받아 어산도와 태주도라는 섬을 살펴보고 적당한 곳을 골라 선단이 정박하고 사람들이 살 수 있도록 주둔지를 만들려는 것이었다. 그는 위진해로부터 선금으로 받은 오십만 냥을 무영으로부터 전해 받아 가지고 떠났다.

'내 편으로 만들 수 있다면……'

위진해는 비록 처음에 몇 번 모욕을 당하고 호송비를 바가지 쓰기도 했지만 어쩌면 대어를 낚을 수도 있겠다는 생각이 들었다.

광주로 향한 지 이틀째 되는 날 그는 무영의 방을 찾았다. 무영은 상문인과 뱃길에 대해 말하고 있었다.

"아직 젊으신데 이런 선단을 이끌고 계시다니 놀랍습니다."

상문인이 권하는 자리에 앉은 위진해가 말했다.

"열심히 노력한 대가지요."

거액을 받기로 했지만 그에 대해 별로 좋은 감정이 들지 않는 무영인지라 건성으로 대답했다. 그런 반응을 예상했기에 위진해는 그 말을 무시하고 말을 계속했다.

"중원으로 진출할 생각은 없으시오? 당금 천하는 어지럽소이다. 장 선주 같은 분이 나서주시면 많은 도움이 될 수도 있을 겁니다."

"총행두님, 저와 아주 가까웠던 몇 사람이 있었지요. 그런데 산서 상방의 농간에 모두 목숨을 잃었습니다. 솔직히 말씀드리면 저는 거대 상방 사람들에 대해서 그리 호감을 갖고 있지 않다는 것을 말씀드리고 싶군요. 특히 그 윗사람들에 대해서요."

"허, 그런 사연이 있었구려. 하지만 나는 산서 상방과는 아무런 관련이 없지 않소?"

"교평천이나 위 총행두님이나 별로 다를 것이 없다는 것이 제 생각입니다."

무영이 노골적으로 말했다.

"나도 교평천과는 그리 가까운 사이가 아니오. 사실 내가 이번에 보타산에 온 것은 그와 만날 약속이 있었기 때문이오."

위진해는 교평천과 보타산에서의 회동 약속에 관한 모든 것과 아무도 알지 못하는 제삼의 세력에 의해 중원 상계와 무림이 큰 위난에 빠져 있음을 말했다.

"산서 상방에 의해 좋지 않은 일을 당하신 것 같은데… 하지만 경쟁은 어디나 있는 것이 아니겠소? 그 와중에 크고 작은 희생이 간혹 생기기도 하지요."

"흠, 그럼 해남파가 광동 상방을 위해 남해를 지나는 다른 상방의 상선들을 노략질하는 것도 단순한 경쟁의 부산물이니 크게 개의할 것이 못 된다는 말씀입니까?"

그 말에 위진해가 흠칫했다.

"그게 무슨 소리요, 해남파가 노략질을 하다니? 내가 비록 그들의 도움을 받고 있기는 하지만 해적질을 하라고 사주한 경우는 없었소. 단지 우리 상방에서는 해남파에 정기적으로 금전적인 보조를 하는 것이 전부일 뿐 그들이 노략질을 한다는 것도 처음 듣거니와 사실이 그렇다 해도 그들의 그런 행동과 본인의 뜻과는 아무 관련이 없소."

"해남파에서 광동 상방의 상선은 그냥 두고 다른 상방의 상선들만 골라 공격하는 것이 총행두님과 관련이 없다는 말씀이시오?"

위진해의 부인에 불쾌해진 무영이 언성을 높였다.

"처음 듣는 얘기요. 아귀장 총호법을 이 자리에 불러 삼자대면을 해봅시다."

내심 찔끔했지만 인정할 수는 없는 일이라 위진해는 즉시 나가서 그를 불러왔다.

"총호법, 장 선주의 말에 의하면 해남파가 남해에서 해적 행위를 하고 있다는 말이 있는데, 그게 사실이오?"

아귀장은 순간적으로 당황한 기색이었지만 이내 신색을 회복하고는 시치미를 뗐다.

"금시초문입니다. 명문정파인 우리 해남파에서 그런 짓을 할 리가 있겠습니까? 필시 누군가의 모함이 분명합니다."

'시치미를 떼는군.'

아귀장의 당황한 얼굴을 본 무영의 생각이었다.

"나도 뭔가 오해가 있을 것으로 생각은 했소만."

위진해는 그러면 그렇지 하는 표정으로 고개를 끄덕였다.

아귀장이 비록 이번 여행에서 자신의 보표 노릇을 하고 있기는 하지만 어디까지나 그는 일파의 총호법이었다. 자신이 해남파에 매년 수십만 금의 대가를 지불했기에 이번 여행길에 그가 직접 나서준 것뿐이었다.

"핫핫핫! 그것 보시오. 장 선주가 무언가 크게 오해를 했던 모양이오."

위진해는 무영을 향해 크게 웃으며 말했다.

"그런 모양입니다. 그런데 제가 아귀장 총호법께 소개시켜 드릴 손님들이 있는데 한번 만나보시겠습니까?"

무영이 상문인을 보고 눈짓을 했다.

"알겠습니다."

상문인은 세 사람의 대화를 듣고 있었기에 그 손님들이 누구를 말하는지 알아들었다.

"내가 알 만한 사람이 배에 있소?"

상문인이 밖으로 나가자 그제야 아귀장이 물었다.

"후후후, 잠시 후 만나보시면 아실 게요."

아귀장은 짐작이 가지 않는다는 표정이었지만 해적 행위와 관련된 것으로 짐작하고는 은근히 불안한 기색을 띠었다.

"갑판에 모두 모였습니다."

잠시 차를 마시고 있자 상문인이 와서 말했다.

일행은 모두 자리에서 일어나 갑판으로 향했다. 갑판 위에는 배의 선원들이 지난번 사로잡은 해남파의 제자들을 끌어다 꿇어앉히고 있었다.

"아니!"

아귀장은 갑판 위에 줄줄이 묶여 무릎이 꿇려 있는 자들이 자파의 제자들임을 한눈에 알아보았다. 묶여 있던 자들도 아귀장을 알아보고는 창피스러웠던 까닭인지 모두 고개를 숙였다.

"모두 해남파의 제자들이 아니오?"

무영이 물었지만 아귀장은 대답하지 못했다. 모르는 자들이라고 말하기에는 이미 늦었다. 처음 그들과 마주친 순간 표정 관리를 하지 못했기 때문이다.

"지난번 남해에서 용유 상방의 선단을 기습하는 것을 본인이 잡았소이다. 윗사람들의 지시를 받고 한 일이라 하더군요."

무영이 위진해에게 말하자 그의 얼굴이 붉어졌다.

"음… 본인은 몰랐소이다."

위진해가 말했다.

"처음에는 총행두님이 시킨 일인 줄로 알았는데 오늘 보니 그렇지 않다는 것은 알겠습니다. 하지만 내가 틀린 말을 한 것은 아니라는 것은 아시겠지요?"

무영이 재차 자신의 말을 확인시키듯 말했다.

"대체 이게 어떻게 된 일이오?"

위진해가 추궁하듯 물었다.

"아마 그들이 먼저 도발을 했을 것이오."

대답을 하는 아귀장의 눈빛이 흔들렸다. 모든 것을 알면서 모르는 척 물어오는 위진해의 입장을 모르는 바는 아니었지만 막상 혼자 몰리고 보니 괘씸한 생각까지 드는 그였다.

"이미 드러난 일을 그렇게 구차하게 변명할 필요가 있을까?"

무영이 쓴웃음을 지으며 말했다.

"흐흐, 사람을 너무 핍박하는구나."

아귀장이 발끈했다.

"이봐, 아구창. 웬 오리발이야? 그것도 모자라서 이젠 성질까지 내? 보고 있기가 정말 민망하구만."

무영이 비웃듯 빙글거리며 말했다.

아귀장의 눈꼬리가 올라가며 얼굴을 붉혔다.

"이놈!"

그가 검을 빼 든 것은 정말 순식간이었다.

창!

순간 무영을 향해 베어가던 아귀장의 검을 곡완주의 검이 막았다. 그녀는 아귀장의 행동을 모두 읽고 있었기에 그의 손이 검을 향하는 것을 보는 순간 재빨리 막아간 것이었다. 상문인을 비롯한 주변의 호위무사들도 재빨리 무기를 뽑아 아귀장을 포위했다.

"이봐, 아구창. 순순히 검을 놓으시지?"

"죽어라!"

순간 아귀장이 곡완주의 검을 밀쳐 내며 무영을 찔러왔다.

"어딜!"

무영이 재빨리 몇 걸음 뒤로 물러섰다. 곡완주의 검이 아귀장의 검로를 방해하며 진로를 틀었기에 사실 피할 필요조차 없었다.

"핫!"

아귀장의 기습에 잔뜩 독이 올라 있던 곡완주가 그를 향해 공격을 펼쳤다. 기세가 자못 흉흉하다는 것을 눈치 챈 그는 펄쩍 뛰어 뒤로 물러서더니 곡완주를 상대했다.

한 문파의 총호법답게 그의 검세는 날카롭기 그지없어 곡완주로서도 만만찮은 상대였다. 해남파의 초식은 독랄무비를 특색으로 하고 있는 데다 일반 무림인들에게는 익숙치 않은 좌수검을 위주로 했기에 상대하기 꺼려하는 편이었다.

"벽해포룡(碧海咆龍)!"

아귀장은 초반부터 해남파의 무공 중에서도 가장 극랄한 초식을 전개했다. 좌수공의 특징은 공격 방향을 예측하기 곤란하고 상대보다 한 발 먼저 출수를 할 수 있다는 데 있었다.

아귀장의 검이 곡완주의 허리를 쓸어왔다. 목표는 허리였지만 검날은 좌우상하로 움직여 마치 사방에서 뱀이 혀를 날름거리는 듯한 느낌을 갖게 했다.

곡완주의 신형이 가볍게 비틀리는가 싶더니 어느새 옆으로 비켜나 아귀장의 정수리를 찍어왔다.

"직도황룡(直道黃龍)!"

무영이 웃었다.

우습게도 곡완주가 무림의 평범한 초식인 직도황룡을 배운 것은 불과 며칠 전이었다. 그녀는 무공에 관심이 많았기에 동가장에서도 연무장에 자주 놀러 갔었는데 비전의 무공은 외인이라 볼 수 없다고 해서

곤륜파의 하급 제자들이 밤낮으로 연마하는 기본 초식만 주로 구경했다. 그런데 나름대로 흥미를 가지고 연구하는 그녀를 무영이 지켜보았던 것이다.

'음, 시험 무대로군.'

그랬다. 그는 지금 곡완주가 전력을 다한다면 수십 초 이내에 아귀장의 무릎이 꿇어질 것이라고 예상했다. 모험심이 강한 그녀는 새로 배운 검초를 시험하고 싶은 것이 틀림없었다.

'이런 건방진 것!'

아귀장은 한눈에 그 초식을 알아보고는 급박한 와중에도 얼굴이 붉어졌다. 자신을 마치 하수 다루듯 한다고 여겼기 때문이다. 하지만 그것은 그의 오산이었다.

수직으로 베어가는 한 초에 곡완주는 사력을 다했다.

직도황룡은 평범한 초식이었지만 그녀가 보기에는 다른 어떤 초식보다 효과적인 한 수라는 믿음이 있었다. 전통을 이어 내려오는 무림 각파의 여러 초식들은 세월이 지나며 겉멋만 들었기에 화려하기만 할 뿐 형식에 치우쳐, 당금에 와서는 그런 점들이 오히려 실제 위력을 반감시키는 경향이 있었다. 하지만 직도황룡은 모두가 배울 수 있는 너무나 평범한 한 수였고 어떤 문파의 독문검초도 아니었기에 세월의 때가 조금도 묻지 않은 절제된 초식이었다.

가식이라고는 전혀 없는 우직한 한 수.

그것이 직도황룡의 진정한 묘미였다.

누구나 검을 처음 잡으면 펼칠 수 있어 평범한 군문(軍門) 병사들도 배우는 수였지만 그 참맛, 진정한 위력을 배우려는 노력은 아무도 하지 않았다. 그녀의 사부도 그런 초식은 아예 가르치지도 않았었다.

곡완주도 다른 곳에서 그 초식을 보았다면 무심해질 수도 있었다. 하지만 남우선이 그 초식을 가르치며 심혈을 기울이는 것과 그의 지도에 따라 위력이 천양지차를 보이는 것을 보고 생각을 바꾸었다.

곡완주의 직도황룡은 마치 승천하는 용의 머리통이라도 베어갈 듯한 엄청난 기세로 아귀장의 전신을 찍어 눌렀다.

'헉!'

순간적으로 아귀장은 전신 모공이 활짝 열리는 듯한 긴장감을 느꼈다. 전후좌우 어디로 가도 곡완주의 일검을 피할 수 없다고 느낀 그는 황급히 내공을 끌어올려 비스듬히 막아갔다. 정면으로 막아가기에는 위력이 너무 엄청났던 까닭이었다.

창!

검과 검이 맞부딪치며 불꽃이 튀었다.

비스듬히 받았는데도 쓸어오는 검세를 감당하지 못한 아귀장은 뒤로 몇 걸음 물러나야 했다.

"하앗!"

그가 미처 자세를 잡기도 전에 곡완주의 검이 이번에는 옆구리를 쓸어왔다.

횡소천군(橫掃千軍).

이것 역시 군문에 갓 들어간 초짜나 일반 삼류도장에서 검술에 막 입문한 제자들에게 기초 과정으로 가르치는 초식이었다.

하지만 곡완주가 펼치는 한 수는 초식의 이름 그대로 마치 천군만마를 쓸어갈 듯한 기세였다. 아귀장이 이번에는 미리 반응해 재빨리 뒤로 훌쩍 물러났지만 여전히 거머리처럼 따라붙는 그녀의 검을 피할 수 없다고 느껴 다시 허리를 비틀어가며 전력을 다해 맞아갔다.

창!

다시 불꽃이 튀는 순간 아귀장의 검이 부러져 나갔다.

"으헛!"

아귀장은 자신도 모르게 경악성을 흘렸다.

곡완주는 마치 물 흐르듯 다음 초식을 전개했다.

일도관철(一刀貫鐵).

역시 군문의 기본 검식이었다.

쪼개고, 베고, 찌르고.

아귀장은 자신의 심장을 찔러오는 곡완주의 검을 보면서도 피할 생각을 못하고 눈만 부릅뜨며 고스란히 몸으로 받아야 했다.

"흡!"

턱을 꿰뚫고 머리 쪽으로 관통한 검을 그녀가 빼는 순간까지도 아귀장은 자신이 해남파의 현묘한 절초를 펼쳤음에도 강호의 삼류무공인 간단한 기본 초식에 죽음을 맞아야 하는 이유가 궁금했다.

쿵!

눈을 부릅뜬 아귀장의 몸이 모로 쓰러졌다.

심장에서 분수처럼 뿜어져 나오는 피가 갑판을 적시는 순간에도 그는 반쪽이 부러져 나간 검을 놓지 않았다.

무영은 잔혹하게 상대를 제압하는 곡완주를 보고 역시 그녀답다는 생각을 했다. 그의 예상을 훨씬 빗나가게 하는 빠른 속도의 완승이었다.

'대단하다!'

상경은 숨이 멎는 듯한 긴장감에 몸을 떨었다.

두 사람의 대결을 처음부터 끝까지 손에 땀을 쥐어가며 보았다. 곡

완주가 펼친 검초는 그녀도 배웠기에 익히 잘 알고 있다고 생각하는
초식이었다. 하지만 곡완주처럼 초식에 생명을 불어넣을 자신은 조금
도 없었다. 아귀장을 자신이라 가정하고 곡완주의 공격을 막을 여러
수순을 생각해 보았지만 쉽게 길이 보이지 않았다.

"시체를 치워라."

그녀의 긴장은 무영의 말소리가 들리는 순간에야 겨우 풀어졌다. 단
지 몇 초의 검식을 지켜본 것만으로도 몸이 피곤했다. 하늘 위에 또 다
른 하늘이 있음을 알았고, 무림에서 몇 손가락 안에 꼽는 검술의 초고
수라 일컫는 보타 신니의 제자라는 사실은 강호에서 그리 내세울 수
있는 것이 아닐지도 모른다는 생각을 했다. 어쩌면 저 젊은 여자는 사
부조차 감당하기 벅찰 것 같았다.

직도황룡, 횡소천군, 일도관철.

아무리 강호초출이지만 해남파의 총호법 아귀장은 무림에서도 상당
한 명성을 얻었기에 누가 상대하더라도 그리 만만한 고수가 아니라는
것쯤은 그녀도 알고 있었다. 자신이 아귀장과 맞대결을 한다면 이길
자신이 없었다. 그런데 하물며 곡완주야.

곡완주의 무공에 놀란 것은 그녀뿐만이 아니었다. 남궁우 역시 감탄
했다.

'나라도 피하기 힘들었어.'

곡완주가 펼친 직도황룡, 횡소천군에 이어 마지막 일도관철은 남궁
우에게 그렇게 다가왔다. 그 세 초식은 그녀가 전력을 다해 펼친 것이
었다.

"험, 제가 총행두님을 오해했군요."

무영이 말했다.

위진해는 아직도 아귀장의 죽음에서 벗어나지 못하고 있다가 퍼뜩 정신을 차렸다. 사실 그가 해남파의 해적질을 모르고 있지는 않았다. 아니, 명확하게 말한 것은 아니었지만 그 일에 대한 사례라 할 수 있는 금전까지 오갔었다. 하지만 공식적인 거래는 아니었기에 입을 닫고 있을 뿐이었다.

"음, 그런데 저들이 해남파의 제자들이 분명합니까?"

그는 아직도 뭐가 뭔지 알 수가 없다는 표정을 지어가며 말했다.

"아까 아귀장의 낯빛이 변하는 것을 보지 않으셨습니까?"

그러더니 무영은 포로 하나를 일으켜 세우더니 물었다.

"방금 죽은 놈과 무슨 관계야?"

"아, 아무런 관계가 없습니다. 그, 그저 총호법님과 일반 제자의 관계일 뿐입니다."

혹시 아귀장의 불똥이 자신에게 튈까 겁이 난 해남파 제자는 얼굴이 흙빛으로 바꾸며 그렇게 말했다.

"들으셨습니까?"

"흠."

위진해는 고개를 설레설레 저었다.

"다른 보표도 해남파 출신입니까?"

위진해를 수행했던 두 사람 중 아귀장이 죽었지만 아직 하나가 남았기에 물었다.

"아니오. 그는 예전부터 데리고 있던 사람이니 해남도의 일과는 관련이 없소."

"지난번 남해를 지날 적에 용유 상방의 선단이 해적 행위를 하는 해남파 배들에게 공격당하는 것을 구해준 적이 있습니다. 그때 잡힌 포로들인데 어떻게 해야 할지 몰라 데리고 있었습니다."

무영은 선실로 가며 그 일에 관해 자세히 말해 주었다.

"허, 본인은 전혀 몰랐소이다. 그런 짓은 단기적으로 상대에게 타격을 줄 수는 있어도 궁극에 가서는 그들끼리 뭉치게 만드니 본인이 바라는 바가 아니오. 내가 욕심이 과하다는 소리는 듣고 있지만 그렇게 안목이 없는 사람은 아니외다."

다시 자리에 앉으니 어느새 찻물이 따끈하게 바뀌어 있었다.

"나를 도와주시오."

위진해가 말했다.

"무엇 때문에 도와야 합니까?"

"그만한 대가를 지불해 드리겠소."

위진해는 자못 진지한 표정이었다.

무영이 그의 말에 아무런 대꾸도 없이 자리만 지키자 그는 말을 이었다.

"사실 나는 교평천과 비교하면 무력 기반이 상당히 약한 편이오. 하지만 우리 같은 상인들에게 그런 것은 필수라 해남파와 손을 잡기도 했고 매검수를 불러 모으기도 했소. 한데 지금 그게 내 목을 죄고 있소."

"무슨 말씀인지요?"

"몇 년 전에 무림인 하나가 나를 찾아왔었소. 그는 내게 자기 휘하에 절정고수만 십여 명 이상이 있고 무림 각대문파에 비교해 당주급 이상의 무공을 가진 자도 수백이나 있다고 하며 나를 돕겠다고 했소. 사실 내가 가장 가려운 부분을 긁어주겠다는 그 말에 당시에는 큰 매력을 느꼈소. 사람들은 상계에서 광동 상방의 위치가 산서 상방에 버금간다고들 평했지만 그건 순수한 사업적인 측면만 말한 것이고, 사업 외적인 힘에 있어서는 교평천이 주도하는 산서 상방의 삼 분지 일의 수준에도 미치지 못했소. 나름대로 아무 연고도 없는 매검수들을 상당수 고용해 보기도 했지만 그와 비할 바는 못 됐지요. 교평천의 보이지 않는 위협을 피해가며 상방을 꾸리려다 보니 본의 아니게 여러 가지 귀계를 써야 했고, 해서 사람들로부터 모사꾼 총행두라는 말을 듣기까지 했지만 그건 내가 살아남기 위한 방편일 뿐 그 이상의 무엇도 아니었소.”

위진해는 말을 잠시 멈추고 마치 과거를 회상하듯 눈을 지그시 감았다. 무척이나 복잡한 표정이었다.

무영은 마땅히 할 말이 없어 차만 따라 마셨다. 찻잔이 비자 위진해가 찻물을 채워주었다.

“교평천에게는 팽가장과 흑방, 암천 등을 움직일 수 있는 힘이 있었고 소림이나 기타 명문정파에도 상당한 양의 은자를 기부한다고 하니 암묵적인 비호를 받고 있었다고 봐야 했소. 장강 이남에도 아미나 당문, 청성이나 남궁가, 그리고 해남파 등이 있지만 아미파는 섬서 상방의 은근한 후원자였고 남궁가는 안휘 상방을 밀고 있소. 게다가 당문은 재물이 넉넉하고 외부에 대해 폐쇄적이라 상인들의 일에 관심이 없으니 내 편으로 만들 수 없었소.”

위진해가 찻물을 들이키자 이번에는 무영이 잔을 채워주었다. 어느 정도 마음을 열었다는 표현이었다.

“나는 그들에게 매년 수백만 냥을 쏟아 부었소. 무림인과 깊은 관계를 맺고 싶지는 않았지만 교평천에게 대항할 수 있는 유일한 방법이니 달리 어찌할 수도 없었소. 그들은 무당산이 멀지 않은 대용 근방의 천주봉에 자리를 잡았고 그 이후로 우리 광동 상방을 보호해 주었을 뿐 아니라 해남파를 끌어들이는 데 도움을 주기도 했소. 한데 요즘 들어 그들은 상방 내의 일에 사사건건 간섭을 해오며 본인을 압박해 오고 있소. 관계를 끊으려고도 생각해 보았지만 그러기에는 이미 너무 늦었다는 것을 깨달았지요. 곰곰이 생각해 보니 이번 두 상방 간의 싸움도 그자들이 일으키지 않았나 하는 생각이 드오. 알고 보니 내가 하지도 않은 일을 교평천이 오해하고 공격을 해왔지요."

그는 사실 관계를 자신에게 유리한 쪽으로 적당히 바꾸어가며 말했지만 무영이 알 수는 없었다.

"그걸 어떻게 알았습니까?"

"하늘 아래 비밀은 없다는 것이 바로 그것이지요."

"처음에는 그런 교평천이 괘씸해 전력으로 대응했지만 나날이 늘어가는 피해와 그간 진행 경위를 볼 때 뭔가 석연치 않은 구석이 한둘이 아니었소. 그래서 은밀히 보타 신니에게 중재를 부탁해 보타산에서 만나기로 했는데 그만 교평천이 죽었다는 소식만 듣고 돌아가는 길이오. 보시다시피 나도 공격을 받아 죽음의 문턱까지 갔다 왔지만 이제 중원에서는 내가 교평천을 죽이고 천하 상권을 독식했다고 떠들어대지 않겠소?"

"하지만 두 사람을 모두 죽이려 했다면 상권을 독차지 하려 했다는 오해는 받지 않을 것이 아닙니까?"

"그게 바로 제삼 세력의 교묘한 점이오. 사실 그들에게 있어 둘 중 하나만 죽이거나 둘 다 죽이거나 큰 차이가 없었을 것이라는 생각이 드오. 만일 둘 다 죽일 수 있었다면 아마 중원 상권의 주도권은 금릉전장이 쥐게 될 가능성이 크오. 다른 상방들은 그 규모나 능력에 있어 금룽전장의 위세에 크게 미치지 못하고 있소.”

“금룽전장은 광동 상방과 손을 잡았다는 소문을 들었는데 그게 아니라는 말씀입니까?”

곤륜파 회의 석상에서 설소소로부터 그런 보고를 들은 기억이 난 무영이 물었다.

“허허허, 세상을 살다 보면 하지 않은 일에 대한 오해가 가장 무섭다는 것을 아실 날이 있을 게요. 그 소문의 진원지를 캐려 했지만 도무지 알 수가 없었소. 아마 교평천이 흘리지 않았나 하는 생각은 드오. 이제 내가 살고 교평천이 죽었으니 모든 잘못은 내게 씌워질 참이오. 그게 세상 사람들의 견제 심리라는 것이지요. 게다가 본인이 마교와 손을 잡았다는 말까지 있고 보면 도무지 어찌해야 할지…….”

“광동 상방에서 마교의 무인들을 고용해 겁난을 일으키려 한다는 말이 있더군요.”

“상인이 뭐가 아쉬워서 강호에 풍파를 일으키려 하겠소. 물론 천하가 난세에 빠졌을 때가 재물을 모으기에 가장 호기라는 말도 있지만 그건 기회를 노리는 사람들의 말이고, 나같이 어느 정도 기반을 잡은 사람에게는 오히려 큰 모험이 될 수도 있지요. 내가 왜 편한 길을 두고 굳이 모험을 하겠소?”

위진해는 당치도 않다는 듯이 손사래까지 쳐가며 말했다.

“세상에 떠도는 말들은 역시 믿을 것이 못 되는군요.”

만일 그가 공격받는 것을 보지 못했다면 무영은 그의 말을 반신반의했을 것이다. 하지만 자신이 나타나지 않았다면 꼼짝없이 물고기 밥이 되었을 위진해의 말이고 보면 상당히 신빙성이 있었다.

“우리 상방과 마교에 관해서 여러 가지 말이 나오는 것에 대해서는 나도 크게 잘한 것은 없다는 생각이오. 그동안 여러 가지 정황이나 정보를 참고하면 천주봉에 자리 잡은 무리들이 마교의 잔당이라는 강호의 말이 영 틀린 말은 아니라는 결론이오. 물론 나로서도 교평천을 견제할 목적으로 그들을 돕기는 했지만 그들이 일을 저질렀다는 심증이 있는 이상 이제 관계를 정리해야 하는데, 문제는 내가 그들을 통제할 수 있는 상황이 아니라는 데 있소."

"원래 조건은 무엇이었습니까?"

"내가 매년 오백만 냥의 은자를 지원하는 대신 우리 상방의 모든 운송 화물에 대한 보표를 해주는 것, 그리고 다른 무력 집단의 공격으로부터 철저하게 상방을 보호해 준다는 것이었소. 물론 그들이 그 일을 수행하기는 했지만 문제는 지금에 와서는 시키지 않은 일까지 하는 것은 물론이고 우리 상방 내부의 일까지 간섭한다는 것이오. 이미 행두 중 몇몇이 내 명령보다 그들의 명에 더 충실한 지경까지 와 있소."

위진해는 참담한 표정을 지으며 말했다.

"대체 마교의 정체가 무엇입니까?"

상인인 그에게 물을 얘기는 아니었지만 천하의 정보를 세세히 살펴야 하는 것이 대상이고 보면 알 수도 있을지 모른다는 생각에 무영이 물었다.

"백련교요."

"백련교?"

"조고원이나 유천서의 이름을 들어보았소? 조고원은 서주에서, 유천서는 남경에서 각각 난을 일으켰던 자요. 그들이 이끄는 백련교의 무리가 진압되자 왕삼이 그 잔당을 이끌고 문향교(聞香教)라는 교단을 조직해 활동하다가 그 역시 체포되어 죽었소."

"왕삼이라면 몇 년 전에 활동했던 사교의 교주가 아닙니까?"

그에 대해서는 무영도 들은 바가 있었다.

"그렇소. 듣기로는 교주가 죽은 후에 그 아들이 다시 교도들을 모아 활동하고 있다 했는데 철저히 비밀을 유지하기에 본인도 더 이상은 자세히 알지 못하오."

"그럼 천주봉의 세력들이 문향교의 잔당이라는 말씀입니까?"

"이름이 중요하지는 않소. 따지고 보면 명나라를 세운 태조도 백련교도가 아니었소? 백 년 전 쯤에 일어난 무림의 겁난도 모두 그들의 소행이니 그 뿌리는 실로 넓고 깊게 퍼져 있다고 해도 무방하오. 천주봉의 무리들에 대해서는 나도 잘 알지 못하지만 마교의 무공을 썼다는 증거가 곳곳에서 포착되었다고 들었소."

"흠, 그렇군요."

문득 백골마조 철지상이 떠올랐다.

유석대의 말에 의하면 그가 마교의 잔당이라 했으니 금청만을 납치한 무리는 위진해가 후원한 천주봉의 마교 추종 세력이라는 가설을 성립시킬 수 있었다. 금청만이 막대한 은자를 몸값으로 물고 풀려났다는 사실은 알고 있었지만 마교라면 그리 간단하게 풀어주었을 리 없었다. 그렇다면 금릉전장은 마교의 통제를 받고 있을 가능성이 높았다.

무영은 생각에 빠졌다.

하나하나 일어났던 개별적인 사건들에 대해 어떤 실마리가 풀리는 듯한 느낌이었다. 위진해가 그간 마교에 뒷돈을 댔다고 하니 광동 상방과 금릉전장이 손을 잡았다는 세간의 말도 전혀 근거가 없는 소문만은 아니었다.

　그렇다면 지금 뒤에서 중원 상계와 무림을 흔들고 있는 세력은 마교의 무리일 가능성이 높았다. 천주봉 무리들이 거대 상방을 몰락시킨 후에 금릉전장을 등에 업고 중원 상계를 삼킨다면 아무도 견제할 세력이 없다는 말이었다. 섬서 상방이 몰락하고 휘주 상방이 휘청거린 지 꽤 오래된 지금 다른 군소 상방들의 힘은 사실 별게 없다고 보아도 무리가 아니었다.

　'힘을 보태야 하나?'

　위진해의 말을 다 믿을 수는 없어도 전후 사정이나 그간 중원 상계의 흐름을 볼 때 상당히 설득력이 있는 말이었다.

　"허허허, 무언가 짚이는 것이라도 있소?"

　한동안 무영의 표정을 보며 기다리던 위진해가 물었다.

　"아직 완전한 증거를 잡을 수 없기에 뭐라고 할 수는 없지만 아무래도 마교가 이미 중원 상계의 대부분을 장악한 것 같습니다. 조금만 시간을 두고 지켜보면 뭔가 확실한 물증이 나오겠지요. 그런데 광주에도 마교의 무리들이 있을 것 아닙니까?"

　"솔직히 말하자면 우리 상방 내에서도 지금 피아를 구분하기 힘들 지경이오. 아마 상당수가 포섭되었을 가능성이 높소. 하지만 광주에는 그들이 파견한 직접적인 무인은 없고 해남파에서 제자들을 상당수 파견해 우리 상방을 보호하고 있소. 그들도 천주봉에서 소개한 사람들이라 믿을 것이 못 되오. 오늘 아귀장 총호법의 행동을 보니 그렇다는 확신이 드는구려."

　"일단 광주로 가보겠습니다."

　두 사람이 대화를 나누는 중에 상문인이 선실 안으로 들어왔다.

"총행두님의 배를 공격했던 자들의 정체가 밝혀졌습니다. 놈들은 해룡방 소속 선단 십여 척과 이 일대에서 해적질을 하던 무리들이라고 하는데, 얼마 전에 어떤 자들이 오십만 냥의 은자를 주며 총행두의 배를 공격해 격침시켜 줄 것을 사주했답니다. 상대의 정체는 모르고 상당히 무공이 높다는 정도만 알고 있답니다."

"그럼 청부자를 끝내 모른다는 것이오?"

"그렇습니다."

"음, 정말 꼬리를 내보이지 않으려고 하는군."

"그게 놈들의 무서운 점이오. 지금쯤이면 모습을 드러낼 때도 되었건만 아직까지 꼬리를 감추기에 급급하다는 것은 무언가 더 큰일을 도모하려는 것이 아니겠소?"

무영의 말을 위진해가 받아 그렇게 말했다.

"달아난 배들 중에 청부 이행을 감시하던 자들이 있었다고 하는데 그 배는 해룡방 소속의 배라고 합니다."

상문인이 한마디 첨가했다.

"흠, 해룡방에 가서 두드리면 혹시 꼬리가 드러날지도 모르니… 상문인, 당신은 배 한 척을 이끌고 장원으로 돌아가 내가 광주를 들렀다 가겠다는 말을 전해주시오. 그동안 해룡방을 은밀히 조사해 놈들의 정체를 밝혀낼 수 있나 알아보도록 하고."

"알겠습니다."

선실을 나가려는 상문인에게 무영이 덧붙였다.

"왕극아에게 노획한 배들 중에서 쓸 만한 것은 수리하라고 이르고 이번에 잡은 포로들 중에서 쓸 만한 사람은 추려 우리 선단에 편입시키도록 하시오."

상문인에게 존대도 평대도 아닌 어정쩡한 말투로 말을 하는 것은 어쩔 수 없었다. 그는 무영에게 말을 놓아달라며 몇 번이나 부탁을 했지만 왠지 이십 년 가까이 나이 차이가 나는 사람에게 함부로 하는 것이 내키지 않았다. 아랫사람들에게도 함부로 하지 않았던 아버지 장자맹의 영향인지도 몰랐다.

무영은 광주로 떠날 것을 지시했다.

제3장

광동 상방(廣東商幇)의 위기

광동에는 세 개의 큰 강이 흘렀다.

장족(壯族)들이 사는 서쪽에서 흘러오는 서강(西江) 줄기가 있고 북쪽 호남에서 흘러내려오는 연강(連江), 그리고 동쪽의 복건에서 흘러오는 동강이 있었다. 이 강들이 광주 황포항 근처에서 하나로 합쳐져 주강구(珠江口)로 나가며 광주와 오문을 지나 동해로 흘렀다.

위가장은 광주 북쪽 월수산 자락에 위치하고 있었다.

무영의 선단은 왕극아에게 지휘를 맡겨 광주에서 이백여 리 정도 떨어진 주강구에서 동해로 빠지는 길목인 계산도 부근에 임시로 정박하도록 명하고 곡완주와 남궁화, 남궁우 등을 대동하고 위진해와 함께 위가장으로 갔다.

위진해는 자신과 함께 구조되었던 다른 광동 상방 무인들을 당분간 무영의 배에 억류해 줄 것을 부탁했기에 그들과 동행한 광동 상방 사람은 위진해의 호위무사 한 명이 전부였다.

　'생재소주(生在蘇州), 천재항주(穿在杭州), 식재광주(食財廣州)라는 말이 있다더니…….'
　경치 좋은 소주에서 태어나, 미인 많은 항주에서 호사하고, 광주에서 훌륭한 음식을 즐기는 것이 최고의 인생이라는 말이었다. 넓은 원형 상 위에 저녁 만찬으로 차려진 갖가지 음식은 그 말이 조금도 지나치지 않음을 확인하게 했다.
　"핫핫핫, 광주에 오셨으니 광동 음식이 어떤지는 알고 가서야 후회가 없을 것이 아니겠소?"
　기분이 좋은지 위진해가 호탕하게 웃으며 말했다. 그러는 중에도 김이 무럭무럭 나는 요리가 끊임없이 날라져 오고 있었다.
　'음, 젓가락질은 음식마다 한 번씩만 해야지.'
　모두 맛을 보려니 그 방법밖에 없었는데 그렇게만 해도 배가 터지겠다는 생각이 들었다.
　여러 가지 음식을 한 젓가락씩 먹다 보니 향이 좋은 고기 한 점을 먹게 되었는데 어디서 많이 먹던 기억이 났다.
　'음, 이게 무슨 고기지? 많이 먹어본 맛인데.'
　무영이 고개를 갸웃거리자 위진해가 나섰다.
　"그건 삼육탕(三六湯)이라는 게요."
　'삼육탕?'
　"혹시 삼육구에서 나온 이름인가요?"
　문득 삼육구 놀이가 생각난 무영이 아무 생각 없이 물었다.
　"허, 역시 아시는구려, 삼(三)에 육(六)을 더하면 구(九)가 되니 곧 개구(狗) 자와 발음이 같아 개고기를 말함이니 삼육구에서 나왔다는 말이 정확하지요. 허, 요리에 남다른 조예가 계시는 모양이구려."

'역시 명문가의 자제답게 천하 각지의 요리에도 정통하구나.'

위진해는 물론이고 곁에서 점잔을 빼며 앉아 있던 남궁우는 내심 감탄했다.

'어머, 가가께서 요리에 저리도 해박하시니 앞으로 내가 하는 웬만한 요리는 입에도 차지 않으실 게야. 어쩌면 좋아.'

남궁화는 걱정이 앞섰다.

'앞으로 요리는 아라 공주나 남궁화 소저에게 배워야겠군.'

곡완주는 다른 여자가 둘이나 더 되는 것이 이럴 때는 다행이라는 생각이 들었다. 하지만 두 여자 모두 삼육탕 근처에는 젓가락도 가까이 하지 않았다.

"과찬의 말씀입니다. 그저 몇 가지 먹어본 정도지요."

그는 이럴 때 어떻게 말해야 하는지를 알고 있었다.

"재료로 쓰는 개가 어떤 것이 상품인지도 아시겠군요?"

무영이 삼육탕에 대해 아는 것 같아 보이자 위진해가 물었다.

'음, 어렵군.'

약간 망설이던 무영은 문득 똥개가 최고일 것이라는 생각이 들었다.

"아무래도 황구(黃狗)만한 것이 없겠지요."

"허, 역시 잘 아시는군요. 일황(一黃), 이흑(二黑), 삼화(三花), 사백(四白)이라 해서 평가의 첫째는 누렁이오, 둘째는 검둥이, 셋째는 얼룩이, 넷째가 흰둥이로 나뉘지요."

위진해는 진심으로 감탄하며 덧붙여 말했다.

그는 오늘 생명을 구한 사람들을 접대한다는 생각에 최고의 요리를 준비했다.

식탁에 오른 삼육탕은 이 지방 음식 중에서도 최고로 치는 용호봉대회(龍虎鳳大會:뱀, 고양이, 닭 요리)와 화화작(禾花雀:참새) 요리 등과 더불어 광동삼채절(廣東三采絶)로 불리는 것 중 하나였다. 그런데 말투로 보아 북경에서 살았을 것이 분명한 그가 광동의 자랑이라 할 수 있는 삼육탕에 대해 자세히 알고 있어 놀란 것이었다.

"그런데 장 공자는 나에 대해 어느 정도 알고 있는데 나는 장 공자에 대해서 잘 모르겠구려."

무영에 대해 더 얘기를 듣고 싶다는 말이었다.

"하하하, 억지군요. 총행두님은 광동 상방 전체를 맡고 계시고 저는 호송함대 전체를 맡고 있는 것을 서로 알고 있잖습니까? 게다가 저는 제 선단 모두를 보여 드렸는데 저는 총행두님의 상방을 겨우 일부분만 보았습니다."

무영이 웃으며 말했다.

틀린 말은 아니었다. 아직 당신에 대해 자세히 모르니 나에 대해 묻는 것이 이르지 않느냐는 뜻이었다.

"허허허, 그건 그렇구려. 내가 잠시 생각을 잘못한 것 같소이다."

위진해는 상대의 의도를 알고는 더 묻는 것을 포기했다.

술잔이 오가고 술자리가 무르익자 누군가 위진해에게 다가와 귓속말을 했다.

"총행두님, 해남파에서 파견을 나온 자들이 총호법 아귀장의 행방을 묻고 있습니다."

바다에서부터 위진해와 동행했던 호위무사였다.

"바다에서 해적을 만나 포탄에 맞아 죽었다고 말해 주어라."

그는 가볍게 고개를 한 번 숙이고는 물러났다.

"그는 강충이라 하오. 지금은 나를 지켜주고 있지만 내가 어렸을 때 고아였던 그를 아버님께서 데려다 키우셨지요. 어렸을 때는 친구처럼 자랐소이다. 어느 날 무공을 배우게 하신다며 장원 밖으로 내보내셨는데 이십 년이 넘어서야 다시 돌아왔소. 그동안 어느 기인에게 보내져 무공을 연마했다고 하더이다."

무영이 경계의 눈을 거두지 않자 위진해가 덧붙였다.

무영 일행은 해남파 아귀장도 그의 보표로 나섰다가 적이 되었기에 위가장 사람들 모두를 조심하고 있었다.

"그런데 상방의 다른 사람들을 배에 두고 데려오지 말라고 하신 이유가 무엇입니까?"

무영이 물었다. 위진해의 배에 탔던 칠십여 명가량이 위진해의 부탁으로 여전히 무영의 선단에 있었다.

"대부분 아귀장이 데려온 무인들이기에 그들을 믿을 수가 없소이다. 대신 심복 몇 사람도 같이 있게 해 다른 사람들을 감시하게 했소."

위진해가 그들을 두고 온 것은 혹시라도 무영과 마찰을 빚을까 염려했기 때문이다. 해남파도 그에게 큰 힘이었고 무영과 관계를 맺는 것도 중요했기에 충돌이 일어나는 것을 원치 않았다.

"음, 그럼 세작을 추려내기 위해 일부러 제 선단에 묵게 했다는 말씀이군요."

"그렇소. 게다가 이곳에 데려오면 아귀장이 죽은 사실과 관련해 골치 아픈 일이 적지 않소이다. 지금은 그런 사소한 일에 신경 쓸 겨를도 없소. 이미 중원 상계에서는 내가 마교의 무리들과 결탁해 교평천을 암살했다는 소문이 파다할 터인데 그 일만 해도 여간 수습하기 어려운 것이 아니외다."

"흠."

"나를 도와줄 것인지 분명히 밝혀주시오. 내가 장 선주와 함께 얘기를 나눌 시간을 내는 것도 사실은 내게 쉽지 않은 일이라는 것을 잘 아실 게요."

위진해는 얼핏 무례하게도 들릴 수 있는 말이었지만 그가 현재 상황을 이해할 것으로 믿고 자신의 사정을 솔직하게 말했다.

"음, 제게 조금만 더 시간을 주시겠습니까?"

"좋습니다."

그는 무영의 술잔에 술을 채워주었다.

"그런데 중원사대상방이 산서와 광동, 양대상방으로 된 것에 대한 말씀을 듣고 싶군요."

무영은 그 일에 대한 위진해의 책임을 추궁했다. 당금의 정세는 장강을 남북으로 둘로 분할된 것이니 두 상방 간에 어느 정도 양해가 이루어지지 않고는 이해하기 힘들었던 까닭이었다.

"교평천이 먼저 제의를 했지요. 물론 본인이 동의하기는 했지만 나로서는 선택의 여지가 없었소."

"무슨 말씀인지요?"

"만약 힘이 약한 내가 거부를 했다면 교평천은 아마 내게 한 것과 같은 제의를 휘주 상방에 할 것이라고 생각했기 때문이었소. 그가 필요했던 것은 반드시 내가 아니라도 상권을 남북으로 나눌 두 개의 축 중하나를 맡을 곳일 뿐이었지요."

"흠, 그렇군요."

광동 상방의 사정은 외부에서 듣던 바와는 많이 달랐다. 밖에서 판

단하기는 일견 위진해가 우세한 것으로 보였지만 사실은 교평천의 주
도에 의해 일이 흘러갔고, 광동 상방 내부적으로는 그에 대한 방어가
허약한 것으로 보였다.

만찬이 끝나자 그는 무영 일행에게 별채를 내주었다.

"오라버니, 저예요."

밤이 이슥할 무렵 남궁화가 그의 방을 찾았다.

무영은 가슴이 덜컥했다. 지금은 남의 집에 손님으로 와 있는 처지
였고 이웃한 방에 곡완주나 남궁우도 있었다. 하지만 문을 반쯤 열어
놓고 안으로 들어왔기에 안심했다.

"완주와 빨리 혼인식을 올려야 해요. 벌써 사 개월이 넘었다고 하더
군요. 아이를 낳은 후에 식을 올릴 셈이에요?"

'아차!'

두 여자가 가출하고 그 후로 위진해의 일 때문에 까맣게 잊고 있었
다. 곡완주가 속으로 얼마나 조바심을 내고 있었을까 생각하니 미안하
기 이를 데 없었다.

"너무 바쁘다 보니 그 일을 미처 챙기지 못했어. 고마워, 화매. 그럼
내일 날이 밝는 즉시 장원으로 돌아가자구."

"이곳 일은 어떻게 마무리 지으시려고요?"

"아무래도 도와줘야 할 것 같아. 합의만 보고 떠나면 되지 뭐."

그때였다.

곡완주가 화급히 안으로 들어왔다.

"장원 안에 이상한 움직임이 있어요."

"그게 무슨 소리야?"

"아무래도 본채 쪽의 움직임이 심상치 않아요. 싸움이 벌어진 듯한 소리와 상당한 고수들의 움직임이 느껴져요. 총행두에게 무슨 문제가 있는 것인지도 모르겠어요."

곡완주의 말에 일행이 모두 본채로 향했다. 상경과 남궁우도 기척을 듣고 나와 있다가 합류했다.

위진해는 망연자실했다.

"손이지, 네놈에게 행두 자리까지 맡겼거늘 어떻게 이럴 수가 있느냐?"

분노에 주먹을 쥔 손에 힘줄이 돋아나고 푸들거리며 떨기까지 했다. 손이지는 광주회관 행두로 일해왔지만 그간 몇 가지 일 처리에 문제가 있어 교체를 고려 중인 수하였다.

그는 십여 명의 흑의인들과 함께 본채 안으로 난입해 들어와 있었다. 호위무사들 중에 그들의 난입에 대응한 자는 불과 몇 명뿐이었고 나머지는 보이지도 않았다.

지금 위진해의 곁에는 단 한 명의 수신호위밖에 남아 있지 않았다. 비록 그의 무공이 상당하지만 손이지가 같이 데려온 자는 모두 무공이 범상치 않아 그가 이들을 막을 수 있다고는 생각지 않았다. 가려 뽑은 호위들도 그들의 몇 수에 속절없이 목을 내주는 것을 보았기 때문이다.

"그동안 본인에게 잘 대해주었다는 것은 알고 있소. 하지만 사람을 한 번 믿었으면 끝까지 잘 대해줄 일이지 어째서 본인을 다른 지역으로 쫓아 보낼 생각을 한단 말이오?"

"네가 그걸 어떻게……?"

한 달 전 몇몇 핵심 인물들끼리만 의논했던 일이었다. 그런데 손이

지가 그 사실을 알고 있다면 그 자리에 참석했던 인물 중에 누군가가
발설한 것이 틀림없었다.

"후후, 당신만 모르는 일이 이 상방 내에는 숱하게 많지. 깔끔하게
바다에서 수장시키려 했는데 운이 좋았던 모양이오. 하지만 약간 거추
장스러워졌을 뿐이지 결과는 변함이 없소. 며칠 더 살았다고 그렇게
좋아할 필요는 없지."

"겨우 네 자리를 옮기려 했다는 것이 이렇게 모반을 일으킨 이유의
전부냐?"

"아직도 대세를 모르는군. 존귀하신 교주님께서 천하를 다시 세우려
는 마당에 당신이 가진 상방이 그리 큰 대수요?"

"교주님이라고?"

"진공가향무생부모(眞空家鄕無生父母)."

손이지가 싸늘하게 그의 말을 받았다.

"헉, 팔자진언! 그럼 마교?!"

위진해의 얼굴이 하얗게 탈색되었다.

"당신은 부모를 잘 만난 덕에 태어날 때부터 부족함을 모르고 자라
저절로 총행두가 되었지만 나는 가난한 부모를 만난 덕에 죽도록 일하
고도 겨우 행두 자리 하나 차지하는 것으로 만족해야 했소. 그뿐이오?
당신은 그것도 모자라 나를 그 자리에서 내치려고 했소. 왕후장상의
씨가 따로 있다고 생각하는 배부른 몇 놈들 때문에 나머지 가련한 인
생들은 그자들 밑에서 죽도록 일하다가 죽어가는 것이 고작인 것이 현
실이지. 마교라니? 백련교가 어째서 마교라는 말이오? 당신들 비위에
맞지 않으면 마교나 사교가 되고 입맛에 맞아야 거룩한 종교가 되는
것이오?"

그동안 마음속에 쌓인 것이 많았는지 손이지는 흥분에 얼굴이 벌게져 일장 연설을 하다시피 했다.

"네놈이 그런 사교에 빠져 있다는 것도 모르고 그동안 그런 중책을 맡긴 것이 나의 실책이다."

"손 향주, 사설이 너무 기오. 그만 끝내도록 하시오."

순간 그들의 대화를 듣고 있던 흑의인 중 하나가 말했다.

"옛, 사자(使者)어른."

손 향주는 당황한 표정을 지으며 얼른 공손한 표정을 지었다.

"핫핫핫! 손이지, 듣기로 마교는 누구나 평등하다더니 그곳에도 위아래가 있는 모양이로구나. 차라리 나에게 계속 충실했으면 그렇게 벌벌 떨며 대답할 필요는 없었을 것 아니냐?"

위진해가 호탕하게 웃으며 말했다.

대세는 기울었다. 아무도 더 이상 오지 않는 것으로 보아 호위무사들도 더 이상 기대할 수 없었다. 이 정도의 적도들에게 당할 위가장의 경비가 아니었지만 산서 상방과의 싸움 때문에 전력의 상당 부분을 장강에 가까운 북쪽의 공소들에 나누어 배치한 것이 화근이었다.

유일한 희망이라면 별채에 묵고 있는 장 선주 일행이었기에 은연중에 시간을 끌고 있었는데 여태 기척이 없는 것으로 보아 이 소동을 모르는 것이 분명했다.

하기는 위가장이 워낙 넓다 보니 지금 이들의 행동은 한구석에서 벌어지는 작은 소동에 불과했다. 별채에서는 이곳에서 벌어지는 일을 알 수조차 없을 것이고 어쩌면 그들도 기습을 당했는지도 모른다는 생각마저 들었다.

"총행두, 옛정을 보아 제안하는 것이오. 교주님께서는 당신의 상재(商

材)를 높이 평가해 지금이라도 교에 귀의한다면 광동과 복건을 책임지는 전두(傳頭) 직위에 임명하시겠다는 말씀이 계셨소.”

손이지는 그의 말을 자르고 본론을 얘기했다.

“전두라면 네놈보다 윗자리냐?”

“그렇소. 전두는 총단에서도 서열 십위 안에 드는 고귀한 자리니 나 같은 향주 따위와는 비교할 수도 없소. 만일 총행두께서 교에 귀의하신다면.”

“후후, 그런 후에 처음으로 할 일은 손이지, 네놈의 목을 치는 일이 되겠군.”

“뭣이!”

손이지는 그제야 위진해가 자신을 놀린 것을 깨달았다.

“한 가지만 묻자. 천주봉 무리들은 네놈이 끌어들인 것이냐?”

위진해는 문득 천주봉의 무인들을 자신에게 가장 먼저 소개한 사람이 손이지라는 것을 기억했다.

“흐흐, 그걸 이제야 알았단 말이냐? 하지만 이미 끝난 일이다. 권주는 마다하고 굳이 벌주를 마시려고 하니 어쩔 수 없구나. 사실 총단의 지시가 바뀌지만 않았더라면 네놈을 교에 가입시키려는 생각은 조금도 없었을 것이다.”

해룡방을 사주해 수장시켜 버리려다 실패했기에 일단 회유를 해보려는 지시가 있었다. 손이지는 그동안 상전으로 모시며 굽실거렸던 위진해를 쥐고 흔드는 것이 재미있는 모양이었다.

“음.”

뒤에 서 있던 사자라는 흑의인이 가벼운 소리를 냈다. 빨리 끝내라는 신호였다.

손이지가 들고 있던 대도로 위진해를 겨누자 옆에 서 있던 위진해의 호위가 앞을 막아섰다.

"강충, 물러서라. 이미 기운 해가 아니더냐?"

손이지가 그를 보며 말했다. 그도 강충과는 잘 아는 사이였다.

"나는 이 댁의 큰 은혜를 입었소. 이제 죽을 때가 된 것은 알지만 주공보다 나중에 죽어서야 모시는 자로서의 체면이 서겠소? 더 이상 지켜 드리지 못함이 죄송할 뿐이오."

강충은 결연한 표정을 지으며 위진해의 앞에서 비켜서지 않았다. 흑의인들의 기도로 보아 그들의 무공이 범상치 않음을 간파했기에 사력을 다하더라도 감당할 수 있는 것은 기껏해야 두셋에 불과하다는 것을 잘 알고 있었다.

"손 향주, 물러서시오."

사자라고 불리던 흑의인이 검을 빼 들고 나서자 나머지 흑의인들도 서서히 위진해 앞으로 다가섰다.

"총행두어른, 제가 막아설 동안 재빨리 비밀 통로로 통하는 줄을 당기십시오."

강충이 전음으로 말했다.

그는 항상 위진해의 곁을 지켰기에 내실 안의 모든 구조를 잘 알고 있었다. 위진해의 침상 안쪽으로 세 개의 줄이 있는데 한 개는 하녀를 부르는 것이고, 다른 한 개는 호위무사, 그리고 나머지 한 개는 침상에서 비밀 통로로 통하는 입구가 열리도록 되어 있었다.

지하로 연결된 비밀 통로는 장원 밖으로 통했다.

팽팽한 긴장 속에 흑의인들이 먼저 공격을 가했다.

"하앗!"

강충은 그들의 주의를 자신에게 집중시키기 위해 크게 소리를 지르며 마주해 갔다.

"지금입니다."

강충은 공격과 동시에 위진해를 향해 전음을 보냈다.

탁!

마치 검세를 피하듯 침상 뒤쪽으로 물러선 위진해가 줄을 당기자 침상 뒷부분이 밑으로 꺼지며 아래로 통하는 계단이 나타났다.

그는 재빨리 계단을 통해 밑으로 달려갔다.

"저놈이!"

모두들 싸움에 정신을 쏟다가 달아나는 그를 발견하고는 손이지가 소리를 질렀지만 결사적으로 막아서는 강충의 검막에 막혀 감히 앞으로 다가갈 수 없었다. 게다가 위진해의 방이 작지는 않았지만 십수 명이 한데 엉켜 싸우기에는 적당한 장소가 아니었다. 비록 흑의인들이 우세를 점하기는 했지만 죽음을 도외시하고 앞을 막는 상대를 금방 어찌해 볼 수는 없어 위진해의 뒤를 바로 쫓지 못했다.

무영 일행이 장원의 본채에 다가선 것은 바로 그 무렵이었다.

본채는 백여 명이 넘는 흑의인들로 둘러싸여 있었다. 도검으로 무장한 그들은 흉흉한 기세로 본채 사방을 에워싸다시피 하고 있었다.

"웬 놈들이냐!"

무영 일행을 발견한 흑의인 하나가 물었다.

"총행두를 만나기 위해 왔소."

무영이 말했다.

"저들은 저녁에 위진해와 함께 있던 놈들이다. 저놈들도 모두 죽여라!"

그들 중 무영을 알아본 하나가 소리치자 나머지 흑의인들이 신속하게 일행을 포위하며 공격했다. 흑의인들의 무공은 예사가 아니었는데 하나하나가 어느 문파에 가 있어도 상당한 실력으로 인정받을 수 있을 정도였다.

"으악!"

흑의인 하나가 이마에 피를 튀기며 쓰러졌다.

무영이 어느 틈에 회선표를 꺼내 들고 있다가 날린 것이다. 밤이라 잘 보이지도 않았고 예전과 달리 몰라보게 빨라진 무영의 손속은 파공음을 듣고 피하기에는 이미 늦었다.

"으악!"

"억!"

연이어 두 명이 회선표에 맞아 쓰러졌다. 그들은 회선표를 일반 암기로 생각했기에 동료를 죽인 암기가 설마 자신에게 날아오리라고는 꿈에도 생각지 못하고 있다가 당했다.

"주의해라! 놈이 이상한 암기를 사용한다!"

흑의인 하나가 소리쳤다.

그제야 회선표의 위력을 눈치 챈 그들은 황망히 어둠 속을 날아다니는 괴물체에 신경 쓰기에 바빠 다른 사람들과 제대로 대적하지도 못하고 피하기에 급급했다. 덕분에 곡완주를 비롯한 다른 사람들은 수월하게 흑의인들을 상대해 갈 수 있었다.

"어서 내실로 들어가요."

순식간에 흑의인들이 포위망이 흐트러지며 안으로 통하는 입구가 열리자 곡완주가 말했다.

“놈들을 막아라!”

일행이 안으로 밀고 들어가자 당황한 흑의인들이 전열을 가다듬고 공격을 재개했지만 이번에는 곡완주가 막아섰다.

“화매는 내 뒤에 꼭 붙어.”

일행 중에 남궁화의 무공이 제일 시원치 않다는 것을 알기에 무영이 말했다. 남궁화는 가볍게 고개를 끄덕이며 그의 뒤를 따랐고 남궁우 역시 남궁화의 안전을 우려해 일행의 뒤를 바싹 쫓으며 사방을 경계했다. 상경은 곡완주를 도와 뒤를 쫓아 들어오려는 흑의인들을 막아섰다. 바깥의 소동을 눈치 챘는지 내실에서 강충을 상대하고 있던 자 중 몇몇이 달려나왔다.

“저놈은 장 선주라는 놈이 아니냐?”

손이지가 그를 알아보고는 소리쳤다.

“으악!”

일이 급박하다고 본 무영이 회선표를 날려 대번에 그를 격살했다.

손이지를 죽이자 흑의인들은 대번에 검을 휘두르며 달려들었다. 박도를 든 흑의인 하나가 무영의 허리를 쓸어오다가 오히려 그의 일검에 머리가 갈라지며 쓰러졌고, 연이어 달려드는 다른 흑의인을 남궁우가 앞으로 나서며 처리했다.

내실로 들어서니 위진해의 호위무사가 피를 흘리며 쓰러져 있는 것이 보였다. 그는 침상 옆에 심한 상처를 입고 죽어가고 있었다. 흑의인들은 그를 처리하려다가 밖에서 소동이 일자 뛰쳐나온 것이 분명했다.

“으…….”

그는 힘들게 침상을 가리켰다.

그렇지 않아도 침상이 꺼진 자리에 나타난 암도를 보고 있던 무영이었기에 재빨리 안으로 뛰어들었다.

길게 뻗은 암도는 짙은 어둠 속에 있었지만 일행이 가기에는 불편함이 없었다. 위진해를 곁에서 지켜주던 호위무사가 아직 피를 흘리고 있는 것으로 보아 놈들이 지나간 지 오래지 않았다는 생각에 모두들 속도를 빨리했다.

과연 얼마 가지 않아 앞서 달리는 흑의인들의 모습이 보였다. 그들은 뒤를 쫓는 무영 일행을 동료로 생각했는지 후미에는 신경 쓰지 않고 앞으로만 달렸다.

암도는 길지 않았다.

잠시 후에 통로의 끝이 환하게 비치는 것이 보였고 앞서 가던 흑의인들이 암도를 벗어나는 것이 눈에 들어왔다. 무영 일행도 뒤를 쫓아 출구로 막 나오는 순간 머지않은 곳에서 말소리가 들렸다. 암도의 출구는 장원의 후문 쪽 평지로 통하고 있었다.

"흐흐흐. 위진해, 겨우 여기까지냐?"

사실 위진해는 강충이 막아선 덕분에 제법 시간이 있었지만 무공이라고는 호신술 정도가 고작이어서 어둠 속의 암도를 더듬다시피 하며 나왔기에 멀리 가지 못했다.

"내 운이 이것뿐이라면 할 수 없지."

위진해는 모든 것을 포기한 듯한 목소리였다.

"사실 네놈이 운 좋게 바다에서 살아왔기에 죽이지 않고 설득해 교주님께 충성을 바칠 기회를 주려는 것이었는데 네놈의 잘난 고집 덕분에 몇 년 일찍 죽는 줄 알아라."

"허허, 그런가?"

허탈한 자조의 목소리였다.

이들의 고강한 무공을 믿고 교평천과 일전을 겨루어도 승산이 있겠다는 생각을 했는데 진짜 적은 곁에다 두고 허무맹랑한 짓을 한 꼴이었으니 그야말로 놈들의 손바닥 안에서 놀아난 격이었다.

그때 뒤를 쫓아온 무영 일행이 도착했다.

"웬 놈들이냐?"

흑의인 중 하나가 그들의 출현에 깜짝 놀라며 물었다. 자신의 뒤를 쫓아오는 자들이 동료가 아니라는 사실은 뒤에 남았던 일행이 당했다는 뜻이었다.

"그러는 네놈들이야말로 웬 자들이기에 위가장에 난입해 총행두님을 핍박하느냐?"

무영이 되물었다.

흑의인 중에 그에게 말을 걸었던 자가 나섰다.

"호호호, 이 고루신군(枯髏神君) 앞에서 감히 그런 소리를 하는 것을 보니 아직 세상을 모르는 애송이가 분명하구나!"

"음!"

남궁우가 갑자기 신음성을 냈다.

이 자리에서 과거 정사대전에서 십마 중 한 명으로 악명을 떨치던 고루마군(枯髏魔君)이라는 이름을 아는 사람은 그뿐이었다. 남궁우도 스승에게 말로만 들었을 뿐 고루장을 연마한 고수와 마주치기는 처음이었다. 당시 십마가 모두 전멸한 것으로 들었기에 이 자리에서 고루신군이라는 말을 듣는 것은 그에게 충격적이었다.

"고루신군인지 고무신군인지는 내가 알 바 아니지만 총행두를 죽이려 하는 것을 보니 친구가 아닌 것은 분명하구나."

순간 고루신군이 손을 휘젓자 희뿌연 장력이 무영에게로 쏟아져

왔다.

"고루장이다!"

남궁우가 크게 소리치며 남궁화의 손을 잡고 장내에서 멀리 떨어졌고, 장내의 다른 사람들도 피아를 가리지 않고 황급히 물러섰다. 고루신군의 장력이 휩쓸고 지나가자 비릿한 냄새가 사방으로 퍼져 나갔다.

펑!

하지만 고루장이라는 말에도 개의치 않고 무영은 강력하게 묵환장으로 맞받아가자 허공에서 장력이 맞부딪치며 굉음이 터졌다. 예전에 백골마조 철지상의 독에도 견딘 적이 있었기에 고루장이라 해서 크게 두렵지는 않았다.

"욱!"

고루신군의 신형이 뒤로 반 보 물러섰다.

누가 보기에도 무영의 확연한 우세였다. 고루신군은 선제공격을 가했지만 오히려 손해를 보자 적잖이 당황했다. 새파랗게 젊은 놈에게 장력으로 밀리다니… 그는 이 엄청난 사실을 믿을 수 없었다. 게다가 놈은 자신의 독장에 맞대응을 하고도 멀쩡해 보였다.

"겨우 그 따위 실력으로 큰소리를 쳤다는 말이냐?"

무영은 재차 묵환장을 시전해 고루신군의 가슴을 공격했다. 이미 묵환장을 전개하는 것에는 상당한 경지에 도달한 그인지라 이제는 자유자재로 장력을 내뿜을 수 있었다.

'음, 그동안 녀석의 무공을 제대로 견식하지 못했는데 화아가 사람을 제대로 보기는 보았구나.'

독장을 피해 멀찍이서 구경을 하고 있던 남궁우는 내심 무영의 무공에 감탄을 금하지 못하고 있었다. 혹시라도 맞붙으면 자신이 밀릴 수도 있겠다는 생각마저 들었다. 남궁화가 잔뜩 긴장을 하고 있는지 맞잡은 손에서 땀이 축축이 배어나는 것이 느껴졌다.

펑!

다시 장력이 맞부딪치며 이번에는 각자 한 걸음씩 물러났다.

"으악!"

갑자기 비명이 터졌다.

싸움이라면 빠지지 않는 곡완주가 두 사람이 싸우는 틈을 참지 못하고 남은 흑의인들을 공격해 한 명을 격살시켰다. 그것을 본 상경과 남궁우도 가세하자 일시에 혼전으로 빠져들었다. 흑의인들은 곡완주나 남궁우, 상경 등의 상대가 되지 못했다. 두셋씩 모여 협력을 해가며 공격을 막아갔지만 무공 차이가 뚜렷해 이내 일곱 명의 흑의인 전원이 죽임을 당했다.

'살았구나!'

위진해는 가슴을 쓸어내렸다. 무영이 마치 하늘에서 내려온 생명 줄이라도 되는 듯 생각되었다.

그때였다.

"죽어라!"

고루신군이 대갈일성하며 무영을 향해 장력을 날렸다.

희뿌연 고루장이 한 덩어리가 되어 날아오다가 다시 홍광과 부딪치며 씻은 듯이 사라졌다. 하지만 고루신군은 마치 무영의 묵환장에 밀려 나가듯 허공으로 몸을 빼며 위진해를 향해 한줄기의 백무를 쏘았다.

"헙!"

위진해는 백무에서 나는 썩은 시체 냄새를 맡고는 정신을 잃었다.

그런데 암도를 통해 이번에는 흑의인들이 쏟아져 나왔다. 곡완주가 막아서고 있다가 버려두고 무영을 따라왔기에 뒤를 쫓은 것이었다. 곡완주가 장력으로 암도의 일부분을 무너뜨리기는 했지만 어떻게 길을 찾은 것 같았다.

일단 넓은 평지에 들어서자 그들은 십수 명씩 떼를 지어 무영 일행을 공격해 왔다. 달아나려던 고루신군도 방조자들이 오자 다시 달려들고 있었다.

"안 되겠어, 튀어야겠어."

싸움을 벌이던 무영이 곡완주와 남궁화 등에게 전음을 통해 말했다. 최선을 다한다면 이길 수 있을지 모르겠지만 흑의인들의 무공도 보통이 아니기에 이쪽도 희생이 뒤따를 것이 뻔했다. 가장 염려스러운 것은 고루신군의 고루장이었다. 무영은 몰라도 다른 사람들에게는 독이 심각한 위협이 될 수 있었다.

서로 전음을 주고받은 일행은 무영이 고루신군을 맡는 동안 위진해를 안고 달리는 남궁우를 뒤쫓아 모두 포구 쪽으로 몸을 날렸고 무영이 그 뒤를 따랐다.

"쫓아라!"

갑자기 달아나자 고루신군은 분기탱천해서 부하들을 독려해 그들의 뒤를 추격했다.

모두들 사력을 다해 달리는데 돌연 무영의 앞길로 백여 명의 무인들이 마주쳐 왔다.

"총행두님이 여기 계시다!"

그 사람들 중 누군가가 소리 지르자 모두 무영의 주위로 몰려들었다.

"대체 어찌 된 일입니까?"

"누구신지요? 우리는 낮에 손님으로 이곳을 방문했던 사람들인데 갑자기 흑의인들이 총행두님을 죽이려 하기에 놈들을 물리치고 겨우 구해서 오는 길입니다. 놈들이 뒤를 추격하고 있는데 무공이 보통이 아닙니다."

"저희들은 상방의 황포항에 있는 사람들인데 아까 본장에서 위급을 알리는 화전을 쏜 것을 보고 달려오는 길입니다."

아마 장원의 호위무인들 중에 누군가가 지원 요청을 한 모양이었다.

"총행두님이 놈들이 쏜 독장을 맞아 위중하시오. 어서 자리 잡고 치유를 해야 합니다."

"이곳은 저희가 맡을 테니 어서 피하십시오."

그는 일행을 이끌고 달려오는 고루신군 일행의 앞을 막아섰다. 무공이 흑의인들의 상대가 될 것 같아 보이지는 않았지만 위진해의 생명이 경각을 다툰다는 생각에 모두들 포구로 몸을 뺐다. 지금은 빨리 배로 돌아가는 것이 급선무였다.

"이놈들이!"

고루신군은 상방 무인들이 막아서자 화가 머리끝까지 나서 길길이 거품을 물며 장력을 쏟아냈지만 고루장이라고 끝도 없이 날려댈 수 있는 것은 아니었다.

황포항에 도착한 그들은 대기하고 있던 선단에 올랐다.

"잠깐 기다려!"

저만치에서 상방 무인들이 고루신군에게 쫓겨오고 있는 것이 보였기에 무영이 배를 기다리게 했다. 대부분 당했는지 남아 있는 인원은 채 십여 명도 되지 않았다.

"어서 배에 오르시오!"

그들이 배에 오르는 것을 돕기 위해 무영이 배에서 뛰어내려 뒤를 막아주는 동안 사람들이 황급히 배로 올랐다. 뒤를 추격해 오던 흑의인들이 공격을 가해왔지만 배에 있던 사람들이 화살과 암기를 쏘아대자 주춤하는 사이에 배가 항구를 출발했다. 선상에서의 반격이 워낙 거셌기에 고루신군을 비롯한 흑의인들은 배가 떠나는 것을 보고도 감히 접근할 생각을 못했다.

"일단 위 총행두의 몸을 살펴봐야겠어요."

상경이 선실로 옮겨진 위진해의 몸 이곳저곳을 살폈다.

"다행히 고루장의 독기를 충분히 쏘지 못하고 달아나는 바람에 생명은 건질 수 있겠어요."

보타문은 의술에도 일가견이 있는 문파였기에 그녀도 상당한 지식을 가지고 있었다.

"무슨 독입니까?"

무영이 물었다.

"썩은 시체에서 뽑아낸 시독(屍毒)의 일종인데 조금만 쏘여도 해독약이 없으면 치료가 쉽지 않습니다. 이 정도로 죽지는 않겠지만 빨리 치료하지 못한다면 앞날을 장담하기 어렵겠군요."

상경이 말했다.

"인사가 늦었습니다. 본인은 황포항(黃浦港) 행두를 맡고 있는 황견(黃堅)이라 합니다. 장원에서 긴급 신호가 쏘아졌기에 급히 달려오는 길입니다. 총행두님을 구해주신 것 같은데 진심으로 감사드립니다. 혹시 그분을 치료할 방도를 알고 계신지요?"

용케 살아남은 황포항 사람들 중에 우두머리로 보이는 자가 나서더니 말했다.

"시독은 그것을 시전자가 직접 제조한 독문 해약이나 당문에서 가지고 있다고 하는 거독환과 십전영지초를 함께 사용한다면 효과를 볼 수 있을 거예요. 십전영지초가 귀한 약재이기는 하지만 어렵지 않게 구할 수 있을 것 같은데 거독환이 문제군요. 당문에서도 만들기가 힘들어 별로 많이 가지고 있지 않다고 들었어요. 쉽게 내줄는지 모르겠군요."

상경이 자세하게 설명했다.

황견의 안색이 어두워졌다. 당문과는 아무런 연고가 없으니 일이 쉽지 않겠다는 생각에서였다. 무영 일행도 더 이상 도와줄 방도가 없었다.

"일단 항주로 돌아가도록 하지요."

남궁화가 말했다.

그녀는 사람들이 끔찍하게 죽는 광경을 보는 것에 진저리가 나서 무서운 강호 일에 얽히기보다 항주로 돌아가 어서 혼인식을 올리고 편안한 생활을 하고 싶었다.

"그러자꾸나."

무영에게 한 말이었지만 남궁우가 나서서 대꾸했다.

그 말대로 하라는 은근한 압력이었다. 그 말에 따라 일행은 모두 광주를 떠나기로 했다.

일단 계산도 인근에 정박 중이던 선단으로 돌아간 일행은 위진해 일행을 복주에 내려주기로 하고 배를 출발시켰다. 그는 이틀 만에 정신을 차리기는 했지만 워낙 시독이 독해 겨우 말이나 할 수 있을 정도였다.

배는 왔던 길을 다시 거슬러 올라 복주로 향했다.

며칠간 항해를 한 끝에 복주 공소에 도착했지만 지난번 교평천이 보낸 살수들에게 호되게 당했기에 아직 제 기능을 발휘하지 못하고 있었다. 겨우 상인들과 호위무인들 몇십 명이 나와 급한 일이나 처리하는 것이 고작이었다.

"험, 저희들은 이만 가보아야 하겠습니다."

무영이 위진해에게 말했다.

그가 위험할 수도 있다는 것은 알고 있지만 그렇다고 그를 지켜주고자 하릴없이 복주에서 시간을 보낼 생각은 없었고, 위진해도 그를 잡아둘 명분은 없었다. 지난번 그를 구출해 준 것만 해도 고맙기 이를 데 없는 일인데 더 이상 부탁을 하기가 어려웠기 때문이다. 무영에게 자신과 같이 일하자고 권하고 싶기도 했지만 자신의 처지가 워낙 궁지에 몰려 그 말을 한다는 것도 쉽지 않았다.

"생명을 구해주서서 고맙습니다. 그럼 다음에 다시 연락을 드리겠습니다."

위진해는 그렇게 말하는 것이 고작이었다.

상경의 입장이 가장 황당했다.

보타산에서 듣기로는 광동 상방의 총행두는 천하를 양분하는 장강 이남 상계의 실권자라 했기에 당분간 그곳에 몸을 의탁하며 돕는 중에 틈틈이 무림 정세를 익혀 강호에 적응하려는 생각이었는데 졸지에 혼자가 된 기분이었다. 그렇다고 무영 일행을 따라나설 수도 없었다. 옆에 있는 황건도 난감한 표정이었다.

"저… 위 총행두님께서 몸이 회복되실 동안 잠시 복주에서 함께 기다려 주시면 안 될까요?"

상경은 누구에게 눈길을 맞추어야 할지 몰라 이 사람 저 사람 눈치만 보며 겨우 말을 꺼냈다.

남궁화가 쌍심지를 모았다.

'아니, 저게! 그렇지 않아도 신경 거슬려 죽겠는데 언제 보았다고 같이 지내자고 해?'

곡완주도 기분 좋은 표정은 아니었다. 장원 별채 빈관에 있을 때 남궁화가 자신과 무영의 혼사에 대해 얘기하는 것을 몰래 엿들었기에 이번에 돌아가면 신방을 꾸밀 수 있겠다 싶어 남몰래 설레었던 그녀였다. 게다가 남해에 있을 때에는 무영이 수시로 안아주었는데 중원에 오고 나서는 남의 눈치를 보느라 같이 있는 것조차 힘든 판국이니 속이 편치 않았다. 자꾸 무영이 이런저런 일에 말리는 것 같아 내심 불만이 이만저만이 아니었다.

"그래 주셨으면 좋겠습니다. 그렇지 않아도 사방에 연락을 해두었는데 장주님을 지킬 병력이 오기 전에 적도들이 다시 오기라도 한다면 걱정입니다."

황건도 나섰다.

먼저 말을 꺼내기가 망설여졌는데 상경이 먼저 말을 꺼내주니 그저 고마울 따름이라 때를 놓치지 않고 나선 것이다.

이렇게 되니 몰인정하게 돌아설 수도 없는 형편이었다. 무영은 다른 사람들의 눈치를 보았지만 위진해의 처지가 워낙 딱하게 되어 대놓고 반대하는 사람도 없었다.

"알겠습니다. 하지만 저희들도 일이 있으니 당분간만입니다."

지원대가 올 때까지만이라는 단서를 붙이고 당분간 복주에 머물 도리밖에 없었다.

위진해는 침상에 누워 생각에 잠겼다.

이제 며칠만 지나면 저들은 떠나갈 것이라 생각하니 답답하기 그지

없었다. 나중이라도 마교의 무리들이 쳐들어오면 끌어 모은 상방의 검수들이야 기껏해야 매검수들이 고작이니 대적할 방법이 없었다.

그는 아침이 되도록 잠을 이루지 못하다가 날이 밝자 무영을 청했다.

"장 선주가 나를 마교로부터 지켜줄 수 있는 힘이 있는지 잘 모르겠지만 만약 그럴 수만 있다면 충분한 사례를 하겠으니 나를 좀 도와주시겠소?"

위진해는 절박한 표정을 지으며 말했다. 당분간 안전한 곳에 버티며 흩어진 병력을 다시 끌어 모아 대비한 후에 돌아오겠다는 생각이었다.

"비록 호송선단을 이끌고 있기는 하지만 저는 상인이지 무인이 아닙니다."

"상인이오?"

위진해는 무영으로부터 그런 말을 들은 적도 없었고 단지 무공만은 고강하다는 것을 알고 있었기에 크게 놀랐다.

"상인이 되기 위해 노력 중이라는 표현이 맞겠지요."

"흠."

밤새 고민했던 일이었지만 전혀 예상 밖의 말이 나오니 자연히 말이 끊겼다. 위진해가 그러는 동안 무영도 그의 제안에 대해 뭔가 얻을 게 있지 않을까를 생각하고 있었다. 충분한 사례를 준다고 했으니 은근히 욕심이 동하기는 했다.

"마교로부터 광동 상방을 지켜준다면 상방 수익의 삼 할을 나누어 주실 수 있는지요?"

'헛!!'

위진해는 헛바람을 들이켰다. 중원을 양분하는 광동 상방에는 매년 수천만 냥의 수입이 들어왔다.

그런데 그 삼 할을 달라니!

"마교의 무서움은 저보다도 총행두님께서 잘 아시리라 믿습니다. 솔직히 말씀드리자면 그 결과에 대해서는 장담을 드릴 수도 없고요. 잘못하면 제 기반을 몽땅 잃을 수도 있습니다, 목숨까지도. 그러니 제가 부른 금액이 결코 크다 할 수는 없지요."

위진해의 눈빛이 진지해졌다. 그는 마음을 추스르고 조용히 무영의 말을 경청했다.

"만일 제가 총행두님 편에 서서 돕게 된다면 광동 상방이 마교와 한통속이라는 말이 나오는 지금 최악의 경우 무림 전체를 상대해야 할 수도 있습니다. 그리고 목숨을 걸고 싸울 수하들에게 충분한 보상도 해주어야 하지 않겠습니까? 더 솔직히 말씀드리자면 총행두님께는 제가 상당히 필요한 사람이니 그 정도를 부른다 해도 무리는 아니라는 생각입니다."

"흠, 하지만 일이 끝난 후에도 계속 그만큼씩 가져간다면 이 거래는 그리 공평해 보이지는 않는구려."

위진해는 마치 무영이 자신의 위기를 이용하는 것 같아 은근히 불편해진 마음을 겨우 삭여가며 말했다.

"물론 계속 달라는 것은 아닙니다. 향후 오 년 정도가 좋겠지요. 그리고 당문에서 거독환을 구해 총행두님의 몸을 완치시켜 드리는 것도 거래 조건에 포함하겠습니다. 사실 총행두님의 몸값까지 포함한다면 그리 높게 부른 것은 아니지요."

무영은 마치 물건을 두고 흥정하는 상인처럼 그렇게 말했다. 사천당

문에 대해 아는 것은 없지만 설마 알약 하나 달라는데 거절하랴 싶어
그렇게 덧붙였다.

'흠, 일리가 없는 말은 아니군.'

듣고 보니 그럴듯하기도 했다. 게다가 자신의 약까지 구해서 치료해
주겠다고 하지 않는가?

"쉬운 결정이 아닐 터이니 내일 다시 말씀을 나누기로 하지요."

무영은 그렇게 말하고는 자리에서 일어났다.

어차피 공을 건넸으니 돌아올 때까지 기다리는 일만 남았다.

그리고 남궁우를 찾았다.

앞으로 상대해야 할 마교의 주요 전력으로 일컬어지는 십마(十魔)의
진전을 이었다는 자들에 대해서는 크게 아는 바가 없었기에 무림의 대
선배 격인 남궁우에게 자세한 것을 알아보고 싶었던 것이다.

"스승님에게서 십마는 모두 죽었다는 말을 들었는데 그 전인이 있다
는 것은 백골마조 철지상이 화아를 납치했다는 말을 들었을 때 처음
알았네. 이번에 고루마군의 진전을 이은 것 같은 고루신군을 직접 보
니 십마의 후인 중 아직 모습을 드러내지 않은 다른 후계자들도 있을
것이라는 생각이 드는군."

"십마의 다른 자들에 대해서도 알고 싶군요."

"흠, 십마는 말 그대로 열 명의 마인이네. 하지만 개인적인 생각으로
는 마인이란 표현에 찬성하고 싶지는 않네. 사이한 무공을 쓰는 몇 명
을 포함해 대체로 무공에 일가를 이룬 자들이 사교(邪教)에 소속되어
싸웠다는 것이 바른 평가겠지. 사실 무림에는 그들보다 더 흉악한 자
들이 많네."

그는 무영이 알아듣기 쉽도록 십마의 특징만 간단하게 잡아 설명해

주었다.

  첫째, 불이검귀(不二劍鬼). 두 번 검을 시전하지 않는다는 자였다. 십마의 서열 첫 번째에 두는 이유는 무공도 무공이려니와 당시 십마 중 나이가 가장 많았기 때문이기도 했다.

  둘째, 천독대왕(千毒大王). 독으로는 중원 전체에서 당할 자가 없었다고 했다. 당시 그가 시전했던 무색무미의 독으로 인해 많은 무림인이 목숨을 잃었다고 전했다. 독으로 유명한 사천당문도 그의 독에는 속수무책이었다는 말이 있었다.

  셋째, 무정마검(無情魔劍). 손속에 정을 두지 않는 것은 십마 모두가 같았지만 특히 그를 무정마검이라는 칭호로 부른 것은 그의 외모는 매우 정이 많게 생겨 여인들의 시선을 모았지만 손속은 독랄하기 그지없었기 때문이다.

  넷째, 백골마조(白骨魔爪). 만년한철로 만든 수갑을 이용해 공격을 하는데 그의 무서운 점은 철수 안에서 뿜어져 나오는 독이었다.

  다섯째, 음풍권(陰風拳). 소리없이 내뿜는 음유한 장력은 맞은 후에도 상대는 무엇에 당했는지 모른다는 말까지 있었다.

  여섯째, 고루마군(枯髏魔君). 썩은 시체에서 뽑아낸 시독을 이용해 장력을 날리는데 장공의 위력보다는 고루장에 맞으면 해독이 쉽지 않았다. 후일 당문에서는 고루장의 독에 대응하기 위해 거독환을 개발하기까지 했다.

  일곱째, 천변인마(千變人魔). 역용에 있어서는 타의 추종을 불허했기에 친한 사람으로 변장한 그에게 속아 쥐도 새도 모르게 당하는 경우가 많았다고 했다.

　여덟째, 독비단혼(毒匕斷魂). 비수를 주로 사용하는 무공을 시전하는 자로 그의 비술(匕術)은 천하에 적수가 없다고 했는데 특히 비수에는 알지 못할 독이 묻어 있어 스치기만 해도 치명상을 주었다고 전했다.

　아홉째, 환영마군(幻影魔君). 환술에 있어 일가를 이루었다는 평이 있는 자로 일단 몸을 숨기기로 작정을 하면 나무 속이나 땅속, 심지어는 바위 속에까지 숨을 수 있다는 말이 있었던 자였다.

　열째, 색혼마녀(色魂魔女). 십마 중 유일한 여자였는데 일단 그녀의 색혼술에 걸려들면 평생 치맛자락 아래의 노예가 되었다는 말이 전해졌다. 당시에도 수십 명의 명문가 자제들이 그녀의 색혼술을 당하지 못하고 노예가 되어 색혼마녀의 가마를 메고 다녔다고 했다.

　"지금에 와서 십마의 무공을 가진 자들이 다시 나타나는 것을 보면 그 당시 십마가 죽지 않고 살아남아 숨어서 후인을 양성한 모양이군요."

　"나도 그게 이상하다는 생각이네. 당시 십마를 제압하기 위해 막대한 희생을 치렀네. 그들은 정파의 무인들에게 부상을 입고 쫓기다가 폭풍검 단운비가 이끄는 해남파의 일백이십 천강검수(天罡劍手)들에 의해 궤멸되었다고 들었네. 하지만 부상을 입은 상태에서도 격렬하게 저항해 천강검수들도 대부분이 죽었다고 전하네."

　"그런데 어째서 그들의 무공이 지금에 와서 다시 부활한 것인지 이해가 가지 않는군요."

　"나도 그게 궁금하네. 마교의 모처에 원래부터 그 무공이 기록되어 있었을 수도 있고 죽은 십마의 비급이 유출되었을 가능성도 있지만 무엇 하나 확실히 말할 수 있는 것은 없네."

"당시 마교의 교주는 어떻게 되었습니까?"

"그가 죽었는지 혹은 살았는지에 대해서는 여러 가지 말이 많지만 중요한 것은 그 이후로 다시 무림에 모습을 드러낸 적은 없었다는 거네."

"마교가 다시 준동하는 이유를 모르겠군요."

"지금 천하는 흔들리고 있네. 황제는 환락과 안일에 빠져 더 이상 백성들의 삶을 돌보지 않지. 그러니 누구든 그 자리에 욕심을 가져 볼 생각이 나지 않겠는가? 그러자면 필요한 것은 자금일세. 상당한 무력을 가진 인물들이 곳곳에 있네. 누구든 그들의 구심점만 될 수 있다면 천하가 뒤집히는 것도 어려운 일은 아니지. 지금 그런 자들이 곳곳에서 문제를 일으키며 기반을 다지는 중이라 해도 크게 잘못된 말은 아닐 걸세. 허허허."

황제의 백성으로서 대역무도한 말을 하기가 좀 뭣했는지 그는 웃음으로 마무리를 했다.

다음날 위진해가 찾는다는 말에 무영은 그의 침실을 방문했다. 고루장의 독기가 점점 폐부로 스며드는지 어제보다 안색이 다소 창백해 보였다.

"장 선주, 당신이 원하는 대로 해주겠소. 대신 약속을 이행하지 못한다면 당신의 희생과 관계없이 모든 계약은 없었던 것으로 하겠소."

위진해는 밤새 결심을 한 듯 그렇게 말했다.

"당연합니다."

조건을 이행하지 못하고 무슨 염치로 손을 내밀겠는가?

두 사람은 계약서를 작성해서 서명을 했다. 위진해는 몸을 겨우 움직일 수 있었기에 도장을 찍고 서명하는 것조차도 무척 힘들어했다.

"흠, 이게 다 얼마야."

방으로 돌아온 무영은 지난번 위진해에게 받은 호송비에 이번 계약으로 인해 선급금으로 받은 천만 냥까지 합해 수백 장의 전표와 어음을 세며 즐거워했다.

"그렇게 즐거워할 일이 뭐가 있어요? 광동 상방이 망하면 휴지 조각인데."

곡완주가 곁에서 보고 있다가 한심하다는 듯이 말했다.

"잉, 그런가?"

하기는 선급금의 대부분은 어음으로 지급되었으니 광동 상방이 망하면 그야말로 몇십만 냥이나 겨우 건지는 셈이었다. 하지만 그러거나 말거나 무영은 즐거웠다. 상계의 태산북두 광동 상방이 그리 쉽게 망할 까닭은 없다는 생각이었고, 그냥 보고만 있어도 흐뭇했기 때문이다.

"그런데 앞으로 어떻게 하실 계획이에요?"

"되는대로 해나가면 어떻게 되지 않겠어? 지금 중요한 일은 사천당문에 가서 거독환을 구해다 주는 것하고 위진해를 지키는 거야. 나머지 일은 그 다음이지. 그리고 그보다도 더 급한 일은 어서 주매와 혼인식을 올리는 일이지."

그 말에 곡완주의 얼굴이 붉어졌다.

"차근차근 일을 해나가면 세상에 어려운 일은 없는 법이지."

"훗, 득도한 고승이 나셨네요."

“은자를 잔뜩 벌어 어디 조용한 곳에 가서 멋진 장원을 지어 마누라들하고 오붓하게 사는 것이 내 꿈이야. 최소한 다섯을 목표로 하고 있는데.”

장난기가 발동한 무영이 슬쩍 한마디 던졌다.

“뭐라고욧?!”

제4장 혼돈(混沌)의 소용돌이

"이건 틀림없는 위진해의 짓이오. 놈이 마교를 등에 업고 중원 상계를 통일한다면 막대한 은자가 놈의 수중에 들어갈 터인데 놈이 아니라면 누가 교평천을 죽였단 말이오?"

팽가장주 팽수(彭首)는 여러 호법들을 바라보며 열을 올렸다. 맹주역무군의 소집 명령에 따라 이곳에 모인 무림맹 호법들은 모두 일파의 지존들이었다.

당문의 문주 당초명이 벌떡 일어났다.

"마교의 힘을 빌려는 어떤 세력도 중원에 발을 붙이게 해서는 안 됩니다. 그들이 중원 무림을 피바다로 만든 지 백 년도 채 되지 않았는데 그 교훈을 벌써 잊으셨다는 말씀입니까?"

팽수의 뒤를 확실하게 밀어주는 발언이었다.

"아니, 확실한 증거도 없이 광동 상방을 마교의 자금줄로 보는 이유가 무엇이오? 위 총행두도 이번에 고루장독에 당해 아예 의식을 잃고 있다고 들었소이다."

전진파의 장문인 무극 진인(無極眞人)이 광동 상방을 옹호하는 발언을 했다.

"흥, 그게 다 연극이 아니오? 고루신군이라면 중원에서도 상대할 자가 많지 않은데 위진해 같은 평범한 사람을 죽이지 못하고 겨우 중독이나 시켰다니 누가 들어도 웃을 일이 아니오? 그런 것이 연극이 아니고 대체 무엇이란 말이오? 교평천을 죽여놓고 자신도 당한 것처럼 꾸며 무림맹의 이목을 속이자는 수작이 아닙니까?"

무당의 장문인 청운자(靑雲子)였다.

"험, 본인은 그동안 광동 상방의 위진해 총행두가 그럴 리가 없다고 생각했소만 여러 가지 정황을 볼 때 무당 장문인이나 팽 장주, 그리고 당문 가주님의 말이 전혀 근거가 없지는 않다는 생각이 드오. 사실 광동 상방이 마교와 손을 잡았다는 소문은 이미 중원 전역에 퍼져 있는 형국이니 우리도 대비를 해야 하오."

해남파 장문인 요조은(堯兆隱)의 말에 모두들 놀란 빛이 역력했다. 해남파와 광동 상방이 공생 관계라는 것은 이 자리에 모인 모두가 알고 있는 내용이었다.

'아니, 저놈이!'

누구보다도 놀란 사람은 바로 전진의 무극 진인이었다. 당연히 자신의 말을 뒷받침해 줄 유일한 우군으로 여겼는데 요조은이 갑자기 태도를 바꾼 이유를 알 수 없었다.

"하지만 아직 확실치 않은 만큼 일단 광동 상방의 대외적인 교역 활동을 제한해 마교가 움직일 명분을 주지 말고 그쪽으로 흘러들어 가는

자금을 차단해야 하는 선에서 조치를 취한 다음 관망해야 한다는 것이
본인의 생각입니다."

요조은은 마치 광동 상방에게 선심이나 쓰듯이 말했다. 하지만 상방
의 대외 활동을 제한한다면 그것은 곧 그들의 목을 죄는 일이나 다름
없다는 것은 누구나 알고 있었기에 사형 선고나 마찬가지였다.

"허허허, 참으로 관대한 처분이구려."

사면초가의 상황에 불난 집에 기름까지 부어대는 요조은의 말투에
부아가 치민 무극 진인은 비꼬듯 그렇게 말했다.

"그렇다고 할 수 있지만 지금으로서야 심하게 할 수 있습니까?"

그 말에 요조은은 모르는 척 시치미를 뗐다.

역무군이 나섰다.

"험, 상당히 일리가 있는 제안이오. 본인도 요 문주의 말에 찬동하고
싶소이다."

"하지만 상방의 활동을 금한다는 것은 무림문파에 있어 봉문과 같은
것이 아닙니까? 확실한 증거도 없는 상태에서 그런 결정을 내린다는
것은 아무래도 문제가 있습니다. 게다가 무림맹이 상방의 활동을 제한
하라는 명령을 내린다는 것은 무림이 상방을 억압하는 것이니 월권을
하는 것과 다름없다는 것이 본인의 생각입니다."

맹주까지 요조은의 뜻에 찬동하고 나서니 대세가 넘어가나 싶었는
데 화산파 장문인 악중명(岳仲明)이 제동을 걸고 나섰다.

그는 아무래도 맹주의 뜻에 따르는 것이 탐탁하게 생각되지 않았다.
특별히 광동 상방과 어떤 인연을 쌓은 것은 아니었지만 무림맹에 비서
당주로 파견되어 있는 신산철필 모중영으로부터 요즘 와서 무림맹주
역무군의 태도가 아무래도 미심쩍다는 귀띔을 받고 있었다.

무림맹의 모든 당주들은 각파에서 파견한 호법이나 장로급으로 이루어져 있기에 무림맹 자체도 각파의 입장에서 보면 하나의 중요한 정보 수집처였다. 모중영에 의하면 대용 천주봉 근처의 무리들에 대한 맹주의 조치가 이상하다는 보고였다.

"본인도 그렇게 생각합니다. 아직은 상계의 일에 무림맹이 나설 때는 아니라는 생각입니다."

개방 방주인 철장비룡 유석대도 악중명의 입장을 지지하고 나섰다. 요조은이 광동 상방에게서 등을 돌리는 바람에 홀로 고독하게 되었나 싶었던 무극 진인이 그런 기회를 놓칠 리 없었다.

"당연한 말씀입니다. 상계의 일입니다. 아직 뚜렷한 증거도 없고요. 아무리 무림맹일지라도 상방에 봉문과 다름없는 사형 선고를 내릴 권리는 없습니다."

"본 방 제자들의 보고에 의하면 지금 광동 상방의 위진해 총행두도 마교의 무리들로 보이는 적들의 기습을 받아 부상을 당해 몸을 피하고 있는 것이 확실하다고 합니다."

유석대가 부연해 말했다

"그게 다 교평천을 죽여놓고 세인들의 이목을 흐리려는 행동이라는 것은 이미 청운자께서도 말씀하시지 않았습니까? 산서 상방과 광동 상방이 싸움을 벌이고 있다는 사실은 천하가 다 알고 있고 산서 상방의 교평천이 죽었습니다. 자, 누구의 짓이라고 생각해야 하겠습니까?"

회의장 분위기가 이상하게 돌아간다고 생각한 요조은은 더욱 열을 내며 반발했다. 그로서는 이 회의의 결론을 그렇게 끌어가야 할 이유가 있었다.

"그렇습니다. 그렇다고 마교와 관련이 있는 것으로 보이는 광동 상방을 두고만 볼 수도 없는 일이 아닙니까?"

여기저기에서 나서며 하는 말에 설전은 꼬리를 물고 이어졌다.

"언제까지 언쟁만 하고 있을 수야 없지 않습니까? 이럴 것이 아니라 다수결로 결정을 하는 것이 어떻겠소?"

역무군이 나서며 말했다.

그는 내심 불쾌했다.

전임 맹주들의 말은 추상과 같아 모든 문파들이 그 뜻을 따르기를 주저하지 않았는데 자신이 이미 의사를 밝혔음에도 노골적으로 반대하는 악중명이나 유석대에 대해 반감이 생겨났다. 전진파야 광동 상방에서 기부를 받고 있다는 것을 알고 있으니 반대하는 것은 이해할 수 있지만 화산이나 개방은 아니었다. 그는 이것이 다 자신의 출신이 명문거파가 아닌 군소방파이기 때문이라는 것을 피부로 실감했다.

'건방진 놈들. 밀어붙여야겠군.'

어쨌든 광동 상방의 활동은 제한해야 했다.

이미 금릉전장에서 다시 은자 백만 냥을 옥허궁으로 보내왔다는 전갈을 받았다. 이번에는 광동 상방의 손발을 묶어달라는 주문이었고 해남파가 그 일의 선봉에 설 테니 추인을 해달라는 주문이었다. 지금 회의장의 흘러가는 분위기를 보니 찬성이 반대보다 많았기에 그렇게 말한 것이었다.

"그렇게 합시다."

요조은이나 청운자를 비롯해 팽수, 당초명 등도 반대할 이유가 없었기에 거수에 의한 의사 표시를 하기로 했다. 찬성 여덟에 반대 넷, 그리고 나머지는 모두 기권이었다.

무림맹의 결정은 그날로 공시되었다.

광동 상방의 대외적 활동을 금한다.

위 결정은 무림맹 전체의 결정이니 이에 위반하는 행위를 할 시에는 모든 수단 방법을 가리지 않고 강력한 응징을 할 것이다.

무림맹주 역무군 백.

'장주님이 왜 그렇게 변하셨지?

금룽전장의 회계를 책임지는 내결(內缺) 좌동희(左憧熹)는 의문을 풀 길이 없었다. 벌써 몇 차례에 걸쳐 수백만 냥의 은자가 마차에 실려 전장 밖으로 빠져나갔지만 금전출납을 책임지는 내결인 자신은 조금도 그 용처를 알 수 없었다.

그 일을 묻기 위해 내원 총관에게 기별을 넣어 장주님 뵙기를 청해도 장주님의 지시니 그냥 따르라는 말뿐이었다. 마차의 운반도 자신이 알고 있는 전장 호위무인들이 아니라 외부에서 특별히 초빙되어 온 자들이 했기에 행선지도 알 수 없었다.

일을 끝낸 그는 귀가 중에 평소 잘 알고 지내는 개방 남경 분타주 추고용을 은밀히 찾았다.

"내일 아침 우리 전장에서 마차 한 대가 나갈 걸세. 자네가 그 마차의 행선지를 알아봐 줄 수 있겠나?"

"아니, 금룽전장의 마차가 나가는데 내결인 자네가 행선지를 몰라서 내게 알아봐 달라는 것인가?"

추고용이 깜짝 놀라며 물었다.

그가 알기로 금룽전장의 모든 자금의 출납은 장주의 직접 명령만 받는 좌동희가 관리하는 것으로 알고 있었다.

"험, 자네와 나만 아는 걸로 해두게. 나도 말하기 어려운 사정이 있다네."

금룡전장에서 그런 거금이 움직인 경우는 수십 년 내결 일을 맡고 나서 단 한 번도 없었던 일이었다.

어려서부터 남달리 신동 소리를 들었던 그였는지라 집안에서도 단일 문의 동전에 관한 모든 쓰임새도 소상하게 기억했기에 젊어서 금룡전장에 몸을 의탁한 지 오래지 않아 금태산의 눈에 띄어 내결에 발탁되었다. 금태산은 그간 전장의 모든 자금 관리를 맡겼기에 그는 금룡전장의 모든 흐름을 소상하게 파악하고 있었다.

하지만 지금은 아니었다.

금청만이 납치되었다가 풀려난 이후로는 금태산을 가까이서 직접 대면한 일이 단 한 번도 없었다. 모든 자금 관리는 장주가 직접 시행했고 자신이 하는 일이라고는 출납 서류에 서명하는 일이 고작이었다. 추고용이 어리둥절해하며 물어왔지만 마땅히 할 말이 없었다.

"흠, 자네 입장이 그렇다니 그냥 묻어두지. 알겠네, 내 당장 믿을 만한 부하들을 시켜두지."

"한 사람이 계속 따르면 금방 표가 날 걸세. 내 생각에는 어느 방향으로 움직이면 그쪽 분타에 계속 추적을 의뢰하는 방식이 좋을 것 같네. 추적 방법까지 내가 거론하기는 뭣하지만 한눈에 보기에도 마차를 호송하는 무인들의 무공이 예사롭지 않기에 하는 말이네."

"아니, 그럼 보표들도 전장 무인들이 아니라는 말인가?"

좌동희의 말이 갈수록 태산이라 추고용은 긴장했다.

쉽게 생각하고 도와주겠다고 나섰는데 그게 아니라는 생각이 들었다. 무공이 높은 고수들로 구성된 외부의 보표들이 전장에서 마차로 호송해 갈 물건이라면 대충 짐작이 갔다.

'흠, 어설프게 뒤를 밟았다가는 부하들이 희생당할 수도 있겠구나.'

추고용이 고개를 끄덕였다.

"자네만 믿네."

좌동희는 그렇게 말하고는 자리를 떴다.

'수백만 냥이라면 의외로 큰 건수가 나올지도 모르겠군.'

뒤에 남은 추고용은 깊은 생각에 잠겼다.

한참을 생각하던 그는 급히 지필묵을 준비해 간단한 서신을 작성한 후 전서구를 날렸다. 좌동희는 비밀을 지켜달라고 부탁했지만 일이 그렇게 단순하지 않다는 생각이었다. 그렇지 않아도 최근 들어 금릉전장의 분위기가 수상하다는 보고를 받은 적이 있었다.

좌동희는 자신이 한 일이 잘한 짓인지에 대해 고민했다.

추고용과 교분을 맺은 지 벌써 십 년이 다되어갔다. 자금을 담당하는 일이라는 것이 거래 상대방의 신용도를 제대로 파악하지 않고는 쉽지 않은 일이었기에 개방 분타주 추고용과 인연을 맺었고 그 후 시일이 지나면서 친구가 되었다. 덕분에 마음만 먹으면 남경에서는 간밤에 어느 집안에서 부부 싸움이 있었다는 것까지도 세세히 알 수 있는 그였다. 하지만 일이 잘못 소문나면 자신과 장주 간에 반목이 있는 것으로 비춰질 수도 있었다.

어쨌든 꼬박 열흘을 기다린 끝에 그는 만족할 만한 답을 얻었다.

추고용의 말에 의하면 마차는 옥허궁으로 들어갔다고 했다. 옥허궁이라면 현 무림맹주 역무군의 본가였다.

'음, 역무군에게 뇌물을 썼다는 얘긴데 우리 금릉전장이 무림맹과 이해관계가 걸리는 일이 있었던가?

아무리 생각해도 알 수 없는 일이었다. 인사차 보냈다고 하기에는 뇌물의 액수가 너무 엄청났다. 하지만 자신이 몰라야 할 뭔가가 있겠지 하며 애써 그 일을 외면하고 있는데 자신의 귀에 누군가의 말소리가 들려왔다.

"좌 내결, 내가 말을 하고 있다는 것을 내색하지 말고 듣기만 하시오."

집으로 가는 노상에서 들리는 갑작스런 목소리에 그는 흠칫했다.

목소리의 임자는 보이지 않았지만 바로 곁에서 말하고 있는 듯했다. 좌동희는 그것이 말로만 듣던 무림인들의 전음입밀이라는 것을 알았다.

"당신은 지금 위험에 빠져 있소."

좌동희의 안색이 변했다.

"내색을 하지 말라고 했소. 당신에게는 항상 꼬리가 붙어 있었소. 당신이 지난번 추고용을 만난 것이 상대를 자극했소. 놈들이 지난번에는 둘이 나눈 말까지는 듣지 못한 것 같았는데 이번에는 두 사람이 나눈 대화를 모두 엿들었소."

좌동희의 발걸음이 가볍게 휘청였다.

겉으로 나타내지 않으려 했지만 자신과 추고용이 나눈 말을 엿들은 자가 한둘이 아니라는 생각이 그를 당황하게 했다. 다행히 지금 말을 건네는 자는 적이 아닌 듯했다.

"놈이 입을 열기 전에 처리해야 하니 당신은 그대로 앞으로 가다가 포목점에 붙어 있는 왼쪽 골목길로 꺾어서 들어가시오."

남경 바닥은 손바닥처럼 알고 있는 좌동희였다.

만씨 포목점을 꺾어서 돌아 계속 가면 안쪽은 결국 막다른 골목에 이르게 되어 있어 인적이 드문 곳이었다. 전음을 건네는 자의 말을 들어야 하나 순간적으로 망설였지만 도박을 하기로 했다. 전음까지 건넬 정도의 고수라면 쉽게 자신을 죽일 수도 있는데 귀찮게 말을 건넬 필요가 없었다.

포목점 골목으로 접어드는 순간 만씨 포목점 종업원이 그를 알아보고 가볍게 고개를 숙여 인사를 했다. 금릉 바닥에서 장사하는 사람치고 금릉전장 내결인 그를 모르는 자는 없었다.

목숨을 노리는 자가 있다는 생각에 다리가 후들거렸지만 억지로 발걸음을 옮겼다. 막다른 골목에 거의 다다른 그는 마치 소피라도 보는 듯이 담벼락에 서서 바지춤을 만지작거렸다.

"으윽!"

뒤에서 인기척이 난다고 느끼는 순간 가벼운 비명 소리가 들렸다. 좌동희가 저도 모르게 고개를 돌리자 바로 뒤에서 한 사내가 머리에 비수가 꽂혀 쓰러지는 것이 보였다.

'으억!'

좌동희는 저도 모르게 나오는 비명을 겨우 삼켰다.

"이자의 시체는 내가 알아서 처리하겠소. 내가 당신을 찾을 터이니 곧장 집으로 가 기다리시오."

좌동희는 말을 건네는 상대를 확인할 생각도 미처 하지 못하고 귀신에라도 들린 모양으로 그 말을 좇아 정신없이 집으로 걸었다. 아내의 인사를 받는 둥 마는 둥 하고 거실 의자에 앉은 그는 어떻게 집에 왔는지조차 생각나지 않을 지경이었다.

"내 말을 잘 들으시오."

어느새 상대는 자신의 집에 와 있었다.

상대가 목소리를 낮추어 말했다.

"적당히 핑계를 대고 거실에 사람을 들이지 마시오. 긴히 할 이야기가 있소."

그 말에 따라 좌동희는 아내에게 거실에 일체 사람을 들이지 말라고 당부를 하고는 문을 잠갔다.

상대는 끝내 모습을 보여주지 않았다. 어느 틈에 자신보다 먼저 와 있었다는 사실에 다시 한 번 섬뜩해지는 좌동희였다.

"좌 내결이 상방의 실질적인 중심이라는 사실은 돌아가신 금태산 장주와 몇몇 고동(股東:투자자)들을 빼고는 모르는 일이라는 것은 잘 알고 있소."

"옛?"

다른 말은 귀에 들어오지 않았다.

'돌아가신 금태산 장주님.'

분명 상대는 장주께서 돌아가셨다고 했다.

"언제 장주님이 돌아가셨다는 말입니까?"

그는 상대가 혹시 말을 잘못하지 않았나 하여 확인하듯 물었다.

"언제 돌아가셨는지는 우리도 확실히 모르오. 하지만 확실한 것은 현재 금릉전장의 장주는 금태산이 아니라 그의 인피면구를 쓰고 있는 다른 자라는 것이오."

좌동희는 하얗게 질렸다.

인피면구가 사람의 얼굴 가죽을 벗겨 말려서 사용하는 것이라는 것은 그도 알고 있었다. 사내의 말대로라면 금태산 장주는 이미 죽임을 당했고 누군가 그의 얼굴 가죽까지 벗겨 쓰고 장주 행세를 한다는 말이었다.

　너무도 충격적인 말에 잠시 입을 닫고 숨을 가다듬은 좌동희가 다시 입을 열었다.

　“어떻게 당신의 말을 증명할 수 있습니까?”

　“그래서 당신과 대화를 하려고 자리를 마련한 것이오. 극비에 속하는 사실이지만 일이 이 지경이 되고 보니 당신과 대화하지 않고는 계속 조사를 하기 어렵기에 말하겠소. 우리는 야월회라는 단체에 속하고 있는 사람들이오.”

　우리라니?

　혼자가 아니라는 말이었다.

　좌동희는 조용히 사내의 말을 경청했다.

　“혹시 금 장주를 밤낮으로 지키는 비밀 호위가 있다는 얘기는 들어 보셨소?”

　“짐작은 하고 있었습니다.”

　아무도 눈으로 확인하지는 못했지만 그런 소문이 있었다.

　좌동희는 그들이 최소한 대여섯은 될 것이라는 것까지 알고 있었다. 전장의 모든 살림에 드는 비용은 그의 이목을 벗어날 수 없었기에 매일 드는 식비며 의복비 등의 사용처도 훤히 꿰고 있는 그였다. 그래서 내실에 오륙인 분의 추가 비용이 더 들어간다는 사실도 잘 알고 있었다. 그것이 비밀 호위들의 몫이라는 것을 짐작할 수 있었기에 금태산에게 그 부분에 대한 내역을 물은 적은 없었다.

　“좌 내결은 직책상 금릉전장이 금태산 혼자 세운 전장이 아니라는 것은 잘 알고 있을 것이니 긴 말은 하지 않겠소. 우리 야월회는 금릉전장이 세워질 무렵에 투자를 한 다섯 명의 고동 중 하나요. 다만 우리는 다섯 고동들의 합의에 따라 금전적으로 투자를 하지 않고 경호를 담당하는 것으로 투자비를 대신했소."

좌동희는 점점 사내의 말이 사실이라는 확신이 들었다.

금릉전장의 모든 수익은 다섯 고동들의 몫으로 나누어지는데 그중 금태산의 몫이 절반 가까이로 가장 컸다. 그것은 극비 중의 극비로 전장 내에서 실무를 담당하는 다른 사람들은 투자자들에 대해 전혀 몰랐고 오직 좌동희만 알고 있는 사실이었다.

"작년에 금청만이 납치되었다가 돌아온 후에 금릉전장에 파견되었던 다섯 명의 호위들에게서 연락이 끊겼소. 그들은 매월 정기적으로 회(會)에 연락을 해 성실히 책무를 수행하고 있음을 보고해 왔소. 하지만 정해진 기일에도 소식이 없었기에 본 회에서는 즉각 사람을 보냈지만 행방이 묘연했소. 그들은 물론이거니와 약속한 암어로 비밀 연락을 시도했던 금태산도 전혀 반응이 없었소. 그간 비밀리에 조사해 왔지만 알아낸 것이라고는 본 회에서 파견한 사람들이 모두 당했다는 것과 놈들의 무공이 예사가 아니라는 것이 전부였소."

거실 주변을 지나는 인기척에 잠시 말을 중단했던 상대가 다시 말을 이었다.

"기존에 오랜 기간 파견되었던 사람들이 죽었기에 금릉전장의 내부 사정을 알 수 없어 누가 적이고 우군인지 식별하는 것조차 쉽지 않았소. 금릉전장의 핵심 인물이 좌 내결이라는 것은 알고 있었지만 당신에 대해서조차도 확실한 판단이 서지 않아 그간 접근하지 않았었소. 하지만 추고용과의 대화를 들었기에 나선 것이오."

"제가 도와드릴 일이 있겠습니까?"

배운 것이라고는 전장 회계와 관리가 전부인 그였다. 하지만 이대로 있을 수만은 없었다.

"일 년 사이에 외부에서 새로 영입된 인물들이 누구인지와 기존에 있던 사람들이라도 최근에 와서 예전과 다른 냄새를 풍기는 자들을 물색해 주시오."

좌동희는 그제야 전장 사람들에 대해 자신이 너무 무심했다는 것을 깨달았다. 근래에 와서 이상한 인물들이 한둘 눈에 띄는 것이 아니었지만 그건 자기 소관이 아니라고 애써 눈을 닫았었다.

신동이라는 말까지 들었던 그의 머리 속에는 이미 써 내려갈 명단이 차곡하게 정리되었다.

역무군이 발한 무림맹주령에 의해 소집되었던 무림맹 호법단 회의에서 광동 상방의 모든 교역 활동을 금한다는 내용이 공표되자 중원은 발칵 뒤집혔다.

그 소식을 가장 반기는 사람은 교평천의 죽음으로 휘청거리던 산서 상방을 힘겹게 정비하고 있던 요월선자였다. 그녀는 아들만 교가장으로 다시 돌려보내고 청수원에 머물며 아예 집무실처럼 쓰고 있었다. 어차피 하경 등이 떠난 청수원은 텅 비었기에 아까운 건물을 방치하고 있다는 생각도 들었고 무엇보다도 곳곳에 자신의 손때가 묻은 이곳이 가장 마음이 편했기 때문이다.

원래 상방 총행두는 중원 각지에 흩어져 있는 각 공소 행두들의 투표에 의해 선출되게 되어 있지만 거대 상방으로 큰 이후에는 상방 내에서 총행두의 힘이 막강해졌기에 세습적으로 그 역할을 이어받는 경우가 많았다.

특히 산서 상방은 교평천의 입김이 워낙 드셌던 상방으로 그를 대신

할 마땅한 인물이 없었기에 아들 교본성이 총행두 역할을 맡기로 결정되었다. 그간 여러 원로들에게 첩까지 들여주며 착실하게 교분을 쌓았기에 요월선자가 아들 대신 실권을 대신 행사하고 있는 것에 반발하는 사람도 없었다.

"호호호, 이거야말로 하늘이 우리를 돕는 것이 아니냐? 총행두께서 돌아가신 이후 상계에서 우리 산서 상방은 끝났다는 말까지 나돌았는데 이제 위진해가 무림공적으로 몰렸으니 남은 상방이라고 해야 휘주 상방이 고작 아니더냐? 하지만 휘주 상방도 휘청거리니 자금력이 풍부한 우리가 상계를 휘어잡을 절호의 기회다. 지금이야말로 우리가 총력전을 펼칠 시기다."

그녀는 중원 상계를 일통할 전화위복의 기회를 살리기 위해 머리를 짰다. 어스름 달빛이 창가에 드리워지도록 그녀는 시간 가는 줄 몰랐다.

"산동성에서 손님이 오셨습니다."

교평천이 죽은 후 요월선자는 각 지역 행두들에게 공문을 보내 뛰어난 상재가 있는 인물을 추천해 줄 것을 부탁했다. 그동안 교가장에서 일하던 핵심 간부들이 흑의인들의 기습으로 대부분 죽어 그 공백을 메울 인재들이 필요했기 때문이다.

낙일도(樂一道)는 산동성에서 개인 점포를 여럿 운영하며 큰 상재를 발휘하고 있는 것을 그 지역 인근의 몇몇 행두들이 추천하여 오늘 상견례를 하는 날이었다. 서류상으로 이미 충분히 검토를 마쳤기에 간부들과 논의한 자리에서 상방 내의 요직을 맡길 만하다는 결론이 나 있었고 피차간에 그 사실은 알고 있었다.

총관의 안내로 훤칠한 사내가 들어섰다.

"처음 뵙겠습니다. 미천한 본인에게 중책을 맡긴다고 하시기에 총행두님의 부름을 받고 왔습니다.”

그는 요월선자에게 대뜸 총행두라고 불러주었다. 아직은 상방 내에서도 총행두라고 불린 적은 없었다. 그게 요월선자의 기분을 풀어주었다.

“어서 와요.”

그녀는 총행두다운 품위를 지키려고 우아한 자세로 의자를 가리키며 그가 앉기를 권했다.

‘아!’

그제야 낙일도의 얼굴을 확인한 요월선자는 가슴이 철렁 내려앉는 흥분을 느꼈다.

삼십 대 중반은 넘었을까? 오뚝한 콧날에 모든 것을 빨아들일 듯한 깊고 아련한 두 눈, 초승달같이 굵은 눈썹 하며, 피부는 왜 그리 부드러워 보이는지 어디 하나 빠지는 곳이 없는 영준한 남자였다.

쿵! 쿵! 쿵!

사내는 요월선자의 마음을 뒤흔들었다. 벌써 사십이 넘은 나이였지만 십오 년이나 연상인 교평천에게 안긴 것도 교가장의 배경을 보고 한 짓이지 그에게서 사내의 매력을 느꼈거나 사랑을 해서는 아니었다. 여심을 뒤흔드는 이 느낌은 이미 사십을 넘긴 그녀로서도 처음 겪는 감정이었다.

‘아!’

요월선자는 자신의 얼굴이 붉어지는 것을 느끼고는 부끄러움이 앞섰다.

“그, 그대가 이번에 산동 지역 여러 행두들의 추천을 받은 낙일도란 분이신가요?”

겨우 두근거리는 마음을 다잡으며 말문을 열었지만 저도 모르게 목소리가 떨려 나왔기에 다시 얼굴이 붉어졌다.

"그렇습니다. 이렇게 총행두님을 직접 만나뵙게 되니 세상 소문이 과연 과장된 것만은 아니라는 것을 알겠군요."

낙일도는 사내다운 굵직한 목소리로 아리송한 말을 했다.

"그게 무슨 소리죠?"

"총행두님의 앞에 서면 그 미모에 마음이 흔들리지 않는 사내가 없다더니 오늘 제가 직접 겪고 보니 틀린 말이 아니라는 말입니다."

그 말에 가뜩이나 마음이 흔들리던 요월선자가 얼굴을 붉히며 당황하자 그는 얼른 덧붙여 말했다.

"죄송합니다. 제가 그만 실언을 한 것 같습니다."

그는 마치 큰 잘못을 한 듯이 얼굴에 당황한 기색을 띠어가며 가볍게 허리 숙여 사과했다.

"아, 아니에요."

이번에는 요월선자가 당황했다.

그녀는 갑자기 손을 둘 곳이 마땅치 않게 느껴졌는지 시비가 날라온 찻잔을 만지작거리며 허둥거렸다.

하지만 그마저도 낙일도의 눈길을 벗어나지 못했다. 그는 그윽한 눈길로 찻잔을 만지는 요월선자의 손가락을 바라보았다. 그의 눈길을 받은 작고 앙증맞은 손가락들은 어찌할 바를 모르는 듯 움직임을 빨리했다.

'내, 내가 이 무슨 주책이지?'

비록 주안술을 익혀 이십 대 후반으로밖에 보이지 않았지만 이미 열다섯 살이나 되는 아들까지 있는 몸이었다. 하지만 생각과는 달리 심장이 요란한 소리를 내며 뛰는 것이었다.

그녀가 미처 할 말을 찾지 못하고 한동안 말이 없자 이번에는 낙일도가 먼저 입을 열었다.

"총행두님께서 미천한 저의 재간을 아껴 불러주시니 심신을 바쳐 열심히 일하겠습니다."

요월선자는 그의 말에 그제야 오늘 낙일도를 부른 이유가 생각났다.

"매, 매우 능력이 뛰어나신 분이라고 들었어요. 전임 총행두님께서 불의의 사고를 당해 어쩔 수 없이 제가 여인의 몸으로 상방을 이끌게 되었어요. 하지만 그대같이 훌륭한 분이 곁에 있어 도와주신다면 잘 해나갈 수 있을 것 같은 생각이 들어요."

말을 나누자니 자연 눈과 눈이 맞부딪쳤다.

마치 혼이 빨려 들어갈 듯한 깊은 눈이었기에 마음이 크게 진탕되어 준비했던 말을 겨우 기억해 가며 말을 마쳤다.

"과찬의 말씀입니다. 하지만 최선을 다하겠습니다."

'아!'

대답을 하며 찻잔을 만지는 낙일도의 손길을 본 요월선자는 내심 나직한 탄성을 뱉었다. 낙일도는 마치 여인의 수밀도를 매만지듯 부드럽게 찻잔을 쓰다듬고 있었다. 마치 자신의 가슴을 내맡긴 듯한 착각에 빠진 그녀의 얼굴이 더욱 붉게 물들었다.

불현듯 홀로 지낸 밤이 무척 길었다는 생각이 들었다. 교평천이 살아 있는 동안에도 급박하게 돌아가는 상방 정세 때문에 좀체 같이 밤을 보내지 못했었다.

'내가 무슨 생각을……'

요월선자는 퍼뜩 정신을 차렸다.

"차를 좋아하지 않으시는 모양이지요?"

할 말을 찾지 못하던 차에 문득 그가 찻잔에 입도 대지 않고 있다는 것을 깨닫고는 그렇게 물었다.

"하하하, 아닙니다. 다만 이런 풍치가 좋은 곳에 있으니 찻잔보다는 술잔이 더 어울릴 것이라는 생각이 문득 들었습니다."

"어머, 그럼 술을 대접해 드릴 것을 그랬군요."

"아닙니다. 나가서 먹겠습니다."

낙일도는 천만에 말씀이라는 듯이 손사래를 쳐가며 말했다.

"아니에요. 처음 오신 곳인데 제가 생각이 짧았어요."

하기는 죽은 남편이었다면 이런 자리에서는 당연히 술을 대접했을 것이라는 생각이 들자 이런 점이 아녀자의 한계인가 싶어 자격지심이 든 그녀는 얼른 술을 내오라 했다.

원래 품격있는 손님만 받던 청수원은 하경 등이 떠난 이후로 문을 닫았지만 중원 각지에서 명품이라고 알려진 좋은 술들은 아직 많았다.

옆에서 술을 따르려 하는 시비를 손을 저어 가볍게 만류한 그녀는 직접 술을 따랐다. 여인이 아닌 총행두의 자격으로 처음 대면한 아랫 사람에게 당연히 자신이 직접 따라주어야 한다는 생각에서였다.

"감사합니다."

향긋한 국화 향이 잔잔하게 퍼져 나갔다. 제자였던 하경이 오래전에 담가둔 술이었다.

낙일도는 가볍게 잔을 비우더니 이번에는 자신이 술을 권했다.

"제 잔도 받아주십시오."

술을 즐기지 않는 그녀였지만 아랫사람의 첫인사 자리에서 권하는 술을 마다하고 싶지는 않았다.

‘그이는 당연히 받았겠지. 나도 아랫사람을 거느리려면 앞으로 이런 일도 많이 경험해야 할 게야.’

그녀는 그렇게 위안을 삼으며 술잔을 받기로 했다. 어쩌면 낙일도에 대한 묘한 감정이 그렇게 만들었는지도 몰랐다.

하지만 그녀는 물론이고 그 옆에서 시중들던 시비도 낙일도의 소맷자락이 가볍게 흔들리는 순간 무언가가 술병 속으로 들어가는 것을 눈치 채지 못했다.

“이렇게 총행두님과 술을 같이할 기회를 주시니 그저 감사할 따름입니다.”

그는 황송한 듯이 말을 하며 요월선자의 잔에 술을 따랐다.

요월선자는 독한 술이 아닌 것이 다행이라는 생각을 하며 마치 윗사람의 대범함이라도 과시하듯 단숨에 술잔을 비웠다. 술이 식도를 타고 들어가자 순간적으로 싸한 기분이 들더니 이내 몸속에서 뜨거운 열기가 타올라 왔다.

‘이런 맛에 사내들이 술을 마시나.’

술을 처음 마시는 것은 아니었지만 새롭게 느껴지는 맛이었다.

‘흐흐흐, 부심분(浮心粉)을 탔으니 이제 반 각만 지나면 손가락만 까딱여도 절로 안겨오겠지.’

낙일도는 시간이 지나기를 기다리며 끈끈한 눈길로 그녀의 몸매를 더듬듯 바라보았다.

요월선자가 이미 그에게 마음을 빼앗긴 것은 사실 미안술(迷眼術)에 당했기 때문이었다. 섭혼술과 달리 미안술의 강점은 주변 사람들을 의식하지 않고 목표로 한 상대의 마음을 빼앗을 수 있는 데 있었지만 그런 만큼 미안술의 효력은 강력하지 못했다. 부심분은 정신을 잃게 하는 미혼산이나 독이 아니라 그런 상대의 마음을 더욱 들뜨게 하는 일종의 흥분제였다.

잠시 앞으로 해야 할 상방의 일에 관한 이야기를 나누면서 낙일도는 다시 찻잔을 쓰다듬는 행동을 계속했다.

요월선자의 마음은 걷잡을 수 없이 진탕되었다.

흥분이 일며 자신도 모르게 여인의 비처가 축축하게 젖어오는 것을 주체할 길이 없었다. 문득 곁에서 시중들고 있는 시비가 거추장스럽게 느껴졌다. 그녀의 마음을 뻔히 읽고 있는 낙일도가 먼저 말을 꺼냈다.

"이번에 제가 산서 상방에 새로 들어오는 일과 관련해 드릴 말씀이 있습니다."

그는 말을 하면서 멀찍이 서 있는 시비를 슬쩍 바라보았다. 사람을 물리라는 뜻이었다.

"낙 대인과 긴히 나눌 말이 있으니 너는 이만 처소로 돌아가도록 해라."

평소 같으면 이런 저녁에 남녀가 한 방에 남아 있는 상황을 만든다는 것은 상상도 하지 못했을 그녀였지만 지금은 그런 것이 아무렇지도 않게 느껴졌다.

'후후, 이제 약발이 받는 모양이군.'

그에게 있어 여인의 마음을 빼앗는 것은 마치 한 끼의 식사를 하는 것과 다름없을 정도로 쉬운 일이었다. 시비가 물러가고 두 사람만이 남게 되자 낙일도는 구체적인 행동으로 들어갔다.

"달빛이 아름다운데 이렇게 앉아 있자니 답답하군요."

말과 함께 그는 벌떡 일어나 창가로 가서 뒷짐을 지고 밤하늘을 쳐다보았다. 사실 그의 행동은 무례하기 이를 데 없었지만 이미 부심분의 약 기운이 도는 요월선자에게는 조금도 그렇게 생각되지 않았다.

그녀도 자리에서 일어났다. 이미 마음이 붕 떠 있어 구름 위를 걷는 기분이었다.

그녀는 조금도 거리낌없이 그의 곁에 다가가 나란히 서서 하늘을 쳐다보았다. 잠깐의 말없는 시간이 흐르는 중에 낙일도의 손길이 요월선자의 허리를 부드럽게 둘러왔지만 잠깐 몸을 움찔했을 뿐 그 손길을 모르는 체했다.

'후후, 이제……'

그의 손길은 점점 대담해지더니 허리와 엉덩이의 곡선을 따라 서서히 위아래로 움직였다.

요월선자는 그의 손길에 몸에서 힘이 쭉 빠져나가는 것을 느꼈다.

'아! 이, 이러면 안 되는데.'

하지만 마지막 남은 이성에 의지해 겨우 버티고 있을 뿐 감히 그의 손길을 거부하는 어떤 행동도 하지 못했다.

"흡!"

한순간 낙일도의 손이 그녀의 허리를 안아 당기며 입술을 덮쳤다. 낙일도의 혀가 요월선자의 입술을 헤집고 들어와 매끄럽게 그녀의 혀를 감아 애무했다.

'아! 안 되는데……'

그녀는 다리에서 힘이 빠지는 것을 느끼며 마지막 남은 한 가닥 이성의 끈마저 놓아버렸다.

'흐흐흐.'

낙일도는 가볍게 그녀를 안아 들고 내실로 향했다.

요월선자의 침실을 담당하는 시비 소현이 그를 보더니 가볍게 고개를 끄덕이고는 재빨리 자리를 떴다. 이미 이런 상황을 예견하고 있었다는 듯이 침상에는 두 사람을 위한 비단 금침이 가지런히 놓여져 있었다.

낙일도는 익숙한 손길로 요월선자의 가슴을 풀어헤치더니 마음껏 유린하기 시작했다.

"흐웅!"

요월선자의 몸은 뜨겁게 달아올라 젖가슴이 팽팽하게 긴장되며 사내의 손길을 갈구했고 활활 불이 붙은 욕정은 그 손길을 안으로 더 안으로 깊숙이 이끌어 자신의 젖어 있는 비처로 인도했다.

"아!"

어느새 낙일도가 그녀 위에 몸을 실었다.

불덩이 같은 뜨거운 것이 요월선자의 젖어 있는 비처를 헤집고 들어오는가 싶더니 이내 그의 엉덩이가 율동을 시작했다.

"하악!"

등을 잡은 그녀의 손길이 힘을 더했고 마치 꿈결을 헤매는 듯한 순간이 계속되었다.

"학!"

한순간 요월선자의 두 눈이 부릅떠지며 허공에 고정되더니 몸을 경직시켰다.

비록 낙일도의 품에 안기기는 했지만 정신을 잃은 것은 아니었다. 아직도 조금 전의 흥분이 채 가시지는 않았지만 요월선자는 오늘 저녁의 모든 일을 고스란히 기억했다.

'이게 어떻게 된 일이지?

스스로도 믿기지 않는 일이었다.

벌거벗은 몸으로 처음 만난 사내와 한 침상에 누워 있는 자신의 모습에 그녀는 당황을 감추지 못했다. 만난 지 얼마나 됐다고? 그런데 이상하게도 처음 만난 사내와 방사를 치렀다는 사실보다 사내가 자신을 어떤 여자로 생각할까 하는 것에 더 마음이 쓰였다.

'이 사람이 혹시 나를 탕부로 생각하는 것은 아닐까?'

'아, 어쩌면 좋아.'

'아니야, 자신이 먼저 나를 유혹했으니 그러지는 않겠지.'

'하지만 너무 성급했어.'

이런저런 생각이 꼬리를 물었기에 침상에서 일어나지도 않고 눈을 뜬 채 천장만 바라보고 있었다. 하지만 방금 전의 흥분은 그녀가 이제껏 맛보지 못한 새로운 경험이었다. 남녀 간의 방사를 운우지락이라 부르는 이유를 이제야 알 것 같았다.

"이 나이에 여자를 모른다고 하면 사내가 아니지요. 하지만 당신만큼 나를 기쁘게 해주는 여인은 처음이었소이다."

호칭은 물론 말투도 바뀌었다. 낙일도의 말은 대담했지만 요월선자는 그 말이 싫게 들리지 않았다. 그를 만나지 못했더라면 영원히 그런 기쁨을 모르고 살았을지도 몰랐다.

그녀가 부끄러움에 눈을 내리깔자 낙일도의 손이 다시 그녀의 속살을 더듬어왔다.

"하아!"

사내의 손길이 다시 그녀를 건드리자 방금 전의 쾌감과 흥분을 기억하는 몸이 반응을 해 저절로 비음까지 내는 순간 그녀의 모든 이성은 마비되었다. 하기는 지금 와서 이미 한 번 몸을 허락한 낙일도를 거부

한다는 것은 우스운 일이었다. 지금이라도 이런 사내를 만난 것이 정말 다행이라는 생각을 하며 그녀는 다시 열락의 황홀경으로 빠져들었다.

낙일도는 여자를 너무도 잘 아는 사내였다.

그의 교묘한 손놀림은 그녀의 예민한 곳을 구석구석 빠트리지 않고 건드려 왔다.

"아아!"

요월선자의 입에서 자신도 모르게 교성이 이어졌다.

요월선자는 그날부터 며칠이 지나도록 하루 종일 침실 밖을 벗어나지 않았다.

낙일도는 며칠 후 산서 상방의 총관으로 임명되었다.

그는 자신이 데리고 있던 사람이라며 몇 명의 사람들을 더 불러왔고 그들은 즉시 청수원 안에 집무실을 차렸는데 지난번 습격으로 사람이 많이 죽어 워낙 인물이 없다 보니 그들은 대거 장원의 요직을 맡을 수 있었다. 산서 상방의 회관에 사람들이 있기는 하지만 실질적인 결정은 그간 교가장에서 내려진 점을 감안하면 상방의 실권이 그들에게 넘어갔다고 해도 과언이 아니었다.

그는 청수원의 이름도 바꾸어 청수장이라 했다.

"어머님, 지금 기존의 회관 원로들 사이에서 말이 많습니다. 낙 총관이 이끌고 온 사람들이 상방의 모든 일에 나서서 좌지우지한다고 불만이 가득합니다."

며칠이 지나자 아들 교본성이 그녀를 찾아왔다.

그는 아직 상방 일에 관여하지 않고 있었지만 상방 원로들이 마땅히 하소연을 할 곳이 없자 그를 부추긴 것이었다. 하지만 요월선자가 그의 말을 귀담아듣기에는 이미 늦었다.

하루에도 몇 번씩 그녀를 안아주는 낙일도의 절륜한 정력에 몸과 마음을 몽땅 빼앗겨 버린 그녀는 아들의 말에 대한 생각보다는 어서 그가 용건을 끝내고 이곳을 떠나주기를 바라는 마음뿐이었다.

"그건 내가 다 알아서 할 터이니 너는 상방의 일에 관여하지 말거라."

"하지만 그분들은 상방의 원로들이 아닙니까?"

"닥쳐라! 상방을 망친 폐물들이 웬 말들이 그리 많다더냐!"

그녀는 그렇게 버럭 역정을 내 아들을 쫓아버리는 것으로 마무리를 지었다.

'흐흐흐, 귀여운 것.'

낙일도는 그런 그녀의 모습을 멀리서 보며 즐겼다.

"잘했소."

교본성이 물러가자 그는 요월선자에게 다가가 번쩍 안아 들고는 침상으로 향했다. 그 일에 대한 보상이었다.

'휴우.'

시녀 소현은 그런 그의 뒷모습을 보며 한숨이 나왔지만 그마저도 소리나게 낼 수 없는 자신이 너무도 답답했다.

그녀가 낙일도를 만난 것은 그가 청수원을 찾아오기 이틀 전이었다. 저잣거리에서 우연히 부딪친 그와 몇 마디 말을 나누다 보니 저도 모르게 그에게 마음이 이끌려 어쩌다 보니 그만 몸까지 주고 말았다.

첫 사내였다.

그는 자신이 이번에 요월선자를 만나러 올라오는 길이라는 것을 밝히고 그녀에 대한 모든 것을 물었지만 설마 나이도 한참 위인 마님을 탐하리라고는 꿈에도 생각지 못했다. 그저 마님을 만났을 때 그가 바라는 일이 잘되기를 바라는 마음에서 모든 것을 알려주었다.

지금에 와서는 그런 모든 것이 계획적이었다는 것을 알았지만 이미 몸을 주어버린 터라 어찌할 바를 몰랐다. 게다가 그는 요월선자와 지내면서도 틈나는 대로 그녀를 안아주었기에 감히 반항은 생각도 못했다. 사내의 맛을 알아버린 것이었다.

"우리 둘이 잘만 하면 산서 상방을 차지하거나 그게 안 되면 한몫 단단히 챙겨서 이곳을 뜨면 그뿐이야. 같이 잘 해보자고. 넌 그저 내 말만 잘 따르면 돼."

낙일도의 그 말은 열여섯 소현의 마지막 희망이었다.

그저 믿을 수밖에 없었고 그것이 지금 요월선자를 안고 침실로 향하는 그의 뒷모습만 보며 한숨짓게 한 이유였다.

'설마 마님에게 빠져 나를 몰라라 하지는 않으시겠지.'

행여 낙일도의 눈에 벗어날까 더욱더 그의 말에 충실히 따르게 되고 마는 그녀였다. 단지 위안이라면 자신이 요월선자보다 훨씬 젊다는 것이었다.

돌아서는 그녀의 눈가에 눈물이 엷게 어렸다.

장강수로채 총채주 부조립(夫潮粒)이 자신의 요새인 동정채(洞庭寨) 내실을 멀리 벗어나지 않은 지는 벌써 한 해가 다 되어갔다.

그것이 일 년 전에 우연히 배에서 납치한 은교교라는 한 아름다운 여자에게 빠져 그렇게 되었다는 것은 이제 장강수로채에 몸을 담은 누구도 모르는 사람이 없었다. 장강에서 강도질을 하면서 숱한 여자들을 납치해 첩으로 삼았던 그가 도리어 첩실의 치마폭에 빠져 헤어나지 못하게 되리라고는 누구도 예상하지 못했었다.

새로운 변화는 그것이 전부가 아니었다.

은교교는 어느새 공식 석상에 잘 나타나지 않는 총채주 부조립을 대신해 동정채의 일에 얼굴을 비치기 시작하더니 사소한 일에 나서는 것으로 시작해 지금은 채 내의 모든 대소사에 대한 지시를 내리는 형국이 되었다.

"도대체 너희들은 그동안 무엇을 했기에 늙은이 하나도 제대로 찾지 못한다는 말이냐?"

은교교는 지금 장강수로채의 모든 채주들을 집합시켜 놓고 질책을 가하는 중이었다.

"청방에 소속된 몇 놈을 잡아다가 심문해 보았는데 놈들도 잘 모르는 것 같았습니다."

채주 중 하나가 겨우 고개를 들고 말했다.

처음에는 계집이 감히 수로채 총회에 나선다고 하여 불만이 많았던 그들이었지만 그런 불만을 가졌던 자들 몇몇이 차례로 은교교에게 불려가 손봐줌을 당한 뒤에는 감히 나서는 자가 없었다.

다른 사람들은 한 번 불려갔다 온 채주들에게 대체 무슨 일을 당했기에 그렇게 입을 닫고 있냐고 물었지만 모두 고개만 설레설레 저을 뿐 아무도 감히 입을 떼는 자가 없었다.

"목룡군은 분명 장강 줄기 어딘가 몸을 숨기고 있다. 대대로 목룡군이 장강을 벗어난 적이 없다는 것은 누구나 다 아는 일이 아니냐? 다시 병력을 동원해 장강에서 물고기들이 바람피우는 곳까지 세세히 조사하도록 한다면 놈이 숨어 있을 곳이 어디 있겠느냐. 만약 후일 자신이 책임지는 구역에서 목룡군이 있었다는 것이 밝혀지면 그 채주는 그에 상응하는 대가를 치러야 할 것이다."

그녀는 추상같은 목소리로 채주들에게 호령했다.

모두들 고개를 숙이고 반성의 시간을 가진 후에야 회의가 끝났다.

은교교가 반항기가 있는 채주를 다스리는 방법은 간단했다.

손가채(孫家寨) 채주 손수일은 지금도 그 일을 생각하면 머리털이 곤두서곤 했다.

"호호호, 제게 불만이 많다고 들었어요."

갑자기 총채주의 새로 들인 첩인 은교교가 보자고 했을 때 손수일은 이번에 만나면 단단히 한마디 하고 오리라 하고 그녀를 찾았었다. 그런데 뇌쇄적인 그녀의 미모와 목소리에 그만 모든 것을 까맣게 잊으며 아무런 생각도 나지 않았다.

"험, 험."

갑자기 나이에 어울리지 않게 얼굴까지 붉어졌다는 것을 깨달은 그는 창피스러운 생각에 연신 헛기침만 해댔다.

"사실 제가 이곳에 끌려와 총채주님의 사랑을 받게 될 줄은 꿈에도 몰랐어요. 하지만 손 채주님을 뵙는 순간 갑자기 마음을 걷잡을 수 없지 뭐예요. 그런데 손 채주님이 저를 미워하신다는 말을 듣고는 얼마나 슬펐는지 몰라요. 흑흑."

갑자기 몸을 비틀어가며 울음을 보인 그녀가 그에게 안겨왔다.

"엇, 이, 이러시면……. 흡."

어쨌거나 상대는 총채주의 첩이었다.

하지만 당황하며 밀쳐 내려는 그의 손길을 교묘하게 피하며 은교교의 입술이 그의 입술을 덮어버렸다. 순간 몸속에서 기이한 느낌이 흐르며 머리가 텅 비어버리는 것이었다.

다음 순간 자신도 모르게 그녀를 번쩍 안아 침상으로 데려가 누이고는 일을 저질러 버렸다.

"어헝!"

은교교의 몸은 그가 감당할 수 없을 정도로 강하게 그의 남성을 옥죄었고 손수일은 난생처음 맛보는 희열에 몸을 떨어야 했다.

희열의 시간은 짧았지만 고뇌의 시간은 길었다.

"흐흐흑, 저는 어쩌면 좋아요?"

옷이 벗겨져 가련한 어깨를 내보이며 훌쩍이는 그녀를 보는 순간 그는 자신이 큰일을 저질렀다는 것을 알았다.

'내, 내가 어쩌다가 이런 실수를…….'

하지만 이미 엎질러진 물이었다.

"마, 마님, 저도 모르게 그만……."

마땅히 부를 말이 없는 손수일은 은교교를 마님이라 부르며 몸 둘 바를 몰라 했다.

"으흐흐흑."

은교교는 다시 울음을 터뜨리며 그의 품으로 안겨왔다. 향긋한 향내가 퍼지는가 싶더니 금방 제 할 일을 다 마친 손수일의 남성이 다시 불끈거리며 고개를 쳐들자 그의 이성이 순간적으로 마비된 듯 참지 못하고 그녀를 침상에 눕혔다.

"어헝!"

그것으로 손수일의 반항은 끝났다.

그를 따라나서겠다는 은교교를 겨우 떼다 말리다시피 하고는 황급히 그곳을 빠져나온 그는 다시는 여러 사람들 앞에서 그녀에게 불리한 말을 하지 못했다.

부조립은 원래 성질이 더럽게 포악한 자였다.

그가 실권을 잡은 초창기에는 몇몇 채주가 버티기도 했지만 그들이 오징어 포가 되어 실려 간 후로 다시는 그런 놈들이 없었다. 그런데 총채주의 첩실을 자신이 건드렸다니. 상상도 하기 싫었다.

'내 인생이 여기서 끝날 줄이야……'

손수일은 고민에 빠졌다.

게다가 나중에 기억을 더듬어보니 자신이 일을 저질렀던 곳은 총채주의 침실에서 바로 한 칸밖에 떨어지지 않은 곳이었다.

하지만 그 일이 있은 후로도 총채주가 모습을 드러낸 경우는 없었다. 그저 회의가 시작되면 개회사나 짧게 하고는 무엇에 쫓기듯 자리를 뜨는 것이 고작이었다. 나중에 가만히 보니 은교교가 눈짓을 한 번 하면 그는 그걸로 퇴장이었다.

'흠, 기가 막힌 물건에 총채주가 녹았구나.'

손수일은 자신의 경험에 비추어 전후를 짐작했다.

그 후로도 그녀는 가끔 총채주를 흉내 내 수로채의 각 채를 순시하는 경우면 어김없이 손가채에도 들러 그의 뼈가 흐물거리도록 몸을 녹여 버리고 가곤 했다.

"제가 행여 여러 채주들이 모인 자리에서 말을 함부로 하더라도 이

해해 주세요. 총채주님이 저리 바깥출입을 싫어하시니 저라도 나서서
채주들을 다잡아야 하지 않겠어요? 규중에서만 지내다가 이곳에 끌려
와 거친 사내들을 상대하려니. 흑흑."
　손수일은 그 말을 위안으로 삼으며 회의 시간 내내 은교교의 질타를
몸으로 받아들였다.
　손수일이 처음 겁낸 것은 그녀가 손가채에 들렀다가 같이 살자고 눌
러앉으며 고집을 피울 때였지만 지금은 그녀가 행여 손가채를 찾아주
지 않으면 어떡하나 하는 것이었다.

제5장 웅비(雄飛)

동가장 별실.

풍요립이 무영을 위해 동가장 내에 특별히 지은 건물이었다.

오래간만에 무영을 비롯한 그의 수족들이 모두 한자리에 모였다.

"호소가와는 지금 있는 선단에 남사도의 잔류 병력을 추가해 영파에서 대월(大越)에 이르는 제해권을 완전 장악하는 일을 최우선으로 추진하도록 하시오."

"알겠습니다."

"상문인은 어산도에 우리 선단의 주둔지를 짓는 공사를 조속한 시일 내에 마무리하시오. 은자는 얼마가 들어도 좋으니 충분한 인원으로 최대한 빨리 끝내는 것이 중요합니다."

"옛."

해룡방을 탐문해 조사를 벌였지만 별무소득으로 돌아와 면목이 없어했던 상문인이 즉시 길을 떠났고 호소가와가 뒤따라나섰다.

"영파에서 남사도까지는 거리가 너무 멀어요. 중간에 병참이나 지원을 할 수 있는 곳이 더 필요해요."

두 사람이 물러가자 곡완주가 나서서 한마디 했다.

"나도 그런 생각이지만 아직 인원이 충분하지 않아. 지금 수리 중인 함선들에 태울 병력도 더 필요하고. 자금도 더 있어야 해. 당분간은 두 곳만도 벅차."

지난번 나포한 배들은 지금 항주와 영파 등지의 조함소에 나눠 맡겨져 수리 중에 있었다.

"위 총행두의 일은 어떻게 처리하실 계획이지요?"

"일단 개방 방주 유석대를 만나 자세한 얘기를 들어보고 움직이는 것이 낫겠지. 만날 자리를 마련해 달라고 연락을 보냈으니 곧 답이 있을 게야."

이번에는 추명의 보고를 들을 차례였다.

"교평천이 죽은 후 산서 상방의 실권을 쥐고 있는 요월선자가 총관으로 임명했다고 하는 낙일도라는 자가 수상합니다. 산동에서 장사에 꽤 수완이 있어 그곳 행두들의 추천으로 왔다고 하는데, 제가 알아본 바로는 그가 산동에서 장사를 한 기록이 전혀 없습니다. 게다가 그는 오자마자 자기 사람들을 대거 장원으로 불러들였는데 그들의 무공이 하나같이 예사롭지 않은 것은 물론이고 출신도 분명하지 않습니다."

"그럼 교평천의 사망에 요월선자가 개입했다는 것이오?"

무영이 물었다.

"그렇게 보이지는 않습니다. 하지만 요월선자와 낙일도의 관계가 심상치 않다는 소문이 은밀히 돌고 있습니다."

"잉, 교평천이 죽은 지 얼마나 되었다고?"

그렇지 않아도 부모님을 죽게 한 교평천을 향해 칼을 갈던 중이었는데 제멋대로 먼저 죽어 허탈해했었다.

"그게 이상합니다. 쉬쉬하며 도는 얘기로는 그녀가 낙일도에게 푹 빠져 있다고 하는데 믿기도 그렇고."

"스승님이 계산적인 사람이라는 것은 인정하지만 그렇다고 그렇게 음란하신 분은 아니에요."

곁에서 듣고 있던 하경이 은근히 속이 상했는지 그렇게 말했다.

"그런데 수상한 일은 낙일도라는 자가 요월선자의 시비인 소현과 미리 깊은 관계를 가졌다는 것입니다."

"허, 남의 집 이불 속까지 염탐하셨던 게로군요."

무영이 감탄해서 그렇게 말했다.

"그게 아니라 북경에서는 웬만큼 행세하는 집안의 시비들은 하오문 잡배들이 다 알고 있습니다. 혹시라도 그런 사람들에게 실수를 했다가는 나중에 경을 치는 수가 있기 때문이지요."

추명은 포쾌 출신답게 그런 쪽에 대해서는 잘 알고 있었다.

여럿이 말을 나누는 중에 막혜가 찾아왔다.

전부터 그녀와 만날 약속을 해두었지만 만나지 못했다가 이제야 만나러 온 것이었다.

"제가 도와드릴 일이 있습니까?"

꼭 만나야겠다는 말을 들은 터라 그렇게 물었다.

"섬서 상방을 맡아주세요. 이미 돌아가신 황 행두님으로부터 섬서 상방의 상징인 황토기(黃土旗)까지 물려받은 것으로 들었어요. 당시 상

방의 최고 책임자셨던 황 행두님께서 직접 장 공자를 후임 총행두로
지명하신 것이라는 생각이 들더군요.”

“하하하, 그건 오해요. 당시에는 그걸 인수할 사람이 없었기에 내가
보관하게 된 것이지 총행두를 맡으라고 주신 것은 아니었소. 그동안
잊고 있었는데 이제 돌려드려야겠소.”

무영은 말과 함께 한구석의 보퉁이에서 꺼낸 누렇게 빛이 바랜 황토
색의 기를 꺼내 막혜 앞에 내밀었다.

“받을 수 없어요. 저도 처음에는 믿고 맡길 사람이 없어 우선 장 공
자에게 드린 것이라고만 생각했는데 그동안 곰곰이 생각해 보니 섬서
상방을 살릴 사람은 장 공자밖에 없다는 사실을 깨달았어요. 황 행두
님이 사람을 제대로 보시고 맡긴 것이지요. 다만 공자님께 폐가 될까
직접 말씀을 드리지 못하셨을 뿐이에요. 황 행두님께서 일찌감치 장
공자님의 능력을 알아보시고 황토기를 건네신 것을 이제야 알겠더군
요. 게다가 섬서 상방의 남은 전 재산이라 할 수 있는 염인까지 조건없
이 전부 주셨으니 제 짐작이 틀림없어요.”

막혜는 황토기를 받지 않고 그렇게 말했다.

“어쨌거나 나는 섬서 상방의 총행두 직을 수락하지 않겠소.”

“당장 큰 수입이 보장되는 다른 일은 잘 하시면서도 죽어가는 섬서
상방의 일은 맡지 않으시겠다니 그동안 제가 눈이 있어도 장 공자님을
제대로 보지 못한 것 같군요.”

“그 상황에서 섬서 상방을 상징하는 황토기를 맡을 사람이 저뿐이었
기에 그런 것뿐입니다.”

“하지만 지금 저희 상방을 되살릴 사람은 공자님뿐이세요. 우리는
자금도 부족하고 무엇보다도 지금 같은 난세에 우리 자신을 지킬 힘이

없어요.”

“그렇다고 제가 그 일을 맡아야 할 이유가 되지는 못합니다. 저도 해야 할 일이 많고 제 나름대로 하고 싶은 일이 따로 있습니다. 그동안 막 소저께서 잘 해오신 것으로 알고 있습니다.”

섬서 상방은 이미 이름뿐인데 그걸 살리려고 애를 쓰다가는 아무것도 하지 못한다는 생각이었다.

“저희가 믿을 사람은 장 공자님뿐이에요. 제발 부탁드릴게요. 제가 어떻게 해보려고 숱한 노력을 해보았지만 험한 세상의 장벽을 넘기에는 역부족이라는 것을 알았어요.”

그래도 무영이 여전히 반응을 보이지 않자 막혜가 얼굴을 붉히며 벌떡 일어나더니 방을 나서며 덧붙였다.

“제가 힘이 없어 상방을 살리지 못하니 아버님이나 황 행두님께 그저 죄스러울 뿐이에요.”

“……”

그 말에 무영의 마음이 무겁게 내려앉았다.

막청, 황영기.

두 사람은 무영에게 평생 잊을 수 없는 빚을 남긴 사람들이었다.

그분들이 목숨을 버려가며 지키려고 했던 섬서 상방.

까맣게 저편에 두고 있었다.

순간 무영이 방을 뛰쳐나갔다.

“막 소저!”

저만치 가던 막혜가 우뚝 걸음을 멈추었다.

“제가 맡겠습니다.”

“정말인가요?”

막혜의 눈에 눈물이 비쳤다.

"두 분을 생각해서 맡는 겁니다. 다른 생각은 없습니다. 제가 맡는다고 크게 달라질 것은 없겠지만 만약 어느 정도 자리를 잡으면 막 소저께서 다시 맡아주십시오."

"그건 그때 가서 다시 의논해도 늦지 않을 거예요."

막혜의 얼굴에 함박꽃이 피었다.

여자 나이 이십 대 중반이면 어디 후처 자리라도 감사하게 생각하며 가야 할 나이였건만 그녀는 그런 것은 다 잊고 상방에 매달렸다. 하지만 이루어놓은 것은 아무것도 없었다. 오히려 곳곳에서 해결이 불가능한 난제들이 쏟아졌고 자신은 그런 것들을 감당할 능력이 없다는 것을 깨달을 뿐이었다.

서안 공소 안에서 사소한 일을 처리하는 것과 상방 전체의 일들은 차원이 달랐다. 그나마 남아 있던 사천과 영하의 행두도 행방이 묘연하다는 얘기를 들은 것은 그나마 작은 일에 속했다. 당장 항주에서도 때로는 다수에 의한 교묘한 상술로, 때로는 자금이나 무력으로 밀어대는 각 상방들의 공세에 장사를 할 수 없을 지경이었지만 자신이 할 수 있는 일은 별로 없었다.

무영은 막혜의 소개로 항주 성안에 큰 장원을 구입했다.

석가장(石家莊)이라 불리는 그곳은 오래전에 큰 장사를 하던 주인이 죽어 아들과 미망인이 유지해 오다가 놀음에 손을 댄 아들 때문에 매물로 내놓은 장원이었다.

무영은 장원에 자리를 잡자 본격적으로 돈벌이를 시작했다.

먼저 영후발에게 충분한 자금을 주어 염효들을 모으게 해 소금을 전

매하는 일을 하게 했다. 그동안 경쟁 관계에 있는 염효들에게 많은 시
달림을 당해 잠시 일을 중단하기까지 했지만 충분한 자금력을 바탕으
로 염효들의 수를 늘린다면 이제 소금 전매에 주도권을 쥘 수 있을 것
이다.

"조씨 형제를 당분간 소금 쪽에 붙여줄 터이니 무력을 앞세워 덤비
는 놈들부터 기를 꺾어놓은 후에 가능하면 우리 쪽으로 흡수하도록 하
시오."

조씨 오 형제의 무공에 대해 잘은 모르는 영후발이었지만 흉포한 염
효들을 제압하기 위해 특별히 붙여줄 정도라면 상당할 것이라는 기대
가 있었다.

영후발은 함박웃음을 지으며 자리를 떴다.

시복에게도 오십만 냥의 은자를 주어 직기를 백 대로 늘리게 했다.

광동 상방이 주도하고 있던 항주 비단 도매 시장이 상방의 위기와
더불어 주춤거리고 있으니 지금이 기회라는 시복의 의견을 전격 수용
한 것이었다.

무영은 시복에게 충분한 사람을 고용해 절강의 생사(生絲) 시장을
장악해 보라는 지시를 내렸다.

"농민들에게 생사를 사들이되 적절한 값을 쳐주라고 하시오. 그렇게
만 하면 절강에서 나오는 대부분의 생사는 우리가 매입할 수 있을 게
요. 대신 가을에 우리에게 생사를 판 농민들에게만 생사를 되팔되 그
들이 짜는 견직은 우리가 독점으로 살 수 있도록 계약하시오. 지금은
여름이니 이미 생사가 중간상에게 넘어가 있을 게요. 하지만 아직 철
이 이르니 지금 싸게 구입해 재고를 충분히 확보하시오."

시복은 석가장에서 멀리 떨어지지 않은 곳에 큰 점포를 구입해 그

일을 시작했다. 생사를 쌓아둘 창고는 석가장 안에 크게 지어 물량에 미리 대비했다.

'음, 돈이 돈을 번다더니……'

여기저기서 들어오는 은자가 많으니 불리는 것은 크게 힘이 들지 않겠다는 생각이었다.

무영은 풍요립에게 양해를 구하고 거처를 석가장으로 옮겼다.

사실 간부들이 살 곳을 마련하느라 동가장도 포화 상태가 되었는데 무영이 빠져나가니 무영과 남궁화, 곡완주, 그리고 아라 공주가 쓰던 건물이 비게 되어 풍요립으로서도 크게 환영할 일이었다.

석가장에서는 성대한 혼인식이 준비되고 있었다.

신부는 남궁화와 곡완주였다.

"오시지 않으면 어떡하지요?"

남궁화는 초조했다.

혼인식에 부친 남궁철상이 참가하지 않겠다고 했기 때문이다. 그들을 설득하기 위해 남궁우가 세가에 머물며 설득하고 있다고 했지만 아버지 남궁철상의 성격을 잘 아는 그녀는 내심 오지 않으실는지도 모른다는 데 비중을 두고 있었다.

겨우 참고 있었지만 앞으로 치러질 혼인식에 끝내 부모님의 모습이 보이지 않으면 터지고야 말 울음이었다.

세가로 떠난 남궁우는 소식도 없었는데 전서구가 남궁세가와 석가장을 바쁘게 오간 끝에 밝혀진 남궁철상의 혼인식 불참 이유는 간단했다.

"남궁가의 여식이 어찌 첩실로 들어간다는 말이냐? 나는 그런 자식을 둔 적 없다.”

남궁철상의 말은 단호했다. 아라 공주와 이미 혼인식을 치렀다는 것
이 그 이유였다.

“걱정 마, 설마 딸자식의 혼인식에 안 오시기야 하겠어?”

무영도 나름대로 조치를 취해두었지만 확신이 있는 것은 아니었기
에 그렇게 말해 주는 것이 고작이었다.

남궁우로부터 무영의 여자에 관한 모든 말을 들은 남궁철상은 그 혼
인을 도저히 받아들일 수 없었다. 그가 보기에는 아라 공주가 본처이
고 나머지는 모두 첩실이나 다름없기에 자기 딸이 그런 자리로 가는
것은 바라지 않았다. 남궁우가 나서서 이미 마음을 돌이킬 수 없다면
참석해서 행복이나 빌어주자고 했지만 아무런 소용이 없었다.

남궁황은 자신이라도 가봐야겠다고 마음먹었다. 비록 아버님이 남
궁가의 사람은 그곳에 얼씬거리지 말라고 했지만 이번만큼은 절대 따
를 수 없다는 생각이었다.

“가주어른, 개방 방주께서 찾아오셨습니다.”

혼인식 참석 문제로 가족 간에 묘한 갈등이 일어나고 있을 무렵 접
객당주가 급히 달려왔다.

남궁철상이 유석대를 대면한 것은 지난번 무림맹주령에 의해 소집
된 회의 석상에서 수인사를 나눈 것이 처음이었다. 사전에 아무런 연
락이 없이 갑자기 찾아왔다는 말에 적잖이 당황했지만 개방의 방주라
면 그로서도 결코 소홀히 접대할 수는 없었다.

“어서 안으로 모시거라.”

그는 만사를 제쳐 두고 급히 빈관으로 향했다.

허둥지둥 나서는 그에게 접객당주가 덧붙였다.

"그런데 남북쌍괴와 동행을 했습니다."

"뭣이?"

그는 무림의 별종인 남북쌍괴까지 같이 왔다는 말에 깜짝 놀랐다.

근래에 한 번도 왕래가 없었던 그들이 갑자기 찾아온 것에 묘한 긴장감을 느꼈다. 중원 무림 곳곳에서 이는 피바람을 그도 충분히 감지하고 있기에 그들의 방문이 주는 느낌은 남달랐다.

의례적인 인사를 마치자 유석대가 먼저 입을 열었다.

"산서 상방과 금릉전장이 마교의 지배 아래 들어간 것 같습니다."

"그게 무슨 소립니까?"

강호 제일 정보통으로 자타가 공인하는 개방 방주의 말이었다. 남궁철상은 기절할 듯 놀랐다. 지난 무림맹 회의 때는 광동 상방이 마교의 주구 노릇을 하며 산서 상방을 몰아붙였다고 해서 무림맹주령으로 활동 금지령까지 내렸었는데 그게 얼마나 되었다고 말이 완전히 바뀌었단 말인가? 물론 이 편 저 편 손들어 주기 싫었던 남궁철상은 의견을 물을 때 기권을 했었다.

"지난번 각파의 수장들이 모인 자리에서 나온 회의 내용하고는 말이 다르니 가주께서 놀라시는 것은 당연합니다."

유석대는 그렇게 말을 풀어 나갔다.

그의 말은 하나같이 놀라운 것이었다.

"무림맹주는 수백만 냥의 뇌물을 받고 광동 상방을 희생양으로 삼아 무림맹이 올바른 적을 상대하지 못하게 했습니다."

"그게 무슨 소립니까?"

유석대의 말에 남궁철상이 반문했다.

상인들이 무림맹 수뇌부에 뇌물을 주는 것이 새로운 얘기는 아니었지만 액수가 수백만 냥이라면 문제가 달랐다.

"금릉전장 장주 금태산은 이미 죽었고 지금은 마교의 인물이 역용을 하고 대신하고 있는 것으로 보입니다."

"그게 사실이오?"

남궁철상이 경악했다.

"그뿐 아니라 교평천의 죽음이 마교 인물들에 의한 공격이라는 것은 새로울 것이 없지만 광동 상방의 상권 쟁탈과는 전혀 상관이 없고 오히려 두 상방은 마교의 농간에 피 터지게 싸웠을 가능성이 있습니다. 그리고 지금 상계는 금릉전장이 산동 상방, 강우 상방, 복건 상방 등의 군소 상방을 흡수하며 전장 업무를 넘어서 상방 영역으로 발 빠르게 무대를 넓혀가고 있다고 합니다."

"금릉전장이 상방 업무에 손을 댔다는 소문만 들었는데 그게 사실이었던 모양이구려."

사실 두 상방 간의 싸움은 남궁철상에게도 여러모로 관심사였기에 가능한 정보 선을 동원해 여러 가지 정보를 수집하고 있었다. 하지만 지금 유석대가 풀어놓는 정보에 비하면 빈약하기 이를 데 없는 수준이라는 것을 통감하지 않을 수 없었다.

"장강수로채의 총채주 부조립이 사술을 쓰는 은교교라는 여인에 의해 금제를 당하고 있는 것으로 보입니다."

"허어!"

"청방의 목룡군이 은교교의 지시를 받은 장강수로채의 추격을 받고 있는 것은 확실한데 그 이유를 모르겠습니다. 장강 전역에 수로채 인물들이 천라지망을 펴고 이 잡듯 수색하고 있다고 합니다.”

“수적들이 어째서 목룡군의 뒤를 쫓고 있다는 말이오? 게다가 청방의 힘이 결코 수로채에 밀리지 않을 터인데 방주가 쫓기고 있다니 이해가 되지 않는구려.”

자신의 정보력을 내보일 필요는 없었다.

아무리 가까운 사이라도 언제나 삼 푼은 감추고 보여줘야 하는 것이 무림에서의 생존 비결이었다. 그도 그런 정보를 입수하고 있었지만 짐짓 모르는 체 그렇게 말했다. 사실 그 이유는 아직 밝혀지지 않았다.

중원사대강(四大江)의 각 포구에서 일하는 잡부들과 운송선의 조직인 청방으로 말하자면 장강의 수적인 수로채와 정면 승부를 하더라도 결코 뒤지지 않는 힘을 가지고 있는 막강한 조직이었다.

“그 점은 아직 밝히지 못했지만 목룡군의 행방을 찾기 위해 수로채가 전력을 다하고 있다는 것은 공공연한 사실입니다.”

‘개방도 그 이유는 모르는구나.’

“음……..”

남궁철상은 가만히 고개를 끄덕이며 침음성을 발했다.

자신이 사소한 일에 매달리며 시간을 보내는 동안 강호는 무섭게 격동하고 있었다. 모두들 기를 쓰고 뛰고 있었는데 자신만 몰랐다. 이렇게 가다가는 중원사대세가는 이제 이름만 남은 허섭스레기가 되고 말 것이라는 생각도 들었다.

“산서 상방은 지금 요월선자가 실권을 쥐고 있는데 집무실로 쓰는 청수장에 사공(邪功)을 익힌 고수들이 상당히 있다는 정보가 있습니다.”

유석대는 계속 놀라운 소식을 쏟아냈다.

남궁철상도 산서 상방의 전권을 요월선자가 쥐고 흔든다는 말은 들었지만 사공을 익힌 고수들이 산서 상방에 대거 포진하고 있다는 말은 금시초문이었다. 하기는 넓은 중원 땅에 남궁세가라 해도 제대로 힘을 쓸 수 있는 영역은 안휘 일대가 고작이었다.

"해남파가 마교와 관련이 있다는 정보가 입수되어 조사 중인데 상당히 근거가 있어 보입니다."

남궁철상은 정신이 하나도 없었다. 유석대가 계속해서 쏟아내는 말 하나하나가 그에게 충격적이지 않은 것이 없었다.

'우리 애들은 도대체 뭣들 하고 있었기에 이런 일들을 전혀 모르고 있었지?'

남궁철상은 충격이 지나쳐 만성이 되었는지 처음에는 유석대의 한마디 한마디에 크게 놀라는 표정이더니 나중에는 덤덤하게 받아들였다.

유석대가 이런 모든 정보를 입수한 것을 보니 역시 개방이 무림의 최고 정보통이 확실하다는 생각에 혀를 내두르며 은근히 빈약한 남궁가의 정보망에 부끄러움마저 들었다.

정저지와(井底之蛙).

정녕 자신은 그동안 우물 속의 개구리처럼 살았다는 생각이 들었다.

"과연 개방의 정보력이 천하제일이라는 말은 허언이 아니구려."

"하하하, 과찬의 말씀입니다. 사실 이런 정보들 중에는 곧 가주어른의 사위가 될 장무영 공자가 제공한 것도 적지 않습니다."

"어험."

남궁철상이 헛기침을 했다.

이런 자리에서 사위가 아니라고 부정하기도 민망한 노릇이고 그렇다고 대놓고 '그렇습니까?' 할 수도 없는 형편이었다. 자신은 지금 그를 사위로 인정하지 않고 있지 않은가?

그런 그의 처지를 아는지 모르는지 유석대는 말을 이었다.

"사실 저도 그 혼인식에 참석하기 위해 가던 중에 잠깐 들른 것입니다. 만약 가주님께서 미리 출발을 하셨다면 하는 수 없이 혼자 갈 뻔했습니다."

유석대는 짐짓 그렇게 말했다.

사실 그의 말은 거짓이었다. 개방이 어디라고 남궁세가 가주의 동향을 모른단 말인가?

'음, 이만하면 가지 않고는 못 배기겠지.'

유석대는 내심 회심의 미소를 지었다.

그가 이곳에 오게 된 것은 무영이 남북쌍괴를 그에게 보내 남궁철상을 설득해 혼인식에 참석케 해달라는 간곡한 부탁을 받았기 때문이다. 물론 그가 단순히 그 편지를 받았기 때문에 바쁜 일을 제쳐 두고 이곳에 온 것은 아니었다. 그를 움직인 것은 지금 무영의 무력으로 볼 때 당금 무림의 정세에 무영이 중요한 변수로 등장할 것이라는 판단 때문이었다.

산서 상방 요월선자에 관한 정보나 해남파의 입장, 그리고 교평천과 위진해의 회담이 시도되었고 교평천이 그것을 위해 나섰다가 죽은 사실 등 무영이 제공한 상당한 정보는 그로서도 금시초문인 것이 많았다.

그 정도로 세세한 정보가 무영에게 제공된다면 새로 태어날 곤륜파의 저력도 결코 무시할 수만은 없을 것이라는 생각과 남궁세가와 곤륜파, 그리고 개방으로 이어지는 무림의 한 축을 형성해서 어지러운 무림 정세에 대처해 나가야겠다는 생각이 한몫했던 것이었다.

‘뭉쳐야 산다.’

지난번 무림맹 회의에서 본 각파의 이해타산에 의한 결정이나 무림 맹주 역무군의 추악한 뇌물 사건, 그리고 금릉전장의 변고 등이 그로 하여금 난세를 헤쳐 나갈 외부 세력의 결집을 필요로 하게 했다. 그도 이미 무영이 보유한 막강한 해상 전력에 관한 정보를 입수하고 있었기에 그에게 각별한 관심을 보이던 차였는데 무영이 남북쌍괴를 보내 먼저 손을 내밀어주었다.

적어도 그는 그렇게 생각했다.

무영이 단순히 남궁철상을 설득해 자신의 혼인식에 참석케 해달라고 남북쌍괴라는 거물까지 보내 자신에게 중재를 부탁하지는 않았을 것이라는 계산이었다. 그가 남궁철상에게 온갖 정보를 알려주는 것도 나름대로 생각이 있었기 때문이다. 곤륜파와 무영, 남궁화, 그리고 세가로 이어지는 세력. 그는 그것을 원했다.

“정말 대단하신 분을 사위로 얻으셨더군요. 듣기로 수십 척의 막강한 함선을 보유했고, 소항이나 영파 일대에서는 상당한 세력가로 통한다고 들었습니다. 게다가 무공도 보통이 아니라지요?”

유석대는 얘기를 하면서도 찢어진 눈으로 슬쩍슬쩍 남궁철상의 반응을 보며 말을 이었다.

“저와는 해를 넘긴 교분이 있어 혼인식에 초대해 주니 저로서는 영광일 따름입니다.”

그는 계속 무영을 과대 포장해 칭찬을 해가며 남궁철상의 마음을 뒤흔들었다. 남궁철상이 그와 동행해 준다면 무영으로서는 자신에게 빚을 지게 되는 셈이었다. 이런 종류의 채권은 언젠가 열 배 스무 배로 돌아오는 법이었다.

"혼인식이 얼마 남지 않았으니 출발 준비는 이미 하셨겠군요."

"험, 험."

갑자기 이상한 쪽으로 흘러가는 분위기에 남궁철상은 이러지도 못하고 저러지도 못하는 입장이 되었다. 그렇다고 남궁화가 첩실로 가는 것이라 세가 망신이니 부녀의 인연을 끊기로 했다는 둥 하는 말을 할 자리는 절대 아니라 헛기침만 나왔다.

"허허허, 당연히 알아서 준비를 하셨겠소? 가주어른, 우리도 마차 구석 자리 하나 정도는 얻어 탈 수 있겠지요? 어린 의동생의 혼인식이니 따지고 보면 가주어른과 사돈 간이 되는구려. 핫핫핫!"

남괴가 얼른 거들었다.

그렇지 않아도 무영에게 신신당부를 받고 찾은 길이었다.

"의동생이라니요?"

남궁철상은 깜짝 놀라며 반문했다.

남궁우도 남북쌍괴와 무영이 형님 아우 관계라는 사실을 몰랐기에 미처 말을 듣지 못한 것이었다.

"허, 저런… 제가 미처 말씀드리지 못했구려. 장 동생과 우리 두 노폐물은 서로 의형제를 맺고 있습니다."

남괴의 말에 남궁철상의 표정이 야릇해졌다.

'흠, 무영이라는 놈이 의외로 대단한 물건인지도 모르겠군.'

남궁철상은 비로소 자신이 무영을 너무 과소평가하지 않았나 하는 생각을 했다.

그가 들은 바로 무영은 중원의 명망있는 학자며 관리였던 전임 대학사 장자맹의 아들로 거용관 전투로 이름을 날려 명장 소리를 들었다는 것, 그리고 어느 정도의 재력과 무공이 있고 칠팔 척의 선단을 이끌고 해상 호송업을 한다는 정도가 전부였다.

사실 겉으로 내비치지는 않았지만 그가 무영과 남궁화의 혼인을 탐탁지 않게 생각하고 있는 것은 다른 이유보다도 두 사람의 혼인이 자신에게 별 도움이 되지 않을 것이라는 생각도 한몫하고 있었다. 그는 미모로 이름이 나 있는 두 딸 모두를 무림에서 한자리 하는 집안이나 문파로 시집보내 자신의 입지를 강화시키려는 욕심이 있었다.

정략결혼.

남궁쌍봉으로 이름이 자자한 두 딸은 그에게 있어서 큰 재산이나 다름없었다. 결혼한 적이 있는 사내에게 시집을 가는 것은 첩실과 다름없으니 추인을 못하겠다는 말은 명분이고 그런 생각이 있어 반대를 하고 있는지 스스로도 확신을 못했다.

'음, 개방 방주에 남북쌍괴라⋯⋯.'

그들 정도만 자기 편에 서준다 해도 큰 힘이 될 수 있었다.

"핫핫핫, 설마 제가 마차의 구석 자리를 내드리기야 하겠습니까? 남궁세가에는 세 분이 충분히 휴식을 취하며 타고 가실 마차가 얼마든지 있습니다."

마침내 그는 결정을 했다.

출발 준비를 하려면 어서 지시를 해두어야 했다. 그는 두 사람에게 양해를 구하고 잠깐 자리를 벗어났다. 황급히 밖으로 나서는 그를 보며 유석대와 남북쌍괴가 서로 의미심장한 눈빛을 교환했다.

남궁철상은 급히 참석을 결정했기에 하객 초청에도 무척 고심을 했다. 촉박한 날짜로 인해 급히 청첩장을 보내야 했기에 전서구로 초청장이 오가는 초유의 소동을 벌인 후에야 겨우 각파의 장문인을 비롯한 무림의 명숙들에게 막내딸의 혼인 소식을 전할 수 있었다.

정작 소동이 벌어진 쪽은 청첩장을 받은 사람들이었다.

막 도착한 초청장을 펴본 사람들은 기절할 듯 놀랐다. 그 안에 써 있는 날짜를 확인하니 불과 십여 일도 채 남지 않았던 까닭이었다. 청첩장을 받아 든 각 문파마다 비상이 걸렸다. 이런 괘씸한 청첩장에 대해서는 웬만하면 안면 몰수하고 모른 체하고 싶었지만 초청한 사람이 남궁세가의 가주니 그럴 수도 없었다.

존경하옵는 장문인께.

이렇게 전서구로 초청장을 보내 드림을 죄송스럽게… 어쩌고… 미리 인편으로 보냈으나 도중에 분실했다는 급보를 받고 이렇게 전서구를 날려 제 막내 여식 남궁화의 혼인식에 초청하오니 바쁘더라도 참석하시어 자리를 빛내주시기를.

남궁가 가주 남궁철상 배상.

"아니, 열흘밖에 남지 않았잖아?"

청첩장을 받은 사람치고 분노에 몸을 떨지 않은 자가 없었다.

그나마 무당파나 화산파는 가까운 편이었다. 하지만 소림파, 아미파, 청성파, 당문, 하북팽가 등등 죽어라 달려가도 식장에 열흘 내에 도착하기 어려운 문파는 이 문제를 두고 간부회의까지 열어야 했다.

팽가의 가주 팽수는 이를 북북 갈았다.

"남궁철상, 이놈이 나를 골탕 먹이려고 아예 작정을 했구나. 그렇지 않다면 어째서 딸자식의 혼인식이 며칠 남지 않은 지금에야 청첩장을 돌린다는 말이냐!"

남궁세가와 하북팽가가 견원지간의 앙숙이라는 것은 천하가 다 아는 사실이었다. 남궁철상도 체면치레로 청첩장을 보낸 것이지 진심으로 와주기를 바래서 그런 것은 아니라는 건 잘 알고 있었다. 그는 다른 문파도 비슷한 시기에 청첩장을 받았다는 사실을 모르고 있었다.

"음… 안 갈 수도 없고."

같은 오대세가에 속하는 처지에 만약 얼굴을 비치지 않으면 무림동도들이 자신을 속 좁은 인간이라고 비난할 것이 틀림없었다.

"두고 보자."

그는 이를 북북 갈며 급히 출발 준비를 서둘렀다.

'니미럴, 혼인식에 참석하려고 죽어라 경공을 전개해 달려가기는 난생처음일세.'

차마 아랫사람들 앞에서 말은 못했지만 당문의 가주 당초명의 속은 부글부글 끓고 있었다. 아니, 사실은 입 밖으로 말을 꺼낼 힘조차 없었기에 참고 있었다. 지금 몇몇 수하들과 함께 죽어라 경공을 전개하며 항주를 향한 지 벌써 이틀째였다. 자신이 이리 힘드니 따르는 수하들이야 오죽하겠나 싶어 말도 건네기 미안했다.

식사도 하루에 한 끼 이상은 먹을 시간도 없었다. 그것도 건량으로.

날마다 전신은 땀으로 목욕한 듯 젖어야 했고, 밤이면 하루 종일 혹사를 당한 몸뚱어리가 물먹은 솜처럼 풀어져 깊은 잠에 빠졌다. 사실 남궁세가 막내딸의 혼인식에 그가 직접 참석할 필요는 없었지만 지금 당문은 한 명의 조력자라도 필요한 실정이었기에 은근히 남궁철상의 눈도장이라도 찍어두려고 그가 직접 참석키로 결정한 것이었다.

최소한 사나흘은 이렇게 달리고 나면 그 다음은 여유가 있으니 그때 가서는 장강 줄기를 오가는 배편을 이용할 셈이었다.

그날도 날이 저물어야 객잔에 도착한 일행은 겨우 숨을 고르며 휴식을 취하는데 멀찍이서 점소이들의 소곤거리는 소리가 들렸다.

"이상하지? 요새 왜 그리 달리기를 하는 무인들이 많은지 모르겠어. 어디서 무림 경공 대회라도 열리나? 어제는 땀에 푹 전 여승들이 한 무리 헐떡거리며 들어오더니 오늘은 당문 사람들이야."

점소이들은 복장만 보아도 문파를 구별할 정도의 눈썰미는 있었기에 한눈에 그들을 알아본 것이었다.

'음, 아미파에서 먼저 지나갔군.'

당초명은 대번에 그 여승들의 정체를 짐작할 수 있었다. 이쪽 방면에서 달려갈 여승들이라면 아미파밖에 없었다.

<h1>제6장 신성(新星)</h1>

무영의 혼인식은 성대하게 거행되었다.

남궁가 여식의 혼인식답게 대부분의 문파에서는 최소한 호법이나 장로급이 참석해 자리를 빛내주었는데, 정작 골치가 아팠던 것은 그들을 일일이 접대해야 하는 무영이었다.

게다가 몇몇 문파는 장문인까지 참석했으므로 그들의 예우에 각별히 신경을 써야 했다.

'음, 어떻게 고춧가루를 뿌리지?'

팽수는 혼인식장에서 남궁철상에게 복수할 기회만 노리고 있었다.

이 혼인식에 늦지 않기 위해 죽어라 경공술을 펼치며 달려온 덕에 그는 몸무게마저 크게 줄어 있었다. 오는 동안 내내 남궁철상을 물먹일 궁리만 하고 달렸다.

"엇, 저놈은 전에 제가 한 번 사로잡은 적이 있는 놈입니다. 그때는</p>

상인이라 들었는데 죽은 대학사의 아들놈이라니⋯ 정말 세상이 좁다
는 것을 실감하겠군요."
　　동행을 한 팽호가 무영의 얼굴을 알아보고는 놀라며 말했다.
　　"그게 사실이냐?"
　　"그렇습니다. 저놈을 납치하려다가 성숙 노괴의 제자라는 호위무사
에게 왼팔을 잃었습니다."
　　"음, 유유상종이라더니 사위 놈이고 장인 놈이고 죄다 우리 팽가에
득이 되는 놈들이 아니로구나. 놈의 무공은 어떻더냐?"
　　"저와 비슷한 수준인 것 같았습니다."
　　"흠, 무공도 웬만하구나."
　　팽호의 무공이라면 그리 대단할 것은 없지만 후기지수 중에서는 빠
지지 않는 반열이었다.
　　'그렇지, 그거야!'
　　말을 하던 그의 얼굴에 갑자기 묘한 미소가 감돌았다.

　　오늘의 주인공 무영은 자신의 혼인식을 축하하러 온 하객들에게 불
려가 인사를 하는 차례가 되었다. 무림인들 대부분은 남궁철상에게 얼
굴도장이나 찍으려고 참석한 사람들이라는 것을 알고 있기에 썩 내키
지는 않았지만 인사를 하지 않을 수 없었다.
　　모두들 차례로 다가와 덕담을 건네며 행복하게 살 것을 축원하는 가
운데 팽수의 차례가 되었다. 한데 그는 무영에게 말을 건네는 것이 아
니라 남궁철상을 향했다.
　　"헛헛헛! 남궁 가주는 아주 훌륭한 사위를 두셨구려. 듣자 하니 전
임 대학사님의 자제라고 하던데 문장이 뛰어난 것은 물론이거니와 거

용관에서 달단병 십만을 오륙천의 병력으로 물리쳤다고 들었소이다.
정말 대단한 사위를 맞으셨소. 무공도 그리 출중하니 앞으로 못할 일
이 무엇이겠소?"

무영의 문장 실력에 대해서는 들은 바도 없었지만 대학사댁 자제라
니 당연히 빼어날 것으로 짐작하고 그렇게 말하는 팽수였다.

'음, 이놈이 또 무슨……'

하북팽가와 남궁세가는 누대에 걸친 앙숙으로 유명한 처지인데 아
무래도 사설이 긴 것이 찜찜했다. 아무리 좋게 생각해도 팽수가 자기
사위를 치켜세우는 것이 아무래도 불안했지만 자리가 자리인지라 남궁
철상은 애써 만면에 미소를 띠고 마주 인사했다.

"허허허, 팽가의 가주께서 내 사위를 그리 칭찬해 주시니 정녕 고마
울 따름이오."

"모두들 남궁 가주의 사위 분이 문무를 겸비했다며 칭송이 자자하니
이번 기회에 그 신묘한 무공을 이 자리에서 견식할 기회가 있었으면
좋겠소이다. 물론 천하에 두려울 것이 없는 남궁가의 사위이니 무공도
남다르겠지요."

팽호로부터 무영의 무공에 대한 수준을 들은 팽수는 무영을 골탕 먹
일 생각을 하고 있었던 것이다.

"음……."

남궁철상의 이마에 주름살이 패였다.

역시 그럴 놈이 아닌데 팽수의 속셈은 다른 곳에 있었다. 남궁우로
부터 고루신군과도 맞대적을 했다는 무영의 무공에 대하여 들은 바가
있기에 어느 정도 안심이 되기는 했지만 자신이 직접 본 것이 아니라
은근히 걱정이 되었다. 무림에서 세가의 비중으로 보아 사위의 망신은

곧 자신의 망신으로 직결될 수 있었다.

"허허허, 괜찮다면 본인이 사위 분의 상대가 되어 손을 맞춰 드리고 싶군요."

아예 그의 대답도 듣지 않고 그렇게 말하니 안 된다고 말하기도 힘들어졌다. 남궁철상이 주변을 둘러보니 모두들 한번 보고 싶다는 듯한 얼굴이었다.

사실 무림에서 이런 경사스러운 날 당사자가 나서서 무공 수위를 뽐내는 것도 그리 드물지는 않은 일이었고, 그런 경우 시전자나 관전자의 홍을 돋우기 위해 무림의 명숙이 나서서 같이 상대가 되어주는 것이 관례였다.

오늘 이 자리에 참석한 무림인치고 두 가문의 껄끄러운 관계를 모르는 사람은 아무도 없었다. 몇 년 전에도 세력을 확장해 장강 쪽으로 남하하려는 팽가장과 그를 저지하려는 남궁세가 간의 치열한 싸움은 비록 무림에 공개적으로 알려진 바는 없었지만 각파의 정보망을 통해 모두들 잘 알고 있었다. 그 싸움은 결국 호법 몇 명을 포함한 수백의 사상자를 낸 팽가장의 완패로 끝났었다.

팽수와 남궁가의 사위.

어쩌면 팽수는 이번 기회를 통해 남궁가에 피맺힌 혈채를 받으려 할지도 모른다는 생각에 참석한 무인들 모두 흥미진진한 표정으로 남궁철상을 바라보았다.

무영은 팽수를 쳐다보았다.

그제야 팽수 곁에 전에 자신을 납치하려고 했던 팽호도 함께 자리한 것을 알았다.

'낯짝 두꺼운 놈.'

하지만 덜렁거리는 왼팔을 보니 안됐다는 생각도 들었다.

"험. 어떤가, 자네가 나서보겠나?"

남궁철상이 그를 보며 물었다.

"팽 장주님께서 그리 청하시니 어찌 거역하겠습니까? 미천한 재간이나마 즐거운 마음으로 보아주시면 감사하겠습니다."

무영이 예복을 벗고 마당으로 나섰다.

곡완주와 남궁화는 은근히 걱정이 됐지만 신부로서 감히 나설 자리는 아니었기에 조용히 보고만 있을 뿐이었다.

팽수는 거만한 걸음걸이로 마당으로 내려섰다.

'이놈, 오늘 톡톡히 망신당할 각오를 해라. 이게 다 장인을 잘못 둔 덕이다.'

그는 어느 정도의 수위로 남궁가의 사위 놈을 혼내주느냐 하는 것에만 신경 썼다. 너무 심하게 했다가는 강호의 명숙을 자처하는 자신의 명성에 흠이 갈 우려가 있으니 적당한 수준을 유지하며 놀려주는 것이 중요했다. 무공이 팽호 정도라면 그에게는 손쉬운 일이었다.

"한 수 가르침 부탁드리겠습니다."

무영이 정중하게 포권을 했다.

"헛헛헛, 남궁 가주의 사위에게 감히 가르침이랄 것이 있겠는가? 어렵게 생각하지 말고 가진 수를 내보이게."

팽수는 거만한 표정을 지으며 그렇게 말했다.

무영이 먼저 검을 뽑아 가슴을 베어갔다.

팽호는 가볍게 몸을 날려 공세를 피했지만 반격을 하지는 않았다.

무영은 그가 반격을 하지 않자 강호의 관례에 따라 삼 초를 양보하려는 것임을 알고는 계속 공격해 갔다. 그가 전개하는 초식은 평범하기 이를 데 없는 초식이었다. 그는 잇달아 이 초의 초식을 더 전개한 후에 다시 팽호를 마주하고 섰다.

'아니, 이놈이!'

팽호의 안색이 붉으락푸르락해졌다.

사실 무영의 태도는 자못 건방졌다.

이럴 경우 후기지수는 으레 자신의 전력을 다해 공격을 하고 상대는 그것을 여유있게 피함으로써 무림명숙으로서의 체면을 과시하는 일이기도 했다. 한데 그가 펼친 것이 평범한 초식인 것은 그렇다 치고 거기다 겨우 몇 성의 공력만 사용하는 것이 눈에 훤히 보이니 화가 치밀 수밖에 없었다.

삼 초의 공격이 끝나자 그는 무영을 향해 주먹을 질러갔다.

무영이 재빨리 몸을 틀어 피하기 무섭게 앞으로 달려들며 반대 편 손으로 정권을 지르고는 이어 발로 무영의 가슴을 차며 들어왔다.

역시 장강 이북에서는 평범하게 사용되는 십자등각의 수법이었다. 그는 무영이 평이한 무공으로 공격을 해오자 자신도 절기를 쓰지 않으려는 것이었다.

"하앗!"

팽수의 날카롭고 신속한 권각 공격에 무영이 몸을 돌려 피하며 재빨리 선풍각의 수법으로 반격을 가했다.

'헛!'

팽수는 내심 헛바람을 들이키며 재빨리 손속을 거두어 피하며 뒤로 물러나 자세를 바로 했다.

'음, 조심하지 않으면 망신을 당하겠군.'

그의 얼굴에서 신중함이 보이더니 벼락같이 발로 무영의 전신을 감아 챘다. 무영이 재빨리 몸을 빼며 피하는 순간 다시 올려차기를 시도했고, 이어 그의 발은 상대가 왼쪽으로 피하는 것을 예상이라도 하듯 그쪽으로 쓸어왔다.

'흥!'

무영은 내심 코웃음을 쳤다.

권각술이라면 누구에게도 지지 않을 자신이 있었다. 그는 팽수의 발을 보고 이미 연삼퇴(連三腿)를 시전하려 한다는 것을 예측하고 있었기에 바쁘게 피하기는 했어도 결코 당황하지는 않았다.

짝짝짝짝!

주위를 둘러싸고 관전하던 사람들이 두 사람의 신묘한 재간에 박수를 쳤다. 팽수의 손발 재간도 남들이 감히 흉내 내기 어려운 점이 있었지만 지금의 칭찬은 그것을 어렵지 않게 피해가며 반격을 노리는 무영의 재간에 보낸 것이었다.

'이런 망신이!'

당사자인 팽수는 박수 소리에 얼굴이 붉어졌다.

두 사람 모두에게 보내는 것이지만 자신이 새파란 후기지수와 동격으로 대우를 받아야 하는 이런 상황은 모욕적이라는 생각이었다. 게다가 망신을 주려고 나선 것이 상대를 치켜세워 준 꼴이 되었다.

"핫핫핫! 젊은이가 의외로 손발 재간이 대단하군. 그럼 이것도 한번 받아보게."

팽수는 말과 함께 몸을 허공으로 띄워 마치 무영을 위에서 내려찍듯이 수도로 쳐왔다.

'음!'

무영은 그전과는 다른 살기를 감지했다.

이전까지는 공력이 거의 들어가지 않은 재빠름만을 위주로 했지만 지금의 공격은 적어도 내공의 오성은 들어간 것으로 보였고 모든 방위를 차단한 듯한 매서운 한 수였다.

'맛 좀 봐라.'

팽수가 벽력참(霹靂斬), 혼원벽력도를 권법에 응용해 창안한 이 수는 무림오대세가의 한 축을 이루는 팽가장 가주의 진면목을 보여주는 한 수로서 그가 최근에 창안한 수법이었다. 상대는 맞받을 수밖에 없는데 암경을 동시에 흘려보내기 때문에 내공의 차이가 있는 경우 큰 손해를 보게 마련이었다.

무영 역시 소홀히 할 수 없어 전력을 다해 정권을 말아 쥐고 마주해 갔다.

뻑!

허공을 찍어오던 팽수는 몸이 뒤로 튕겨져 나가며 뒤로 훌쩍 날아 내렸지만 무영은 제자리에서 요지부동이었다.

"아니!"

구경을 하던 각파의 고수들은 크게 놀랐다.

이미 무영의 자세에서 무공이 결코 만만하지는 않다는 것을 간파했지만 상당한 공력을 주입한 팽수가 내공에 밀려 뒤로 튕겨 나갔다는 것이 믿어지지 않는다는 표정들이었다.

'음!'

남궁철상의 입이 벌어졌다.

내심 팽수가 망신을 주기로 작정한 것이 눈에 보여 찜찜했는데 사위의 무공이 예사롭지 않았던 것이다. 이제 앞으로 어떻게 되더라도 체면을 구길 일은 없었다. 아니, 이제부터는 결과에 관계없이 팽수는 얼굴을 들기 힘들게 되었다.

"헛헛헛, 내 오성의 공력을 그토록 쉽게 받아내다니 과연 황제 폐하께서 하사하신 만년설삼을 먹었다는 것이 헛소문은 아니구나. 그럼 어디 검법은 어떤지 보여주게."

그는 은근히 만년설삼을 핑계로 망신을 덮으려고 했다.

그가 오호단문도를 뽑아 들자 무영도 자세를 바로 했다. 그동안 하경이 무영에게 사용을 허락했지만 내력을 알고는 이번 혼인식을 기념해 선물로 준 신검이었다.

이런 자리에서는 원래 몇 수의 교환으로 인사를 하고 손을 거두는 것이 상례였다. 하지만 독이 오른 팽수는 체면을 되살리기 위해 참지 못하고 오호단문도를 휘두르며 무영을 베어갔다.

'헛!'

무영은 내심 헛바람을 들이키며 겨우 몸을 틀어 피했다.

"저런!"

아미의 삼정 사태도 놀라며 안타깝다는 듯이 소리쳤다.

왠지 팽수를 상대로 꿋꿋이 버티는 젊은이에게 호감을 가지고 있었는데 그가 체면 불구하고 손속을 거두지 않고 보기에도 살기가 흉흉한 도법을 펼치자 그만 소리치고 만 것이었다.

그가 펼친 것은 팽가장의 절예 혼원십팔로 도법이었다.

우우!

듣기에도 강맹한 도명이 허공을 가르며 무영의 허리를 베어가자 남궁철상을 비롯한 모든 사람들의 안색이 변했다. 팽수는 마치 생사를 가르는 듯한 태도였다.

무영이 검을 마주쳐 갔다.

'좋다, 오늘 개망신을 시켜주마.'

창!

검과 도가 마주치며 불꽃이 튀었다.

웅후한 십팔로의 초식은 예전의 곡완주도 마주쳐 가기를 꺼려해 피해가며 공격했지만 무영은 신검을 믿었고 자신의 공력을 믿었다.

"아니!"

누구보다도 놀란 사람은 남궁철상이었다.

강호에서도 혼원십팔로의 도초를 마주쳐 가는 것은 금기시되다시피 했다. 그간 안면을 몰수하다시피 했던 사위였지만 지금은 그런 감정이 씻은 듯 사라지고 없었다. 그는 무영의 검이 동강나며 뒤로 밀릴 것이라고 예상하며 안타까워했지만 그건 기우에 불과했다.

"하앗!"

다음 순간 무영은 팽수의 허리를 베어갔다.

금룡승천.

설마 맞부딪친 후에 이토록 빨리 반격이 들어오리라고 예상하지 못한 팽수가 미처 중심을 잡지 못하고 있다가 화급히 옆으로 돌며 피했지만 그 뒤를 무영의 검이 꼬리를 물고 따라오며 공격했다.

곤륜의 절예가 무영의 손에 의해 잇달아 펼쳐졌다.

금룡파천.

하늘을 쪼갤 듯한 기세로 갈라오는 검세에 팽수가 당황하며 급히 도를 맞부딪쳐 갔지만 그것은 허초였다. 무영이 운룡대팔식을 전개해 허공에서 몸을 틀더니 다시 옆구리를 노렸다.

"헛!"

팽수는 허초에 속에 전력을 기울였다가 검의 방향이 바뀌자 그만 피하지 못하고 땅으로 구르듯 하며 겨우 검세에서 벗어났다.

"이놈!"

하마터면 나려타곤을 전개해야 할 뻔했다.

자신에게 그런 꼴사나움을 보이게 만들다니 망신도 이런 망신이 없었다. 상대를 너무 경시해 자초한 일이었다. 벌떡 일어난 팽수는 망신살에 수염을 부들거리며 잇달아 살기 가득 품은 도초를 전개해 무영을 공격해 들어왔다.

혼원십팔로.

오늘의 팽가를 있게 한 자랑이자 자존심이었다.

쐐애액 하는 파공음이 구경하는 사람들의 귀에도 확연히 들리는 엄청난 기세에 무영은 잠시 뒤로 밀리며 주춤거렸지만 이내 마주쳐 반격을 가했다.

그렇지 않아도 섬서 상방의 상인들을 죽인 팽가장 사람들에 대한 적대감, 예전에 팽호에게 납치되었다가 남북쌍괴의 도움을 받아 겨우 풀려난 일 등 구원(舊怨)이 많았기에 절대 밀리고 싶은 생각이 추호도 없었다. 지난번 고루신군도 이겼는데 팽수라고 이기지 못할 것이 없다는 생각이었다.

사람들은 손에 땀을 쥐었다.

순식간에 십여 초가 교환되었지만 싸움은 우열을 가리기 힘들 정도로 팽팽한 국면을 이어가고 있었다. 사실 지난번 고루신군은 순수한 무공으로만 말하자면 팽수에게 약간 뒤지는 정도였지만 고루장이라는 극독무비한 독장으로 그 차이를 충분히 뛰어넘었기에 무림인들이 대적할 수 없었을 뿐이다.

팽수의 혼원십팔로는 갈수록 그 강맹함을 더해갔다.

어느새 사람들은 이 자리가 어떤 자리인지도 잊은 채 손에 땀을 쥐고 용호상박의 대결을 구경하고 있었다.

팽수의 얼굴이 점점 붉게 물들었다.

'음, 이러다가는 백 초는 넘어야 놈을 제압할 수 있겠구나. 만년설삼을 처먹었다더니 과연……'

초식이 거듭되며 비무가 길어지자 팽수는 내심 공연히 끼어들어 망신살만 자초했다는 생각에 후회했다. 하나 이대로 당할 수만은 없다고 생각한 그는 뒤로 훌쩍 물러섰다.

"검법도 상당히 고명하군. 이번에는 잡기를 한번 보여주게. 내가 최근에 재미로 갖고 노는 비도(飛刀)일세. 한번 막아보겠나."

그는 품속에서 일곱 자루의 비도를 꺼내 들며 그렇게 말했다. 명색이 혼인식 축하 비무인데 더 시간을 끌 수가 없었기에 손쉬운 방법을 택한 것이었다.

그는 무영의 성격으로 보아 절대 이쯤에서 그만두지 않을 것을 계산에 넣고 있었다.

"좋습니다. 하지만 저도 준비한 것이 있으니 서로 재간을 보여 손님들의 흥을 돋워보지요."

무영은 말과 동시에 품속에서 회선표를 꺼냈다.

팽수는 처음 보는 무기에 약간의 경계심을 보였지만 자신의 칠비도(七飛刀)면 충분히 승산이 있다고 생각했다.

"자, 조심하게."

그는 재빨리 비도를 날렸다.

첫 번째 비도가 손을 떠나기 무섭게 두 번째 비도가 뒤를 잇는 식으로 일곱 자루의 비도가 연속해서 허공을 날았다. 내공을 실은 비도들은 무영이 피하리라고 예상되는 방위까지 차단하며 날고 있었기에 자칫 실수해 요혈에 격중되기라도 한다면 생사를 장담할 수 없을 정도였다.

칠비도는 팽가장이 무림을 제패하기 위해 많은 내공을 소모하는 오호단문도법을 보충하는 의미에서 새로 창안한 것으로 강호에서 한 번도 내보인 적이 없는 비밀 병기였다.

딱딱딱.

무영은 회선표를 쥐고 날아오는 비도를 놓치지 않고 격중시켜 땅에 떨어뜨렸다. 순간 팽수의 오호단문도가 그런 그의 허점을 노려 벼락같이 갈라왔다.

"앗!"

구경하던 사람들은 팽수가 이성을 잃었다고 생각했지만 팽가장과 적대 관계에 놓이는 것을 원치 않았기에 적극적으로 나서지 않고 있다가 그의 살수에 경악했다.

순간 무영이 땅을 박차며 날아오던 비도를 쳐내고 허공으로 뛰어올라 회선표를 날렸다.

"흥!"

팽수는 개의치 않고 코웃음을 치며 가볍게 회선표를 쳐내고는 무영을 쫓아 다리를 베어왔다. 회선표의 위력이 대단하지 않게 느껴졌던 까닭에 일단 그걸 쳐낸 그는 공격을 계속했다. 하지만 그건 그의 순진한 생각이었다.

"음!"

남궁철상은 이제 비무를 말려야겠다고 생각했다.

일단 남궁가 사위로서 체면은 충분히 세운 셈이었고 게다가 절륜한 무공까지 겸비한 것을 만천하에 입증했기에, 더 계속했다가는 아까운 사위가 다칠 우려가 있었다. 만약 다치기라도 하면 후일이라도 막내딸이 아버님은 이 지경이 되도록 보고만 계셨냐고 원망하면 뭐라고 변명한다는 말인가?

막 앞으로 나서려던 그의 발걸음이 멈춰졌다.

'허어!'

팽수가 쳐낸 회선표가 다시 돌아와 그의 뒷머리를 노리고 들어가는 것이 아닌가?

정말 당황한 것은 팽수였다.

"으헛!"

몸을 피하는 무영을 베어가던 그는 갑자기 머리 뒤쪽에서 나는 기이한 파공음에 재빨리 옆으로 물러섰는데 쐐액거리는 소리와 함께 회선표가 그의 귓전을 스치며 날았다. 만약 조금만 늦었더라면 크게 낭패를 보았을 것이 틀림없었다.

그가 주춤거리는 사이에 무영이 반격을 해왔다.

그는 운룡대팔식을 전개해 신법을 교묘히 움직이며 그의 요혈을 노리고 달려들었다. 무영의 검술이 보통이 아니라는 것을 아는 팽수는 전력을 다해 막으려 했지만 다시 뒤로 날아드는 회선표에 정신을 차릴 수 없었다.

'음, 팽수는 내가 직접 나서도 백 초는 넘어야 승부를 가릴 상대인데… 정말 대단해. 하지만 이쯤에서 중지를 시켜야겠군.'

남궁철상이 싸움판 앞으로 나섰다.

이제 싸움이 더 진행되도록 내버려 둔다면 둘 중 하나는 끝내 피를 볼 것이 틀림없었다.

오늘은 딸의 혼인식이었다.

"헛헛헛, 팽 장주께서 불초의 사위를 어여쁘게 봐주시어 전력을 다하지 않으신 덕분에 오늘같이 기쁜 날 체면을 세워주셨습니다. 이제 여러 무림동도들도 술자리를 찾으시니 이만 손을 거두는 것이 좋을 듯하오."

남궁철상은 너무 기분이 좋은 나머지 내공을 일으켜 참지 않으면 입이 찢어져 말을 잇기도 어려운 상황이라 겨우 힘을 주어 참아가며 그렇게 말했다.

그래도 말로는 구겨진 팽수의 체면을 한껏 세워주며 비무의 중단을 요구하자 그도 더 이상 고집을 피울 수 없었다. 잠깐 이성을 잃기는 했지만 그래도 남의 혼인식에 와서 당사자를 다치게 했다가는 그 또한 강호에 얼굴을 들고 다니지 못할 일이었다.

"헛헛헛, 과연 남궁가의 사위 될 자격이 충분하오이다. 이 팽수도 감히 감당하기 어려울 정도였소."

팽수는 억지로 미소를 띠며 그렇게 말했다.

사실 의례적으로 하는 인사말로 이런 자리에서는 늘 쓰는 언사였지만 구경하던 사람들 모두 그것이 결코 빈말이 아니라는 것을 알고 있었다.

갑자기 무영의 귀에 팽수의 전음이 들렸다.

"장가, 네 이놈! 조만간 단단히 손을 봐주마!"

그는 오늘 일을 결코 덮어둘 수는 없었다. 바닥으로 구르는 망신, 씻지 못할 치욕이었는지라 그는 경고를 보내는 것을 잊지 않았다.

"팽수, 그 소리는 내가 하고 싶은 말이다. 죄없는 상인들을 주살한 네놈의 죄과로 치면 벌써 대가를 치렀어야 했다. 오늘은 기쁜 날이니 내가 참는 줄 알아라."

무영도 지지 않고 팽수에게 전음으로 말했다.

그 말에 팽수의 얼굴이 붉어졌다.

"사위, 수고가 많았네. 신부 될 사람을 더 기다리게 하지 말고 이제 들어가 보게."

두 사람이 치열하게 전음으로 설전을 벌이고 있다는 것을 모르는 남궁철상이 무영의 어깨를 두드려 주며 말했다. 그는 애써 터지려는 웃음을 참으며 근엄한 표정을 유지하려 노력하고 있었지만 자꾸 입이 찢어져 얼굴이 이상하게 되어 있었다.

팽수는 그 길로 급한 일이 있다며 수하들을 이끌고 장원을 떠났다. 더 남아 있기에는 얼굴이 뜨거웠던 까닭이었다.

막상 식이 끝나고 신부 방으로 가야 하는 무영은 난감했다. 대체 어느 방으로 먼저 가야 한다는 말인가?

'음, 둘이서 가위바위보를 하라고 할 수도 없고.'

선뜻 결정을 하지 못해 뒷짐을 지고 서성이고 있는데 아라 공주가 찾아왔다.

"오늘 밤은 남궁 동생에게로 가세요. 완주 동생은 몸이 불편해서 당분간 밤을 같이 지내서는 안 돼요."

"아니, 주매가 어디 아프다는 말이오?"

"그게 아니라 뱃속의 아이 때문에 지금이 가장 조심해야 할 시기라고요."

'음, 그럼 주매에게 먼저 가 얼굴도장을 찍고 나와서 화매에게로 가

서 자면 되는군.'

"고맙소."

무영이 아라 공주에게 인사를 하고 곡완주의 방으로 향하려는데 아라 공주가 그의 앞을 막아섰다.

"대신 며칠 간만이에요. 앞으로는 제 방도 찾아오셔야 해요."

면사로 가렸기에 표정은 보이지 않았지만 평소의 그녀를 생각할 때 무척 대담한 표현이었다.

"알았소."

무영이 재빨리 면사를 걷어 가볍게 사랑을 표하고는 자리를 떴다.

"*끄윽, 끄윽, 끄윽.*"

방으로 돌아온 남궁철상은 괴이한 소리를 내며 배를 쥐고 굴렀다.

"아니, 어디가 좋지 않으신가요?"

배를 잡고 질러대는 괴성에 혹시 만찬장에 나온 음식 중에 잘못된 것이 있었나 싶었던 그의 아내가 깜짝 놀라 물었다.

"아, 아니오. 저, 저녁에 밖에서 있었던 재미난 일이 생각나서. *끄윽, 끄윽.*"

남궁철상은 팽수가 개망신당하고 자리를 뜬 것을 생각하면 가만히 앉아 있어도 웃음이 나왔다.

'놈, 내 사위를 골려주어 내 얼굴에 먹칠을 하려다가.'

"*끄윽, 끄윽.*"

다시 웃음을 참느라 괴성이 나왔다.

무인들만 있던 자리에서 일어난 일이라 부인은 모르고 있었다. 팽수와 사위가 맞붙은 일을 안사람이 안다면 그런 위험한 일을 보고만 있

었다느니, 만약 다치기라도 했으면 화아를 어떻게 대하려고 했냐는 등
하는 핀잔을 들을까 그 얘기는 일체 하지 않았고 시비들에게 함구령까
지 내린 상태였다.

　"아니, 누가 들으면 어쩌려고 채신머리없이… 그게 무슨 괴상한 소
리예요?"

　"아, 아니오. 우리가 화아가 남편감을 제대로 고른 것 같아 좋아서
그러는 게요."

　"마음에 들지 않는다며 오지도 않겠다고 하실 때는 언제고 이제 와
서 그러십니까?"

　"끄윽, 끅. 그건 내가 잘못하였소. 이곳에 와서 보니 화아가 사람을
제대로 보았다는 걸 알았소이다. 끄윽, 끄윽, 푸하핫!"

　그는 끝내 웃음을 참지 못했다.

　"음, 이제 중원에 새로운 세가가 들어서겠구나."

　당초명이 혼잣말로 중얼거렸다.

　중원오대세가.

　문파가 아니면서도 수백 년을 이어 내려오는 무인 가문들이었다.

　안휘남궁가, 사천당문, 하북팽가, 양주양문, 진주언가.

　지금 진주언가는 흔적도 없이 사라져 버렸지만 사람들은 여전히 오
대세가라고 불렀다.

　"어쩌면 장무영이 진주언가의 빈자리를 메우고 새로 오대세가에 편
입될지도 모르겠습니다. 듣기로는 그가 보유한 전력이 만만치 않다고
들었습니다. 이미 이곳에 참석한 각 문파의 대표들이 자파로 전서구를
날리는 등 부산한 움직임을 보이고 있습니다."

호법 당위명이 말을 받았다.

"우리가 먼저 손을 뻗어야 하네. 다행히 문파의 대표가 참석한 곳은 아미파와 팽가장, 그리고 우리 당문이 전부니 상대적으로 우리가 유리하다 할 수 있지. 팽수야 고춧가루를 뿌리려 왔다가 망신을 당하고 꼬리를 감추었으니 그만이고, 아미와 우리 당문은 이미 서로 손을 잡은 사이니 이런 난세에 남궁세가와 장 공자만 우리 편으로 끌어들이면 장강을 동에서 서로 아우르는 그림이 그려지지 않는가?"

마교로 보이는 인물들에게 피해를 당한 당문과 아미는 상당히 가까운 사이가 되어 있었다. 당시 호법을 세 명이나 잃은 후유증으로 당문은 지금 상당히 위축되어 있었다.

"그렇습니다. 반드시 장 공자와 교분을 돈독히 하고 돌아가야 할 것입니다. 이곳 장원 곳곳의 무사들만 보더라도 안광이 형형한 것이 정종무공의 수련을 상당히 쌓은 것이 틀림없어 보였습니다. 족히 백여 명은 되어 보이더군요. 해상 선단까지 합치면 우리 당문과 견주어도 결코 손색이 없는 세력입니다."

그는 이곳 경호 무인들이 동가장에서 특별히 파견되어 온 곤륜의 문도들이라는 것은 모르고 있었다.

"음, 하기는 팽수를 나려타곤의 초식까지 전개하게 만들 정도의 무공에다 큰 호송선단까지 거느리고 있다면 충분히 가능성이 있어. 동해 해적들도 그 함선이 움직이면 모두 꼬리를 감추기에 바쁘다고 들었네. 아무튼 이번에 내가 직접 이 자리에 참석한 것이 정말 다행이로군. 남궁가에도 체면이 섰고 무림의 신성으로 떠오르는 장 공자와도 교분을 쌓을 수 있지 않은가?"

그는 혼인식 날에 늦지 않기 위해 사천에서부터 죽어라 경공을 전개

해 산 넘고 물 건너, 말 달리고 배를 갈아타는 등 힘들게 왔던 기억에
그 모든 고생을 보상받을 수 있는 선택을 했다는 것이 새삼스러운지
흡족한 표정을 지었다.

　다음날 무영은 당초명을 찾았다.
　그는 개방 방주 유석대에게 들은 무림맹주의 뇌물 사건에 대한 얘기
와 자신이 동해에서 위진해를 구한 일, 그리고 광주에서 자신이 직접
겪은 고루신군과의 일을 얘기해 주었다.
　"허, 그런 줄도 모르고 나는 광동 상방에게 징계를 가해야 한다고 떠
들었으니……."
　그는 당시 맹주의 들러리를 선 것 같아 얼굴이 붉어졌다.
　"지금 위 총행두는 저희 장원에서 보호받고 있습니다. 이 사실은 몇
몇 사람을 빼고는 모르는 일이지요."
　비밀을 지켜달라는 말이었다.
　그렇지 않아도 무영과 교분을 쌓아두고 싶었던 그는 여러 모로 일이
잘 풀리는 것 같아 기분이 좋았다. 자신이 먼저 나서기도 전에 상대가
가려운 곳을 긁어준 격이었다.
　무영은 당초명으로부터 어렵지 않게 거독환을 얻어 위진해에게 먹
였다. 거독환이 당문 안에서도 귀하게 취급되는 것이었지만 무영 같은
상대에게 빚을 지울 수 있다면 오히려 싸게 먹힌 셈이라는 것이 당초
명의 생각이었다.

제7장 다시 남해로

　무영의 혼인식은 중원 무림에 장무영이라는 이름 석 자를 각인시키는 계기가 되었다. 특히 무공이 팽가장주 팽수를 압도했었다는 부풀려진 소문은 입을 건너며 더욱 살을 붙여 급속히 퍼져 나가 남궁세가의 사위라는 수식어와 함께 한동안 강호의 화젯거리가 되었다.

　꽃밭에서 즐거운 나날을 보내고 있던 무영에게 남해로 가 있던 호소가와가 좋지 않은 소식을 보내 왔다. 해남파가 남사도의 여러 섬들을 수시로 정탐하는 것이 아무래도 보복 공격을 준비하고 있는 것 같다는 말이었다.

　무영은 왕극아에게 함대의 소집을 명했다.

　그의 함선은 모두 이십여 척이 넘었다. 기존에 있던 함선들과 지난번 해룡방 및 인근에서 노획한 함선들이 편입되었고 다섯 척의 함선을 추가로 사들였기 때문이다. 함선들은 선원들이 모자라 정원보다 적게 배치할 수밖에 없었는데 모자라는 인원은 남사도로 가서 보충할 계획이었다.

"아무래도 남사도를 안정시켜야 할 것 같아."

무영이 곡완주와 남궁화, 아라 공주 등이 모인 자리에서 말했다. 무영은 상당한 양의 정보를 제공받고 있었다.

추명은 황도에서 일어나는 모든 정보를 보내왔는데 그 정보들은 대개가 그가 직접 조사한 것들이거나 하오문의 변대길을 통해 제공받은 것들이었다. 특히 변대길은 하오문에서도 분타주 이상의 간부들에게만 제공되는 고급 정보들을 모두 빼돌려 주었기에 그가 제공하는 정보는 상당한 가치가 있었다.

개방 방주 유석대와는 서로 정보를 공유하는 형식으로 암묵적인 약속이 있었기에 수시로 정보를 교환했는데 무영이나 유석대의 입장에서 보면 중원의 양대 소식통이라 할 수 있는 개방과 하오문의 정보를 모두 공유할 수 있으니 가히 중원에서 일어나는 일치고 두 사람의 눈과 귀를 벗어나는 일은 없다고 할 수 있었다.

무영이 주목한 정보는 최근 산동에서 일어나는 심상치 않은 병력의 움직임이었다.

"운성현(鄆城縣) 근처에 대규모 병력이 집결하고 있다는 첩보가 있습니다. 족히 수만은 되어 보인다는 말이 있는데, 아무래도 반란이 일어날 것 같은 기세랍니다."

혼인을 축하하기 위해 북경에서 내려온 추명이 전서구 통해 받은 보고서를 내보이며 말했다. 그는 곤륜파 북경 분타주 자리를 비우고 항주로 내려왔기에 그동안 전서구를 통해 보고를 받거나 지시를 내리고

있었다. 그는 혼인식을 마친 지 삼 일째 되는 날 북경으로 올라가야겠
다며 무영에게 인사를 하러 온 자리에서 그렇게 말했다.

"그게 무슨 소리요?"

무영이 놀라며 물었다.

"그뿐 아니라 하북의 하간부(河間府) 일대에도 수천의 병력이 은밀
히 숨어 군사 훈련을 하고 있다고 합니다."

"하간부라면 황도(皇都)의 길목에 해당하는 곳이 아니오? 그런 소문
이 있는데도 조정에서는 아무런 조치를 취하지 않고 있다는 게요?"

"뿐만이 아닙니다. 제가 북경에서 변대길에게 들은 말인데 절강과
안휘 일대에서 수십씩 무리를 지은 수상한 인물들이 모두 산동 일대로
향하고 있다고 합니다. 처음에는 하오문에서도 대수롭지 않게 여겼는
데, 차츰 그 움직임이 예사롭지 않아 하오문 총단 차원에서 전 분타에
지시를 내려 조사한 결과 그들 모두 산동으로 향했고 무장을 했다는
보고였습니다. 중원 전체를 시끄럽게 할 수 있는 워낙 중대한 사안이
라 하오문에서도 분타주급에게만 통보하는 일급기밀로 분류되어 있다
고 합니다."

'반란의 조짐이다. 그것도 대규모의!'

"나는 당분간 남해에 다녀올 생각이오. 북경에 가면 이 일에 대해
면밀하게 조사해 주시오. 특히 변대길에게 이 일에 관련된 모든 사안
에 대한 정보를 빠짐없이 수집하라고 일러두시오."

"알겠습니다."

이미 떠날 준비를 하고 풍요립 등의 간부들에게는 인사를 마친 터라
추명은 그 길로 북경으로 출발했다.

산동, 운성현(鄆城縣).

둥! 둥! 둥! 둥!

북소리가 급박하게 울렸다.

"와아아아!"

"와—!"

각종 병기로 무장을 한 수만은 넘을 것 같은 병력이 북소리에 맞추어 전진과 후퇴를 거듭하며 맹렬히 군사 훈련에 임하고 있었다.

야트막한 야산에서 한눈에 보기에도 상승 무공을 지닌 호위무인들에 둘러싸여 훈련을 지켜보고 있는 일단의 무리가 있었다.

"흠, 이 정도면 준비는 충분하지 않느냐?"

무리의 가장 앞에 금의장포를 입은 중년의 사내가 누구에게랄 것도 없이 그저 앞만 보고 말했다.

"상당 기간 훈련을 쌓았으니 이제 실전이 벌어진다 해도 관군보다 훨씬 잘 싸울 수 있을 것입니다."

공손한 자세로 뒤에 시립하고 있던 흑의인이 그 말을 받았다.

그는 상당히 나이가 들어 보였는데 두 눈에서 형형한 안광이 흘러나오는 것이 예사 인물이 아님을 말해 주었다.

"허허허, 관군이야 그야말로 오합지졸이 아니더냐? 비록 저들이 농민들이기는 하지만 싸움이 벌어지면 일당백은 거뜬할 군세다."

금의 중년 사내는 자신감에 찬 어조로 그렇게 말했다.

"이곳에 있는 병력만 해도 오만은 족히 되니 그대로 황도로 돌진한다 해도 막아내지 못할 것입니다. 게다가 후금국에서도 약속한 대로 군대를 보내주어 산해관 쪽을 압박하면 그곳의 정병들은 꼼짝도 하지 못할 것입니다."

동북의 후금국이 날로 세력을 확장하고 있는 판국이었다.

산해관이 뚫리면 북경까지는 거칠 것이 없기에 명군의 최정예 십수만이 그곳을 방어하고 있었다.

"황도를 수비하려면 서북의 선부진(宣府鎭)이나 태원진(太原鎭)에서 병력을 빼오는 수밖에 없습니다. 하지만 달단에서 압박을 해준다면 그마저도 불가능해집니다. 선물을 듬뿍 준비한 사신을 보냈으니 조만간 좋은 결과가 있을 것입니다."

"후금국과 달단이 변방에서 위협을 하고 남쪽에서 지원군까지 와준다면 황도를 수비하는 어림군(御臨軍)이나 수비대로는 어림도 없을 것이다."

"연락을 받기로는 이만가량이 준비되었다고 합니다. 하지만 곧 삼만까지는 채울 것이라는 보고입니다."

"모집 가능한 병력을 최대로 늘려라. 우리를 도우면 묘족(苗族)들에게 나라를 세워주겠다는 약속은 반드시 지켜질 것이라는 점을 분명히 인식시켜라."

"알겠습니다. 병력이 속속 해남도로 집결하고 있고 현재의 추세라면 한두 달 내에 일이만 정도의 병력이 늘어나는 것은 어렵지 않을 것입니다. 다만 워낙 많은 부족으로 나뉘어 있어 확실히 출병이 가능한 병력을 집계하기는 아직 이르다는 보고입니다. 요조은이 잘 해내리라 믿습니다."

"수송선단의 확보가 가장 중요한 과제다. 낙일도와 목중요에게 더 많은 자금을 끌어 모으라고 해라. 병력을 실어 나를 동해의 어선들과 해룡방의 배들을 충분히 확보하려면 자금이 충분해야 한다. 위진해를 제거하지 못한 것이 정말 아쉽구나. 제대로만 되었으면 광동 상방의 자금줄도 거머쥘 수 있었을 터인데.”

금의인이 아쉬운 듯한 표정을 짓자 흑의인이 당황했다.

“죄송합니다. 의외의 인물들이 방해하는 바람에 차질이 생겼습니다. 하지만 중원 전역에 수배를 해놓았으니 머지않아 은신처가 밝혀질 것입니다.”

“늦어. 게다가 막내가 아직도 청방 방주 목룡군의 행방을 찾지 못했다니, 막상 거사가 시작되면 군수물자의 운송에도 차질이 있을까 염려스럽구나. 사실 병사를 모으는 것도 중요하지만 군량과 무기를 수송하는 것도 그에 못지않게 중요하다. 병력은 이 정도면 된 것 같으니 하루빨리 목룡군을 찾아 청방의 지휘부를 장악하는 것이 지금 가장 중요한 일이다.”

“천주봉에도 연락해 막내를 돕게 하겠습니다.”

흑의인은 황송한 듯 거듭 고개를 조아리더니 물러갔다.

“와아아아!”

훈련은 더욱 강도를 높여갔고 병사들의 고함 소리가 들판을 메웠다.

이런 넓은 곳에서 반란을 위한 대규모 병력이 군사 훈련에 임하고 있었지만 누구 하나 조심하는 기색을 엿볼 수 없었고 마치 관군이 훈련을 하듯 내놓고 하고 있었다.

‘여기가 출발점이다.’

금의인의 얼굴에 만족스러운 표정이 피어났다.

이 일대는 모두 자기를 따르는 사람들뿐이었고 외부에서 오는 낯선 사람들의 출입은 십수 리 밖에 설치된 검문소에서 철저하게 통제가 되었기에 관아의 시선을 의식할 필요조차 없었다.

“후후후, 이미 백성들은 황제를 버렸다. 그대 말대로 그 자리는 이제 힘이 있는 자가 차지하면 되는 것이지. 백성들이 바라는 황제가 되는 것, 바로 천명(天命)을 따르는 것이 아닌가?"

그는 눈을 지그시 감았다.

자금성의 오문 위에 당당히 올라 관복 차림의 만조백관으로부터 하례를 받는 자신의 모습이 그려졌다.

"천하를 굽어보겠다."

그는 점잖은 말투로 한마디 남기고는 자리를 떴다.

뒤를 따르는 흑의인의 입가에 묘한 미소가 감돌았다.

'에이, 일은 엄한 놈이 저지르고 뒤치다꺼리는 내가 해야 하니. 전생에 무슨 죄를 지었기에.'

남해대왕은 머리를 싸맸다.

호소가와가 눈을 부릅뜨고 협상 조건을 제시하는 해남도의 사자를 노려보고 있는 마당에 감히 입 밖으로 말을 꺼내지도 못하고 속으로만 화를 삭이고 있었다. 물론 호소가와 쯤이야 휘하의 사대천왕에게 명하면 어렵지 않게 제압할 수도 있겠지만 곧 온다는 무영의 존재가 그로 하여금 기를 펴지 못하게 했다.

첫째, 해남도의 포로들을 전원 석방하고 공격을 가한 자들을 인도하라.

둘째, 배상금으로 백만 냥을 지불하라.

셋째, 앞으로는 절대 해남도 소속의 배 가까이는 접근하지 않을 것을 약속하라.

놈들이 제시한 조건이었다.

"대왕의 수하들이 먼저 우리를 공격했으니 마땅히 그 대가를 치르게 해야겠지만 그간 우리 해남도와 남사도 간에 평화적으로 지내온 점을 감안하여 그 사건이 우발적이라는 것으로 생각하시어 이 정도에서 타협을 보시겠다는 것이오. 어서 결정을 해주시오."

일견 보기에도 무공이 상당해 보이는 해남도의 사자는 시종 거만한 태도로 남해대왕을 압박하고 있었다.

그동안 해남도의 정찰선들은 수차례 대사도 주위를 맴돌며 포를 쏘거나 하며 시위를 벌이더니 십여 일 전에 사자를 섬에 보내 남해대왕의 배들이 해남도 배를 공격한 경위를 해명할 것을 요구했다.

물론 남해대왕은 그야말로 성심성의껏 그 일을 벌인 자는 자신의 수하가 아니며 그들은 이미 이곳을 떠났다고 설명해 주었고, 그 사건은 그 무리들이 이곳을 떠나던 도중에 우발적으로 일으켰을 것이라고 입이 닳도록 말했다. 그런고로 이곳 대사도에는 단 한 명의 포로들도 없다는 해명도 덧붙여서.

그의 말을 들은 해남도의 사자가 보고를 드리겠다며 일단 돌아가 한동안 소식이 없기에 일이 잘되었나 싶었는데 오늘 다시 찾아온 것이었다.

지금이라도 놈들의 제안을 들어줄 수만 있다면 즉각 해주겠지만 그 속에는 그가 이행하기 불가능한 조항이 있다는 것이 그를 괴롭혔다.

'공격을 가한 자들을 인도하라' 는 조항이 그것이었다.

'빌어먹을 놈들아, 그 자식들을 인도할 수 있다면 내가 이러고 있겠느냐? 에잉, 예전 같은 선단만 있었더라도 이놈들 정도는 그냥 물속에 담가 버리는 건데.'

그는 무영에게 빼앗긴 전투함들이 못내 아쉬웠다.

　"둘째 조건인 배상금은 액수가 좀 과하기는 해도 매월 일정액씩으로라도 낼 용의가 있소. 셋째 조건도 당연히 수락을 하겠지만 첫째 조건인 포로 석방은 나로서도 방법이 없소. 대체 없는 포로를 무슨 수로 내놓으라는 것이오?"

　"그건 대왕이 해결해야 할 몫이오. 한나절의 기한을 주겠소. 그 안에 가부간의 확답을 주지 않는다면 거절한 것으로 간주하겠소."

　해남도의 사자는 그 말을 남기고 일행과 함께 돌아갔다.

　"전원 배에 올라 싸움을 준비하라고 해라."

　남해대왕은 정말 억울했다.

　'망할 놈, 배는 남겨두고 갈 일이지. 내 휘하 선단 중 삼 분지 일이나 빼갔으니 해남도 놈들과의 싸움이 쉽지 않겠는데.'

　그는 다시 한 번 무영을 원망하며 다가올 싸움을 걱정했다. 어차피 들어줄 수 없는 조건이 있으니 다른 수가 없었다.

　"이게 다 남해대제가 저지른 사건 때문에 벌어진 일이 아니오? 당신은 어떻게 하시겠소?"

　그는 호소가와에게 짜증을 내며 말했다.

　누구의 지시랄 것도 없이 다들 무영을 '대제' 라 불렀기에 자신도 그 칭호를 사용하는 마당이라 화가 더 치미는 그였다.

　"일단 다른 섬의 전함들을 소집했으니 올 때까지 기다려 봅시다."

　호소가와로서도 뾰족한 대책이 없었기에 그렇게 말했다.

　지금 남해대왕이 보유하고 있는 일곱 척의 선단으로는 적을 상대할 수 없었다. 남사도 일대에서 제이의 전력을 보유하고 있던 동사도의 왕극아가 선단을 이끌고 무영을 따라가 버렸으니 일전을 벌이려

면 북사도, 서사도 등 인근의 모든 섬에서 배를 긁어모아야 할 판이
었다.

그들은 싸움을 준비하며 지원 병력을 기다렸다. 흩어져 있는 각 섬
들에서 지원이 와준다면 해남도의 함선들이 공격을 해오더라도 쉽게
당하지는 않을 자신은 있었다.

남사도 해적들의 전력을 알기에 해남도의 사자도 먼저 공격하지 않
고 협상 자리부터 마련했던 것이다. 이미 사자가 돌아간 지도 한나절
이 다 되어가고 있었다. 하지만 아무리 기다려도 다른 섬에서 지원군
이 오지 않았다.

"아니, 이것들이 배신을 해?"

지원군이 오지 않자 남해대왕은 약이 바짝 오른 표정으로 말했다.
십여 곳이 넘는 남사도의 여러 섬에서 한 척씩만 보내주어도 해남도의
배들과 전투를 벌이기에는 부족함이 없는데 단 한 곳도 지원군을 보내
지 않으니 약도 오르고 은근히 조바심이 생겼다.

'음, 이대로 가면 안 되는데.'

자신의 전함들만으로는 도저히 해남도의 병력을 이겨낼 수 없었다.
남해대왕이 지원군을 보내달라며 급파한 전령들이 탔던 소선들은 해남
도의 전함들에 의해 모두 나포되었기에 사실 다른 섬에서는 지원군을
요청한 사실조차 알 수 없었으니 당연한 결과였지만 대사도에서는 그
사실을 알 수 없었다.

"대왕마마, 이렇게 된 바에야 아무래도 호소가와 놈이라도 묶어서
보내주고 다시 협상을 하는 것이 우리가 살 길이 아닌가 싶습니다."

수하 하나가 안절부절못하고 있는 그를 은밀히 찾아와 자신의 생각
을 전했다.

"하지만 장가 놈이 곧 돌아온다고 하지 않았느냐? 그때 가서는 또 어떻게 한단 말이냐?"

"해남도에서 쳐들어와 포로로 잡아갔다고 하면 그뿐 아닙니까?"

"우리는 뭘 하고 있었느냐고 물으면?"

"대왕께서는 잠시 영업을 나간 사이에 벌어진 일이라고 해두면 됩니다. 이곳 도민들이야 다 폐하의 백성이니 철저히 교육을 시켜 놓으면 잘 따라줄 것입니다. 우리가 일을 벌인 놈은 어디 가고 그 뒤치다꺼리나 해야 하니 이게 얼마나 억울한 일입니까? 그리고 그자의 행적으로 보아 이곳에 오래 머물지 않고 중원으로 다시 돌아갈 놈이 분명하니 오래 끌 것도 없습니다."

남해대왕은 눈을 게슴츠레하게 뜨고 생각에 잠겼다.

'흠, 하기는 여기는 원래 내 땅이지, 그 망할 놈이 와서 설쳐 대지만 않았다면 아무 일도 없는 평화로운 내 영토.'

그러고 보니 그동안 억울하게 당한 일이 한두 건이 아니었다.

혈도를 제압해 사람을 죽지도 살지도 못하게 만든 일이며, 수하들의 피땀으로 만든 배를 내놓지 않았다고 두들겨 패던 일, 그리고 금쪽 같은 수하들을 잔뜩 데리고 떠난 일.

'맞아, 내가 왜 이렇게 멍청하지. 그동안 그렇게 당했으면서 조금도 복수할 생각을 하지 못했다니.'

남해대왕은 그동안 당한 자신이 바보스럽게 생각됐다.

"사대천왕도 동의할까?"

그들과 사전에 손발을 맞추어두지 않는다면 나중에 무영이 왔을 때 문제가 생길 수도 있었다.

"워낙 민감한 사안이기에 아직 말을 해보지는 않았지만 모두 동의할 것으로 믿습니다."

"그럼 일단 자네의 생각이라고 말하고 사대천왕들의 의사를 슬쩍 물어보게."

여의치 않으면 부하 하나의 의견으로 치부하고 자신은 발을 빼면 그만이었다.

다문천왕은 생각에 잠겼다.

지국천왕이 저런 얘기를 할 정도면 윗선, 즉 남해대왕과 얘기가 되었을 가능성이 높았다. 하지만 이대로 해남도와 일전을 겨룬다면 패할 가능성이 높았기에 남해대왕도 지금 상황에서 피치 못할 선택을 하고 있었다. 하지만 무영이 다시 돌아온다면 그때는 무슨 수로 막아낸다는 말인가? 아무리 입단속을 해도 하늘이 알고 땅이 알 터이니 언젠가는 전말이 드러날 것이고 그때는 섬이 발칵 뒤집힐 것이 틀림없었다.

'나라도 살아날 방도를 마련해야 하는데.'

곡완주나 무영, 호소가와, 상문인으로 이어지는 고수들만 해도 자신들의 적수가 아니었기에 최악의 경우 목이 떨어지는 불상사를 당할 수도 있는 일이었다.

그는 문득 수진을 떠올렸다.

'그래, 그 아이라도 빼돌려 놓으면 나중에 참작이 될 게야.'

전부터 호소가와를 좋아했던 그녀는 그를 따라 지금 대사도에 와 있었다. 듣기로 수진은 남사도에 오기 전부터 무영과 일행이라고 하니 일단 호소가와에게 양해를 구하고 그 아이라도 숨겨주면 후일 최소한 사망은 면할 수 있을 것 같았다.

'그래, 호소가와에게 사정을 설명하고 일단 양해를 구해두자.'

어차피 그도 중원군이 오지 않는 상황에서 해남도 병력을 감당할 수 없다는 것은 잘 알고 있을 것이니 자신도 어쩔 수 없었노라고 말이라도 해두면 나을 것 같았다. 그는 은밀히 호소가와를 만나러 갔다.

하지만 그런 생각을 다른 천왕들이라고 하지 않았을 리 없었다.

'음, 대세인가?

호소가와는 고개를 떨구었다.

남해대왕이 자신을 해남도에 넘기려고 작정했다면 어차피 피할 길도 없었다.

갑자기 지국천왕이 찾아오더니 이어 중장천왕, 광목천왕, 다문천왕의 순으로 은밀히 자신에게 와서 남해대왕이 당신을 해남도에 넘기려고 하니 준비를 해두라 하며 다른 천왕들이 밀어붙여 결정이 되었기에 자신은 어쩔 수 없었노라고 했다.

모두들 다른 천왕들이나 남해대왕에게 책임을 전가하고 면피를 하는 것으로 보아 이 일을 주도하고 있는 것은 남해대왕이라는 확신이 들었지만 현실적으로 그의 처지를 볼 때 그리 잘못된 결정도 아니라는 생각이 들었다.

'내 한 몸만 순순히 놈들에게 잡혀가면 주공이 오실 때까지 시간을 벌 수 있겠지.'

그는 자신을 따르는 수진이 걱정되었지만 다문천왕이 숨겨준다고 하니 안심이 되었다. 놈들에게 끌려가면 당분간 고초만 당할지 아니면 즉시 목이 떨어질지 모르지만 어쨌든 수진도 무사하고 섬의 전력도 보존할 수 있었다.

그는 무영이 자신에게 명한 잔류 병력의 보강을 최우선으로 하라는
말을 잊지 않고 있었다.

'그래, 내 임무는 주공이 오실 때까지 남해대왕이 보유한 전력을 고
스란히 유지시켜 주는 거야.'

그는 자신의 운명을 순순히 받아들이기로 했다. 어차피 연락을 보냈
으니 무영이 올 생각이 있다면 때는 멀지 않았다.

바람을 타고 가는 뱃길이 아니었기에 쉬운 항로는 아니었지만 다시
바다로 나오니 오히려 익숙한 친근감마저 들었다.

관선의 눈길을 피해 함대가 모두 합류한 것은 영파를 멀리 벗어나
동해로 나왔을 무렵이었다. 이십여 척에 가까운 함대는 당당한 위용을
자랑하며 나아갔기에 인근에서 만난 어선이나 상선들은 지레 겁을 먹
고 멀찍이 피해 달아났다.

곡완주는 당분간 안정이 필요하다는 의원의 말에 따라 장원에 남게
했고 남궁화만 동행했다. 그녀는 경쟁자들을 죄다 떼어놓고 왔기에 기
분이 좋았는지 배멀미에도 불구하고 항해하는 내내 기쁨을 감추지 못
했다. 게다가 이제 정식으로 혼인을 했기에 다른 사람들의 눈치를 보
지 않고 그의 곁에 붙어 있었다.

남궁화가 나서자 남궁우도 동행했고, 남북쌍괴는 모처럼 바다 구경
이라도 해보겠다며 따라나섰다. 무영이 그간 행적에 대해 하도 큰소리
를 치기에 사실인가 확인도 할 겸 뭔가 재미있는 일이 있을지도 모른
다는 생각에 따라나선 것이었다.

"해남도의 선단입니다."

돛대 위에 설치된 망루에서 선단을 발견한 관측병이 천리경으로 살피더니 말했다.

"몇 척이냐?"

"십여 척 정도 됩니다."

"전속 항진."

십여 척이라면 충분히 제압할 자신이 있었다.

"달아납니다."

해남도의 배들도 이쪽 선단을 발견했는지 모두 방향을 돌려 서쪽으로 달아났다.

"흠."

그것으로 충분하다는 생각에 무영이 흡족한 표정을 지었다.

사실 그의 함선들에는 숫자만 많았지 승무원들이 부족해 속력은 물론 화력도 제 능력을 발휘하기 어려워 만일 실제 전투가 벌어진다면 쉽게 이길 수는 없을 것이었다.

"뭐야, 그놈이 오고 있다고?"

남해대왕은 번개에라도 맞은 듯 펄쩍 뛰며 놀랐다.

이럴 줄 알았으면 버티는 건데 괜히 호소가와를 넘겼다는 생각이 들었다. 그를 묶어 해남도 놈들에게 넘기자마자 무영이 온다는 소식이니 재수가 그리 좋은 편은 아니었다.

'성급했어.'

마중을 나가야 하지만 도저히 엄두가 나지 않았다. 그는 뒤가 마려운 강아지처럼 방 안을 정신없이 오갔다.

"남해대왕은 내가 왔는데도 어째서 코빼기도 보이지 않는 게야?"

무영이 약간 성질이 나서 물었다. 직접 와서 인사를 하라는 얘긴가 해서 손을 더 봐줘야겠다고 생각하던 무영에게 남해대왕의 수하 하나가 다가왔다.

"대왕께서는 해남도 놈들이 대거 쳐들어오는 바람에 다쳐서 지금 침상에 누워 계십니다."

무영의 선단이 오고 있다는 말에 겁을 먹은 남해대왕은 결국 부상을 가장하고 누워 있기로 했다.

"호소가와 도주는 어떻게 되었느냐?"

"그분은 사로잡혀 가셨습니다."

그 말에 무영의 눈에서 불꽃이 튀었다.

"이런 빌어먹을 놈들, 감히 내 수하를 잡아가?"

그는 주먹을 불끈 쥐었다.

"해남도를 초토화시켜 버리겠다! 당장 출항 준비를 하라고 일러라!"

그는 그렇게 지시하고는 남해대왕을 찾았다. 남해대왕은 온몸에 흰천을 둘둘 감고 끙끙거리며 침상에 누워 있었다.

"죄송하오이다. 호소가와를 지키려고 했지만 워낙 놈들의 공격이 거세서 도저히 어떻게 할 수 없었소."

그는 무척이나 아픈 듯한 표정을 지으며 무영을 보며 말했다.

"대체 놈들이 얼마나 못되게 굴었기에 그 지경이 다 되었습니까? 어디를 다친 것이오?"

그래도 자신이 저지른 일 때문에 그리되었다는 생각에 관심이 있는척하며 남해대왕을 살피려는데 그가 펄쩍 뛰었다.

"아이구, 아니오. 난 괜찮으니 어서 가서 복수나 해주시오."

그는 두 손을 저어가며 그렇게 말했다.

'가만, 두 팔에도 붕대를 감고 있는데 어째 다친 것 같지 않은 손놀림인데? 흠, 그러고 보니 내 말에 대한 반응도 지나치고.'

"끙, 끙."

무영이 양미간을 좁히며 생각을 하는 듯하자 남해대왕의 앓는 소리가 더욱 커졌다.

'음.'

심증은 확신이 되었다.

"그럼 몸조리를 잘 하시오."

꾀병까지 부리는 남해대왕을 추궁할 생각은 없었기에 해남도의 공격에 대해 조사를 해봐야겠다는 생각에 즉시 밖으로 나와 탐문에 들어갔다.

남해대왕 거처의 부하들이 한결같이 말하기를, 오늘 아침 해남도에서 십여 척의 전함을 끌고 와서 공격을 했고, 끝내 섬에까지 상륙해서는 호소가와는 물론 그와 함께 배를 타고 왔던 삼백여 명의 선원들을 몽땅 잡아갔다고 했다. 아마 무영이 목격한 십여 척의 배들을 말하는 것 같았다. 그런데 섬에는 아무리 둘러보아도 불에 탄 건물이 전혀 없는 것은 물론 병사들도 모두 멀쩡해 도무지 공격당한 흔적이라고는 찾아볼 수가 없었다.

"사대천왕을 불러."

자신 때문에 모든 일이 벌어졌다고 생각하고 기가 죽어 있는 왕극아에게 지시를 내렸다. 잠시 후에 불려온 사대천왕은 슬금슬금 무영의 눈치를 보는 기색이 역력했다.

"좋게 말할 때 다 불어."

무영이 눈을 가늘게 떴다.

사대천왕은 그간의 경험으로 무영의 눈이 가늘어지면 뭔가 좋지 않은 일이 항상 따랐다는 것을 익히 알고 있었다.

"그럼 나가 봐, 기회를 줘도 살리지 못하는군. 내가 알아보고 나서 그에 따른 합당한 조치를 취할 테니 나중에 이 자리에서 부적절한 행동을 한 것이 밝혀지면 그때는 각오하는 것이 좋을 거야."

서로의 눈치만 보고 쭈뼛거리자 짜증이 난 무영이 한마디 했다.

"헤헤, 사실은……."

"저희들은 결사 반대를……."

"대왕의 뜻이 워낙 강력한지라……."

"정말 가슴 아픈 일이었지요. 하지만 저는……."

사대천왕은 그 말이 떨어지기 무섭게 앞 다투어 술술 불기 시작했는데 전말을 들어보니 어이가 없었다.

"그럼 남해대왕은 꾀병이 확실하군."

"남해대제께서 신속히 오시는 바람에 무척 놀라 경기 증세가 있는 것 같으니 굳이 꾀병이라고는……."

그래도 옛정을 잊지 못하겠는지 다문천왕이 변명이라고 늘어놓았다.

"흠, 그새 교훈을 잊었군."

무영은 그 길로 남해대왕의 거처를 찾았다.

쾅!

문짝이 부서져라 차고 들어오는 무영을 본 남해대왕의 얼굴이 파리하다 못해 검게 변했다.

'탄로났구나!'

"어이구, 죄송합니다. 그저 이놈이 죽일 놈이지, 놈들을 당할 재간은 없고 섬사람들은 살려야겠기에. 어헝!"

그는 이제는 죽었다 싶었는지 눈물을 주르르 흘리며 주절거렸다.

예민한 그의 신경은 그 옛날의 끔찍한 기억을 되살리며 벌써부터 피부에 닭살을 돋게 만들었다. 이미 이런 경우를 예상하고 행동 지침까지도 정해놓은 그였다.

"공자를 뵙습니다."

살벌한 상황에서 수진이 안으로 들어서며 인사를 했다.

다문천왕은 소매를 둥둥 걷고 가는 무영을 보고는 사태가 심각해질지도 모른다는 생각에 수진이라도 얼른 보내 무영의 마음을 누그러뜨리려고 했기에 즉시 그녀가 이곳으로 온 것이었다.

"그분은 스스로 가신 것이나 다름없어요."

"그게 무슨 소리요?"

하경 일행은 무영에게 있어 생명의 은인이었기에 항상 그녀들에 대해서는 많은 배려를 해주었던 그였다.

"만약 싸움이 일어난다면 많은 병사들이 죽을 것이고, 그렇게 되면 주공께서 지시하신 일을 제대로 수행하지 못한 책임을 면할 길이 없다고 하시며 자신이 잡혀가는 것이 최선이라고 하셨어요."

수진의 말을 들은 무영은 아차 했다.

호소가와는 병력을 보존하기 위해 싸움을 벌이지 않고 일을 해결하려고 그렇게 한 것이 분명했다.

'미련한 사람.'

자신이라면 절대 그렇게 하지는 못했을 것이었다.

아무튼 그 한마디로 남해대왕은 일단 사면을 받았지만 거짓 환자

행세를 한 잘못은 여전히 남아 있었기에 무영의 눈치만 보게 되었다.

무영은 그 부분에 대해서는 일체 언급하지 않았다. 어차피 지금 그가 필요한 것을 얻기 위해서는 남해대왕이 목소리만 내지 않고 있으면 되었기에 굳이 처벌하고 싶지는 않았다. 사실 남사도의 모든 것은 본래 그의 피땀으로 이뤄진 것들이었기에 무영의 행동이 정당한 것은 아니었다.

그는 즉시 남사도 각 섬의 전투 가능한 인원을 소집해 대사도로 소집시켰다. 그동안 모자랐던 선원들도 보충하고 무기를 준비하니 그럭저럭 삼십여 척이 넘는 대선단을 꾸릴 수 있었다.

선원 중에는 해남도에 살던 사람도 있었기에 그곳의 지리를 잘 아는 사람들도 의외로 적지 않았다.

"해남도는 작은 섬이 아닙니다. 함부로 공격했다가는 오히려 크게 당하는 수가 있습니다."

그곳에 오래 살았었다는 이유로 불려온 나이 많은 선원 하나가 그렇게 말했다.

"얼마나 크오?"

"이 섬과 비교하자면 수백 배 이상 된다고 보시면 됩니다. 그리고 해남검파가 있어 뭍에서 붙으면 우리 정도의 무공으로는 상대가 되지 않습니다."

"그렇게 크오?"

무영은 깜짝 놀랐다. 대충 짐작으로 이 정도 선단이면 싹쓸이를 할 수 있겠다 싶었는데 그 정도라면 하나의 성(省)이라 해도 이상할 것이 없는 큰 땅이었다. 게다가 호소가와의 일로 잠깐 흥분한 덕에 해남파의 존재를 잊고 있었다.

"무작정 공격을 했다가는 그분이 죽을 수도 있어요."

수진도 나서며 말했다.

"흠, 그 말도 일리가 있군."

그렇게 큰 섬이라면 주민도 수십만 이상일 테니 전투함 이삼십 척으로 친다는 것은 어림도 없었다.

"동생, 일단 우리 셋이 가서 호소가와를 구해오는 것이 어때?"

듣고 있던 남괴가 말했다.

"그건 안 돼요!"

남궁화가 펄쩍 뛰었다.

"맞는 말일세. 해남도가 그리 작은 섬도 아니거니와 상대해야 하는 해남파는 만만한 문파가 아닐세. 독랄한 초식을 주로 쓰기에 무림인들도 상대하기를 꺼려하는 문파지. 게다가 본산이라면 제자가 못 되어도 수백 이상은 될 터이고 고수들도 상당할 걸세."

남궁우는 해남검파에 대해 웬만큼 알고 있었기에 무영을 만류했다. 그들은 결코 몇 사람의 고수가 나서서 제압할 수 있는 그런 삼류문파가 아니었다.

"그럼 선단으로 공격해야 한다는 말씀입니까? 기습전을 전개해서 이길 수 있는 상황은 아니지 않습니까? 계란으로 바위 치기라는 얘기지요. 선단을 이끌고 공격을 가하면 해남파보다 관군들이 공격해 올지도 모릅니다. 그렇다고 부하가 위험에 빠진 것을 알면서도 모른 체할 수는 없지 않습니까?"

"거럼, 거럼, 당연히 구해와야지. 보고만 있지 않을 바에야 은밀히 잠입해서 구해오는 것이 최선이야."

무영이 침을 튀기며 반박하자 남궁우는 입을 닫았고 대신 힘을 얻은 남괴가 거들었다. 그는 한동안 배를 타고 왔기에 손이 근질거려 뭔가 사건이 없나 하고 찾고 있었는데 호소가와 구출 작전이 그의 마음에 딱 들었다.

달빛도 없는 야심한 밤에 해남검파의 본산에 잠입, 바람 같은 경공을 전개해 건물의 지붕 위를 제 집처럼 넘나들며 숨어 있는 매복자를 제압하고 포로를 구출해 온다?

'흠, 좋아. 바로 그거야!'

상상만 해도 자신의 멋진 모습이 절로 그려졌다.

어선을 가장해 해남도에서 가장 큰 해구항(海口港)으로 잠입한 무영 일행은 다시 유람객으로 가장해 일찌감치 객잔에 들었다. 남궁우는 혹시라도 해남검파와 마찰이 생기면 남궁가와 직결이 되기에 신경이 쓰여 일행에 합류하지 않으려고 했다. 하지만 끝까지 무영을 따라나서는 남궁화 때문에 어쩔 수 없이 합세했기에, 해남도 출신으로 북사도주 휘하의 간부로 있는 증대도(曾大道)를 포함해 일행은 모두 여섯이었다.

해남파의 본산이 있는 오지산(五指山)은 섬 남쪽으로 상륙하는 것이 더 가까웠지만 감시가 심할지도 모른다는 증대도의 의견에 따라 반대편으로 들어온 것이었다.

"해남도가 이렇게 큰 곳인지는 정말 몰랐어요."

무영이 실소를 흘리며 말했다.

말이 섬이지 일단 상륙을 하니 마치 중원에 있는 것과 다름없을 정도였는데 나라를 세워도 조금도 부족함이 없을 만치 컸다. 거리는 남방 냄새가 물씬 풍겨나는 야자수를 비롯한 열대 나무들이 바닷바람에 커다란 잎사귀를 넘실대며 하늘을 찔렀고 오가는 사람들만 해도 적지 않았다. 항주나 북경같이 번화하지는 않았지만 상당한 규모의 항구였다.

"해남파는 이 섬에 자리 잡은 하나의 문파에 불과하네. 그리고 섬사람들이 모두 그들과 한통속이나 관련이 있는 것이 아니라 그들이 섬의 조그만 땅 한자리를 잡고 있는 것이지. 마치 우리 남궁가가 안휘에 한자리를 차지한 것과 같다는 말이지."

그래도 중원 정세에 해박한 축에 속하는 남궁우가 말했다.

'음, 정말 내가 무식했구나.'

그 말에 별다른 대꾸는 하지 않았지만 은근히 얼굴이 달아오르는 것은 어쩔 수 없었다.

"이곳에도 그들의 분타가 있습니다. 언행에 각별히 신경 쓰셔야 할 겁니다."

빙그레 웃으며 지켜보던 증대도가 나서며 말했다.

일행은 그 말에 모두 입을 닫았다.

"말을 타고 가도 며칠은 족히 걸릴 터이니 일단 여행 준비를 확실히 해야 합니다."

해남도의 사정을 아는 사람들이 없기에 혹시 실수라도 할까 싶어 모든 일은 그가 처리하고 있었다. 무영은 준비해 간 은자를 넉넉히 주어 그가 모든 준비를 할 수 있게 했다.

다음날 그들은 객잔을 출발해 해남검파가 있다는 오지산으로 향했다. 중대도가 준비를 확실히 했기에 여행에는 큰 불편이 없었다.

"소문을 들었는데 해남도에 근거를 두고 해적 행위를 했던 천조강 일파가 해남파에 의해 토벌을 당했다고 하더군요. 지금은 그 부하들이 모두 해남파에 복속되었다고 하는데, 무림의 정파가 해적을 받아들였 다는 말이니 아무래도 무슨 사연이 있는 것 같습니다."

중대도가 항구를 오가며 들은 얘기를 해주었다.

그들이 멀리 오지산 자락이 보이는 마을에 도착한 것은 해구항을 출 발한 지 닷새 만이었다. 남궁화와 중대도, 그리고 남궁우는 마을에 남 고 무영과 남북쌍괴만이 산을 오르기로 했다.

"조심하세요."

남궁화는 마치 전쟁에 나가는 병사를 배웅하듯 눈물까지 글썽이며 당부를 했다.

"험."

무영이 남궁화의 손을 꼭 잡아주자 지켜보던 남궁우가 얼른 고개를 돌렸다.

'에잉, 요새 젊은 것들이란……'

세 사람은 해남파가 훤히 내려다보이는 뒤쪽 언덕의 숲 속에 몸을 숨기고 있었다. 그곳에서 그리 멀지 않은 곳에 해남검과 제자 둘이 은 밀히 몸을 숨기고 번을 서고 있다는 것을 알기에 모두들 조심스럽게 행동하고 있었다.

이미 날이 저물어 어둑어둑해 오는 시간이라 저녁 식사를 마친 제자 들이 잡담을 하며 수시로 오가는 것이 보였다.

검을 찬 두 명의 젊은이가 건물의 뒤편으로 올라왔다. 그들은 숲 속으로 난 소로를 따라 계속 걸어 올라와 무영 등이 몸을 숨기고 있는 곳 가까이로 접근하고 있었다.

"삼제, 이번에 중원으로 들어가면 그곳 아가씨들과 한번 인연을 맺어보고 싶어. 듣자 하니 중원 미녀가 그리 곱다더군. 지난번 장문어른을 따라 중원에 다녀온 대사형 말로는 여인들의 미모에 마땅히 눈 둘 곳을 찾지 못했다더군."

"소제도 들었습니다. 그런데 그중에서도 우리가 말로만 듣던 중원제일미 남궁쌍봉의 미모가 최고라던데 아쉽게도 만나지 못하고 돌아왔다더군요. 게다가 최근 중원에서 들려온 소문에 의하면 적봉이라 불리는 남궁화는 지난번에 혼인을 했다고 합니다. 항주에 사는 장무영이라는 작자인데 전임 대학사의 아들이라더군요. 그놈 참 복 터졌지요."

"흥, 운이 좋은 놈이지. 혹시 아는가? 쌍봉 중에 아직 임자가 없다는 설봉은 사제 차지가 될지. 하하하. 참, 자네는 쌍봉의 외호가 왜 적봉이고 설봉인지 아는가?"

"글쎄요? 두 가지 말이 있는데 소제가 알기로는 설봉은 평소에 흰옷을 즐겨 입고 적봉은 붉은 옷을 입어 그렇다는 말이 더 설득력이 있다고 들었습니다."

"쯧쯧, 그건 사제가 잘못 알고 있는 것이네. 설봉은 냉막한 얼굴의 미인이고 적봉은 수시로 얼굴을 붉혀서 그런다는 것이 맞는다고 하더군. 그간 우리 해남파 젊은 형제들이 다 자네처럼 알고 있었는데 대사형이 이번에 확실히 들었다고 하더군."

어디서나 젊은이들의 화젯거리는 여자인 모양이었다. 두 사람은 그런 대화를 나누며 무영의 코앞을 지났다.

"동생, 잡을까?"

남괴가 전음으로 무영의 의사를 물었다.

"좀 두고 보지요. 잘못 잡아두면 처리가 곤란합니다."

무영 역시 전음으로 답했다.

숲길을 가는 해남검파의 제자 둘은 계속 대화를 나누고 있었다.

"에이, 오늘 자정까지 근무 설 생각을 하니 벌써부터 지겨워지는군. 이 달은 갑조에 들었으니 그래도 다행이지만 다음 달에 을조가 된다는 생각을 하니 정말 끔찍해. 이 달이 가기 전에 중원으로 출병한다는 말이 사실이기를 바래야지."

사형이라 불린 젊은이였다.

"사형, 제가 듣기로는 거의 확실한 것 같던데요. 벌써 모인 묘족(苗族)들만 해도 이만 오천이라고 합니다. 하루에도 수백씩 병력이 증원되니 이 달이 가기 전에 삼만을 채울 수 있다고 하더군요."

"흠, 희망을 가져도 되겠군."

"저도 그렇게 되기만 바라고 있습니다. 근무나 잘 서야지요. 이번에 을조에 번을 섰던 몇 명이 졸다가 당주님의 순시에 걸려 칠 일간이나 뇌옥에 갇히는 벌을 받고 있지 않습니까?"

"에이, 말단이 뭘 알겠어? 때가 되어 까라면 까고 싸라면 싸면 그뿐이지. 어서 가서 근무 교대나 해주자고. 전임 근무자가 둘째 사형이 아닌가? 공연히 늦었다고 심통을 부리면 곤란해."

"그러지요."

두 사람은 걸음을 빨리해 숲 속으로 들어갔다. 아마 지금 저쪽 숲 속에서 번을 서고 있는 자들과 교대를 하려는 모양이었다. 잠시 후에 멀리에서 교대자들이 서로를 확인하는 소리가 들렸다.

"바다 새우."

"고래 수염."

날이 어두워지고 있었기에 그들은 서로를 확인하는 절차로 오늘 밤의 암구어로 보이는 말을 주고받았다.

웬만한 사람은 말소리조차 들을 수 없는 거리였지만 세 사람은 그 내용도 자세히 들을 수 있었다. 잠시 후에 교대를 마친 두 사람이 산을 내려왔는데 오랜 시간 근무를 하느라 지쳤는지 아무 말도 나누지 않고 일행의 앞을 지나쳐 갔다.

"동생, 지금 저 아그들이 하는 얘기가 뭔 소리냐? 묘족 병력 수만이 이 섬에 집결해 있다니?"

두 사람의 모습이 어둠 속으로 사라지는 것을 확인한 남괴가 목소리를 낮춰 물었다.

"전들 알겠습니까? 일단 지금 근무에 들어간 놈들을 잡아 문초를 하기로 하지요. 아마 세 시진(여섯 시간)은 지나야 교대조가 올 모양이니 그런대로 여유가 있는 것 같습니다."

무영이 말을 마치기도 전에 남괴가 몸을 날렸고 그 뒤를 북괴와 무영이 따랐다.

방금 근무를 교대했던 해남검파의 두 제자는 수풀 속에 마련된 은신처에 숨어 있었는데 이런 근무에 만성이 되어 그런지 조금도 은폐할 생각을 하지는 않고 두런두런 말을 나누고 있었다.

그들은 남괴가 가까이 접근했는데도 전혀 눈치 채지 못하고 있다가 남괴의 손짓 하나에 간단하게 제압되었다. 그들은 두 눈만 멀뚱거릴 수 있을 뿐 움직이거나 소리조차도 낼 수 없었다.

"준비됐겠지?"

남괴는 그렇게 묻고는 두 사람의 아혈을 풀어주었다.

"며칠 전에 남사도에서 포로로 잡아온 사람들은 어디에 있느냐?"

무영이 먼저 물었다. 하지만 두 사람은 서로 눈치만 볼 뿐 아무도 입을 열려 하지 않았다.

"어! 이놈들 봐라."

무영이 소매를 걷어붙였다.

"흠, 자백을 받아내는 좋은 방법을 알고 있나?"

남괴가 물었다.

"두고만 보세요. 아직까지 제 손에 버틴 자를 보지 못했습니다."

그는 변대길 형제와 남해대왕을 떠올리며 그렇게 말했다.

"흠, 대단하군. 그럼 시작해."

무영이 다시 두 사람의 아혈을 점하자 뭔가 크게 당할 것이라는 예감에 그들의 눈에 공포가 어렸다.

픽! 팍! 뻑!

무영이 다짜고짜 발길질과 주먹세례를 시작했다.

남북쌍괴는 모두 눈을 동그랗게 떴다.

"엉! 아니, 그게 무슨 무식한 짓이냐?"

"이게 효과는 만점이라고요."

픽! 빡!

무영은 말을 하면서도 주먹과 발길세례를 멈추지 않았다.

"쯧쯧. 비켜라."

남괴가 더 이상 보고 있지만은 못하겠다는 표정을 지으며 나섰다.

"험, 잘 봐두어라."

남괴는 포로 중 사형이라 불리는 자의 혈도 몇 곳을 점했다.

혈도를 점혈당한 그 제자는 갑자기 기묘한 표정을 짓더니 이내 얼굴이 고통에 찬 표정으로 변했다. 마혈과 아혈을 점혈당했기에 움직임은 물론 소리조차도 낼 수 없는 그의 얼굴은 이내 공포 가득한 표정으로 바뀌었다.

"이게 바로 강호에서 고문 수법으로 널리 알려진 분근착골(分筋錯骨)이라는 것이다."

남괴의 자랑스러운 말투에도 불구하고 해남파의 제자는 땀을 뻘뻘 흘리면서도 애써 고통을 참고 있었다.

"상당히 고명한 수법 같기는 한데 효과는 그리 신통해 보이지 않는군요. 이 사람은 아직 말할 의사가 없어 보이는데요."

"흠, 이런 강한 정신을 가졌는지는 몰랐는데. 어차피 계속하면 입은 열겠지만 시간이 많지 않으니 이런 고객을 위해서는 다르게 모시는 방법이 있지. 동생, 그렇게 무식하게 두들겨 패는 것은 인간의 기본적인 존엄성을 짓밟는 행위니 앞으로는 이 한 수를 배워 가급적 비인도적인 행동은 하지 않도록 하게. 보는 사람마저도 가슴이 아프더군."

무영의 반격에 그의 무식한 행동을 은근히 비난해 가며 분근착골을 가했던 제자의 혈도를 풀었다. 분근착골을 당한 상태가 길어지면 근육이 뒤틀리고 뼈가 제멋대로 자리를 이탈해 평생 불구가 되거나 더 늦으면 즉시 죽어버리기 때문이었다.

이번에는 사제라 불리던 젊은이 차례였다. 남괴는 그의 혈도를 빠르게 점해갔다. 점혈을 당하는 순간 그의 눈동자가 풀리더니 점차 정기를 잃어갔다.

"이름."

대충 때가 되었다 싶었는지 남괴가 취조를 시작했다.

"유홍생."

"직위."

"해남검파 십사대 제자."

유홍생은 남괴가 묻는 말에 아무런 생각도 없는 사람처럼 술술 대답했다.

'음, 제정신이 아니군. 맛이 뻑 갔어. 저 수를 배워두면 여러모로 용도가 있겠는데.'

무영은 단번에 회선표와 비엽신공에 이어 남괴에게 배울 수법을 확정했다. 그 제자는 한눈에 보기에도 바른 정신으로 말을 하고 있는 것이 아니라는 것을 알 수 있었다. 그는 마치 섭혼술이나 최면에 빠진 사람처럼 대답하고 있었다.

"사제, 안 돼!"

곁에 있던 동료가 소리쳤다.

해남검파는 문규도 엄해 문파에 해를 입히는 행동이나 언사를 한 제자는 그 경중을 따질 것도 없이 무공을 제거함과 동시에 파문시키는 것은 물론이고 파문당한 이후에도 평생을 뇌옥에서 보내야 하는 처벌이 가해졌다.

사형으로 불렸던 그는 평소 친하게 지내던 사제가 그런 형벌을 당하는 것을 두고 볼 수만은 없었기에 소리를 지른 것이었다. 그가 분근착골이라는 지독한 수법을 잠깐이나마 참아낼 수 있었던 것도 후일의 그런 처벌을 염두에 두었기 때문이다.

"흠, 너도 당하고 싶냐?"

남괴의 그 한마디에 그는 입을 닫았다.

"남사도 포로들이 있는 곳은?"

"대주도(大州島)."

“호소가와라는 포로도 거기 있냐?”

“그는 본산 뇌옥에.”

그의 눈동자는 초점을 잃었고 침까지 질질 흘려가며 흐리멍덩한 어조로 대답하고 있었다.

“뇌옥의 위치는?”

“수정궁 뒤.”

“수정궁 위치는?”

“뇌옥 앞.”

얼핏 들으면 심문자를 희롱한다고까지 생각될 수준의 대답이었지만 정신을 잃고 대답하고 있으니 그럴 리는 없었다.

“뇌옥의 위치는?”

“수정궁 뒤.”

‘음, 한계로군.’

“됐냐?”

남괴는 그런 상태로는 더 이상 물어볼 것이 없다고 생각했는지 무영을 보고 물었다.

“묘족 얘기도 물어보세요.”

무영은 묘족의 병력이 몇 만이나 섬에 있다는 사실에 대해 확인을 하고 싶었다.

“묘족이 왜 해남도에 집결하느냐?”

“중원 정벌을 하러.”

“뭐라고?”

그의 대답에 남괴가 깜짝 놀라며 반문했다.

“중원 정벌을 하러.”

그는 다시 같은 대답을 했다.

겨우 몇 만의 묘족으로 중원을 정벌하겠다는 발상도 이해하기 어려웠기에 필시 무슨 곡절이 있는 게 틀림없다고 생각한 남괴가 고개를 돌렸다.

"니가 보충 설명을 해봐."

남괴는 이번에는 사형이라 불렸던 자를 향해 눈을 부릅뜨며 윽박지르듯 말했다. 그는 쭈뼛거리며 망설이다가 남괴가 점혈하려는 듯 손을 들어 올리자 황급히 입을 열었다.

"저, 저희들도 자세한 것은 모릅니다. 다만 모든 해남파의 제자들은 곧 중원으로 떠날 준비를 하라는 명령을 받고 있고, 그때 묘인들도 함께 중원을 치러 간다는 말이 있습니다."

그는 수정궁의 위치를 묻는 무영의 말에도 더 이상 버틸 것도 없다고 생각했는지 자세한 설명까지 곁들여 친절하게(?) 설명해 주었다.

남괴는 가볍게 혼혈을 짚어 두 사람을 재웠다.

"어차피 세 시진 후에는 교대조가 올라올 테니 그때까지만 재워두지 뭐."

세 사람은 숲길을 타고 아래로 내려왔다. 잠시 더 내려가니 십여 개의 아름답고 큰 건물이 골짜기에 안겨 있는 것처럼 세워져 있는 것이 눈에 들어왔다.

"흠, 저긴데요."

무영이 뇌옥이라고 생각되는 건물을 가리켰다.

"일단 다른 일은 후에 생각하기로 하고 먼저 사람을 구하지요."

의외로 호소가와에게는 전혀 고문이 가해지지 않고 있었다.

뇌옥에 갇혀 있고 점혈당해 무공을 운용할 수 없다는 점을 제외하고는 음식도 훌륭했고 대우도 그런대로 불만이 있을 수준은 아니었다. 뇌옥이 지하에 있기에 시간 가는 것을 전혀 짐작할 수 없었지만 그가 이곳에 갇힌 지 대략 삼 일은 된 것 같았다. 그가 갇혀 있는 곳은 철책으로 된 그리 좁지 않은 감옥이었는데 사람을 불러야 할 경우에는 천장에 매달린 줄을 당기게 되어 있었다.

지금 그의 앞에는 수명당주(受命堂主)라고 밝힌 자가 어제부터 하루에 한 번씩 찾아와 그를 설득하고 있었다.

"자네의 경력을 썩히고 이대로 갇혀 죽고 싶지는 않겠지? 이미 다른 포로들은 각자 새로운 자리로 배치받아 다른 사람들과 같은 대우를 받고 있다는 것을 알아두게. 문주님께서는 자네와 같은 인재를 무척 아끼시지."

"아껴주신다니 고마울 따름이오."

호소가와가 무뚝뚝한 어조로 대답했다.

그는 무영이 곧 자신을 구하러 올 것이라고 확신하고 있었다. 그 경우 도주할 때 짐이 되지 않으려면 몸이라도 성해야 한다는 생각에 가급적 수명당주의 비위를 거스르는 말을 삼가고 은근히 비위까지 맞춰주고 있었다.

"허허허, 인재를 아끼는 것은 당연한 일이 아닌가? 솔직히 자네의 무공 수위면 우리 해남파에서도 열 손가락 안에 든다고 할 수 있지. 우리는 지금 거사를 앞두고 있네. 우리는 곧 큰 싸움을 벌여야 하네. 한 사람의 손이라도 아쉽다는 말이지. 그게 아니었다면 우리 해남파의 정예가 남사도에 상륙해서 살육전을 벌였을 것이고 자네는 벌써 혹독한 고문을 받고 죽어 있었을 게야."

호소가와는 무슨 얘기를 하나 싶어 조용히 그의 얼굴만 응시할 뿐이었다. 그가 이곳에 와서 본 실정으로 미루어볼 때 수명당주의 말이 전혀 허튼소리만은 아니라는 생각이었다.

"자네는 왜구 출신이니 싸움이 무엇인지 잘 알 걸세. 우리는 그런 사람이 지금 필요해. 어떤가? 우리와 손을 잡지 않겠는가? 만약 응낙을 한다면 휘하에 오천의 병력을 움직일 병권을 주지."

"오천?"

호소가와가 깜짝 놀라며 반문했다.

남사도 인근의 모든 섬들을 합쳐도 그 절반밖에 되지 않는데 오천이라니? 그리고 무림문파인 해남파에서 병권을 준다는 말은 또 무엇이란 말인가? 그의 머리 속에는 의문이 꼬리를 물었다.

"곧 천하가 바뀌네. 이번 대세의 흐름은 아무도 막지 못하지. 이미 중원에는 십만의 대군이 거사를 준비하고 있고 우리 해남파의 장문인께서도 당당히 그 대열에 동참하셨지. 이곳에 묘인들로 구성된 삼만의 대병이 대기 중일세."

듣고 있던 호소가와는 등줄기가 서늘해지는 것을 느꼈다.

중원에 있을 때 이미 무영의 수족들로부터 올라오는 각지의 정세에 대하여 들은 바가 있었다.

반란.

그는 해남파도 그 한가운데 있다는 사실에 놀랐다.

외인이나 다름없는 자신에게 수명당주가 쉽게 그 비밀을 밝히는 이유는 만약 같은 편이 되지 않으면 이대로 죽여 입을 막겠다는 계산임을 짐작하기는 그리 어렵지 않았다.

"무공이 뛰어난 자는 많이 있지만 병력을 움직여 본 경험이 있는 자가 없다는 것이 우리의 고민일세. 자네는 수백을 지휘해 본 경력이 있으니 오천의 병력을 지휘하는 것도 크게 어렵지 않을 게야."

"그건 어떤 지위요?"

호소가와는 그의 제안에 전혀 마음이 없었지만 일단 시간을 버는 것이 중요하다는 생각에 그렇게 물었다.

"하하하, 역시 마음이 동하는군. 그럴 줄 알았네. 하기는 평생 수적으로 떠도는 것보다 이제 나이도 있고 하니 정착을 하는 것이 중요하지. 만약 자네가 수락하면 나와 같은 당주급일세. 물론 이곳 해남파에서 잔뼈가 굵은 나와 처음부터 같은 대우를 바라는 것은 무리겠지만 다가올 전쟁에서 큰 공을 세워 천하에 이름이 알려진다면 나보다 훨씬 높은 자리를 차지할 수도 있겠지. 진정한 장수는 싸움판에서 자신의 진가를 내보이는 법이 아닌가? 그런 점에서는 전투 경험이 많은 자네가 나보다 더 유리하다고 할 수 있지."

그는 호소가와가 이미 마음을 굳혔다고 생각했는지 기분이 좋아져 웃음을 터뜨리며 그를 치켜세웠다. 수명당주가 기분이 좋은 이유는 호소가와를 설득해 한편으로 만들라는 장문인의 지시가 있었기 때문이다. 그 일을 제대로 하지 못한다면 그 또한 자신의 능력과 결부시켜 생각될 수 있었다.

이미 같이 잡아온 다른 포로들의 입을 통해 호소가와는 물론이고 지난번 해남도의 배를 공격했던 장무영과 그의 배경 등 모든 정보를 얻어냈기에 호소가와를 그냥 죽이기에는 아까운 인물이라는 것을 알고는 전향을 설득해 보라는 명령이 내려져 있었다.

"수락할 것인가?"

수명당주가 미소를 띠며 물었다.

"솔직히 너무 갑작스러운 제안이라 미처 마음의 준비가 되지 않은
것이 사실이오. 내 인생의 앞날을 결정하는 중요한 사안이니 며칠의
말미를 주면 좋겠소이다."

일단 최대한 시간을 끌어야 한다는 생각이었다.

"흠, 그렇겠지. 자네 말마따나 이런 제안에 쉽게 대답을 한다면 그게
오히려 이상한 일이지. 하지만 시간이 그리 많지는 않네. 하루면 좋겠
군. 빨리 병력을 훈련시켜야 하는 문제도 있으니 그렇게 여유가 많지
는 않네."

"알겠소."

"하하하, 좋아. 결정을 하기 전까지는 이곳에서 내보내 줄 수는 없지
만 나와 술 한잔 같이 나눌 수는 있도록 하지. 뇌옥이 생긴 이후로 이
곳에서 술을 마시는 사람은 자네가 처음이라는 것을 알아두게."

그는 큰 선심이라도 쓰듯 그렇게 말하고는 물러갔다.

잠시 후에 수명당주가 앞장섰고 그 뒤를 간단한 주안상과 술 한 동
이를 든 제자들이 뒤따랐다.

제자들은 술상을 차려주고는 물러갔다.

"흠, 감옥 안에서 술이라… 여인만 있으면 더 이상 부러울 것도 없
겠군."

그렇게 중얼거리던 그의 머리 속에 문득 수진이 떠올랐다. 이곳에
갇힌 이래 수시로 생각나는 얼굴이었다.

'허허허, 사랑에 빠졌나?

자신의 얼굴이 달아오른다는 것이 느껴졌다. 이십 년도 넘는 나이
차이가 있었지만 워낙 수진이 적극적으로 그를 따랐기에 이제는 그 차
이도 전혀 느끼지 못하고 있었다.

“자, 한 잔 받게나.”

수명당주가 먼저 술을 따랐고 이어 호소가와도 그의 잔을 채워주었다.

‘다시 볼 수 있었으면.’

수진의 앙증맞은 보조개와 수다가 그리워졌다. 수명당주가 잔을 부딪쳐 왔다.

“커어!”

오랜만에 맛보는 술맛이었다.

어쩌면 이곳에서 병력을 끌고 중원을 치러 출병할지도 모른다는 생각이 들었다.

무영과 남북쌍괴는 수정궁 뒤쪽의 처마에 붙어 있었다.

해남파는 중원에서 멀리 외따로 떨어져 있기에 다른 문파와 다툼이 벌어진다 해도 그 무대는 주로 중원이었고 본산인 이곳이 침입을 받은 경우는 단 한 번도 없었다. 그렇기에 주변에는 몇 명의 제자들이 가끔 순찰을 도는 것 외에 다른 곳에 비해 특별히 경비를 삼엄하게 유지하지는 않았다.

건너편에는 뇌옥의 입구로 보이는 건물의 입구가 보였고 그 주변에 다섯 명의 해남파 제자가 번을 서고 있었다.

“저들이 서 있는 것처럼 보이게 제압해 놓아야 합니다.”

무영이 말했다.

남괴는 지풍을 날리자 다섯 명은 순식간에 제압을 당해 몸이 뻣뻣하게 굳었다. 주변을 살핀 그들은 재빨리 안으로 들어갔다.

뇌옥 안에는 두 명의 제자가 말을 나누고 있었다.

"뭐든지 잘나고 볼 일이야. 그놈은 이런 곳에서도 술상을 받고 있지 않나?"

"그러니 자네도 열심히 무공에 힘쓰게. 이제라도 늦지 않았어."

그들은 세 사람이 숨어서 자신들을 주시하고 있다는 것을 전혀 눈치 채지 못하고 있었다.

남괴가 재빨리 지풍을 날려 두 사람의 혼혈을 제압했다.

무영과 북괴는 순식간에 몸이 처지며 쓰러지려 하는 그들을 받아 한 구석에 뉘었다. 소리가 나지 않게 하려는 것이었다.

조심스럽게 안으로 통하는 문을 여니 양편에 죄수를 가두는 곳으로 보이는 방의 철문들이 열을 지어 놓여 있는 통로가 보였다. 세 사람은 발소리를 죽여 안으로 들어갔다.

"핫핫핫! 나는 자네를 처음 보는 순간부터 마음에 들었네. 아무튼 이런 곳에서 술을 나누기는 나도 처음이군."

"고맙게 마시겠소."

수명당주는 이제 되었다 싶어 자리에서 일어나려던 참이었다.

"그럼 빠른 시간 안에 마음을 정해 통보해 주게. 뇌옥의 제자들에게 알리면 내가 즉시 올 것이네."

수명당주가 말을 마치고 막 돌아서는 순간 눈앞에 흐릿한 그림자가 스치는 것 같더니 자신의 몸이 뻣뻣하게 굳어지는 것을 느꼈다.

'헉! 침입자.'

그의 눈앞에 세 사람이 나타났다.

"호소가와, 고생하는 줄 알고 힘들게 구하러 왔더니 이런 곳에서 술이나 푸고 있었구만."

무영이 빙그레 웃으며 말했다.

"주공, 기다리고 있었습니다. 두 분께도 인사를 드리겠습니다."

"시끄러. 빨리 나가기나 하자. 여기서 지체하다가는 시끄러워질 우려가 있어."

남괴가 호소가와의 혈도를 풀어주며 서둘렀다.

지나면서 본 건물의 수나 규모로 보아 해남파 제자들의 수가 적지 않다는 것을 알 수 있었기에 공연히 발각되어 귀찮은 일을 당하고 싶지는 않았기 때문이다.

뇌옥 밖으로 나오니 그들에게 제압당한 다섯 명은 여전히 아까의 자세 그대로 자리를 지키고 있었다.

"누구시오?"

그때였다.

수정궁에서 막 나오던 한 중년의 사내가 그들을 발견하고 물었다. 그는 외당 총당 격인 수정궁에 수명당주를 만나러 왔다가 뇌옥에 갔다는 말을 듣고는 그리로 향하던 길이었다.

그는 해남검파의 사대호법 중 한 명인 임수(林守)였다. 그는 해남검파 내에서도 검술에 관한 한 최고의 경지를 자랑해 해남제일검이라 불리기도 했다. 일단 그가 검초를 전개하면 상대에게 사방에서 여러 명이 공격하는 것과 같은 느낌이 들게 할 정도로 빠르게 사위를 압박해 갔기에 사여검귀(四如劍鬼)라 외호가 붙여진 자였다.

그는 뇌옥의 입구에 있는 낯선 인물들이 자신의 제자들과 같이 있기에 설마 침입자라는 생각을 하지 못하고 그렇게 물었다.

"나여. 수고하네, 그럼 다음에 보세."

남괴는 제 딴에는 임기응변이라고 생각하고는 재빨리 그곳을 벗어나려고 했다.

"웬 놈들이냐?"

임수는 단번에 상황을 파악했다.

해남검파 내에서는 장문인이라도 자신에게 그렇게 함부로 말하지는 않았기에 자세히 살펴보니 자신을 본 제자들이 인사는커녕 전혀 미동도 않는 것을 보고 제압당했다는 것을 알았다.

"적이다!"

그는 문득 뇌옥 안에 남사도에서 잡아온 자를 잡아두었다는 것을 기억하고는 그들이 구출하러 온 놈들이라는 것을 알았다. 그는 크게 소리를 질러 제자들을 부르고는 검을 뽑아 몸을 날렸다.

"적이다!"

"적이 침입했다!"

그 말에 호응하여 곳곳에서 고함이 들리더니 이어 수정궁에서도 몇 명의 제자가 달려나왔다.

"튀지요."

무영이 말할 필요도 없었다. 네 명은 그 순간 이미 몸을 날려 뒤편으로 달아나고 있었다.

뒤편에서 또한 침입자를 알리는 소리가 사방에서 들려오더니 이어 급박한 종소리가 계곡 전체로 퍼져 나갔다.

"한 놈이 따라오는데요."

무영이 뒤를 힐끔 보며 말했다.

호소가와의 경공이 가장 처지기에 그에게 보조를 맞추어 달아나다 보니 추적자를 떨쳐 내기는커녕 거리가 점점 가까워지고 있었다.

"최대한 가다가 더 가까워지면 저놈만 제압하고 다시 튀지 뭐."

근처에 있으면 어중이떠중이 다 모여들 터이니 그 말이 옳겠다 싶어 일행은 죽어라 앞만 보고 달렸다.

"어이쿠, 길을 잘못 들었어요."

그런데 막 산모퉁이를 돌아서는 그들의 앞에 끝이 보이지 않는 절벽이 가로막고 있었다.

"엉, 이게 무슨 액운이냐?"

남괴가 푸념을 하듯 말했다.

"다시 돌아가서 온 길로 튀지요."

급한 마음에 막연히 길이 있을 것이라고 생각하고 앞으로만 내달린 것이 실수였다.

"앞장을 선 놈이 누구야?"

남괴는 무영을 째렸다.

"알았으면 이리 왔겠어요?"

두 사람이 골짜기 입구에서 티격태격하고 있는데 추적을 해오던 임수가 곧바로 도착했다.

"웬 놈들이기에 감히 겁도 없이 해남파의 뇌옥을 습격했느냐?"

"내 수하를 데려가려고 왔어."

무영이 말했다.

"흐흐흐, 네놈이 장무영이라는 놈이냐? 남의 문파에 함부로 침입해 죄인을 빼갔으니 각오는 되어 있겠지!"

"내 허락도 없이 멋대로 수하를 잡아가 구금한 잘못은 네놈이 책임질 거냐?"

멀리 그의 뒤로 해남파의 수하들이 달려오는 것이 보였다.

임수가 쓸데없이 말을 많이 한 것은 부하들이 달려올 때까지 시간을 끌려는 생각 때문이었다.

그의 의도를 눈치 챈 무영은 얼른 옆에 서 있는 나무를 향해 부드럽게 손짓을 했다.

후두두둑.

그의 손짓에 따라 나뭇잎들이 한 아름 땅으로 떨어져 내렸다.

"무슨 사술을 펼치려는 게냐?"

그것을 본 임수가 덜컥 의심이 들었는지 들고 있던 검을 앞으로 내밀어 경계 태세를 취하며 말했다.

"보면 안다."

무영은 떨어지는 나뭇잎들을 향해 가볍게 손을 휘젓자 갑자기 나뭇잎들이 임수를 향해 쇄도해 갔다.

"흥, 겨우 이까짓 수작을 부리려고 공을 들였나!"

임수는 말과 함께 번개같이 검을 허공으로 휘저어 날아오는 나뭇잎들을 떨어뜨렸다. 가끔 강호에서 볼 수 있는 비엽술이라고 간파한 것이었다.

무영의 손이 다시 묘하게 원을 그리며 돌자 나뭇잎들이 방향을 바꾸어 그의 검을 피해 허점을 노렸다.

"흥!"

임수는 그 정도의 비엽술로는 어림도 없다는 듯이 코웃음을 쳐가며 검을 휘둘렀다. 쾌검을 주로 하는 해남검파 제자 중에서도 알아주는 그였다. 자신감에 찬 그의 검이 허공을 메우자 무영이 쏘아 보낸 나뭇잎들이 우수수 지면으로 떨어졌다.

"이것도 받아보아라."

무영은 계속 나뭇잎들을 쏘아 보냈다.

쐐애액!

잎사귀들이 파공음을 내며 허공을 난무했다.

'헛!'

임수는 당황했다.

그의 눈앞에 펼쳐지고 있는 것은 일반적인 비엽술이 아니었다. 나뭇잎들이 덩어리를 이루며 사방으로 흩어지는가 싶더니 저마다 그의 요혈을 노리고 날아들었다. 파공음으로 보아 허초를 섞어 그의 눈을 흐리게 하는 것도 아닌 것이, 덩어리들은 각각 암기처럼 여러 방향에서 그를 공격해 들어왔다.

뒤따라 도착한 해남파의 제자들은 날카로운 흉기로 변해 허공을 이리저리 나는 나뭇잎 때문에 감히 접근조차 하지 못하고 멀찌감치 서서 출구만 봉쇄하고 있었다.

"윽!"

미처 막지 못한 나뭇잎 하나가 그의 어깨를 스쳐 지나가며 살점을 베었다. 임수는 당황했다. 그의 손발이 어지러워지더니 막지 못하는 나뭇잎의 숫자들이 늘어나며 그에 비례해 몸의 상처가 급격히 늘었다.

하지만 그도 만만치 않았다.

그는 몇 군데 상처를 입고는 더 이상 견디지 못하겠다는 듯이 훌쩍 뒤로 물러서더니 다시 무영을 향해 달려들었다.

그는 마치 방어막을 치듯 검을 사방으로 휘저어 나뭇잎을 흩뜨리며 달려들었는데 가까이만 접근하면 반드시 이길 수 있다는 확신에 찬 듯 무영에게 다가서더니 검을 휘둘렀다.

"호오, 해보자?"

무영이 훌쩍 뒤로 물러서며 연신 손을 휘젓자 나뭇잎들이 다시 그를 포위하며 옥죄어 그를 압박했다.

임수의 눈에서 순간적으로 독기가 어리는가 싶더니 날아오는 나뭇잎들을 무시하고 무영을 향해 회심에 찬 일검을 내리그었다.

"죽어랏!"

"훗!"

무영이 놀라며 급히 손을 들어 검을 막아갔다.

창!

묵환과 검이 부딪치며 불꽃이 튀었고 임수의 검은 절반이 부러져 저만치 날아가 땅에 박혔다. 다음 순간 그는 등 뒤 쪽에 무언가 날카로운 것이 박히는 것을 느꼈다.

"컥!"

그는 눈을 크게 뜨고 망연히 무영을 바라보았다. 설마 아무런 무기도 쥐지 않은 무영이 손을 들어 자신의 검을 막으리라고는 전혀 예상하지 못했던 것이다. 그는 등에 박힌 나뭇잎이 뼈 사이를 뚫고 정확히 자신의 심장에 박힌 것을 알았다.

툭!

반 토막짜리 검을 힘없이 놓는 순간 그는 힘없이 무너졌다.

골짜기 입구에는 잠시 적막이 감돌았다. 설마 해남파 제일의 검객이라던 사여검귀 임수가 저토록 허무하게 생을 마치리라고는 아무도 예상하지 못했던 까닭이었다.

침묵을 깬 것은 해남파의 또 다른 호법인 무량검(無量劍) 맹초(孟礁)였다.

"이날까지 한 번도 보지 못했던 대단한 수법이었다."

그는 진심으로 상대의 수법을 칭찬했다.

상대는 내공을 나누어 여러 갈래로 운용해 나뭇잎으로 임수를 공격했고 견디다 못해 위험을 무릅쓴 임수의 도박이라 할 수 있는 마지막 한 수가 그가 차고 있던 쇠 팔찌에 의해 예상치 못하게 막혀 실패했다는 것을 한눈에 알아보았다.

사실 임수가 날린 마지막 한 수를 보았을 때 자신조차도 '과연 해남 제일검이란 칭호가 부끄럽지 않는 사여검귀 임수다' 라고 내심 말했을 정도로 적절한 수법이라며 칭찬을 아끼지 않았건만 의외의 방어 병기에 의해 무력화되었고, 임수는 순간적인 실수를 한 대가로 목숨을 바쳐야 했다.

그가 본 분심공은 한 번도 본 적이 없는 위력적인 것으로, 가르쳤던 남괴조차 내심 놀랄 정도였기에 피아를 떠나 같은 무인으로서 그렇게 말할 수밖에 없었다.

"죄인을 탈옥시키고 본 문의 호법을 죽인 죄, 분명 목숨으로 대가를 치러야 할 것이다."

그는 낮게 깔리는 음산한 어조로 그렇게 말했다.

그의 주위론 추적해 온 해남파의 제자들이 계속 불어나 이미 백여 명을 넘고 있었다.

"주공, 죄송합니다. 수하가 변변치 못해 주공께 큰 폐를 끼치게 되었습니다."

자신을 구하러 온 무영에게 고마움과 위험에 처하게 된 죄송스러움에 호소가와가 그렇게 말했다

"되었소, 나중에 더 크게 갚으면 되오. 지금은 그런 말을 할 때가 아니라 어떻게 빠져나가느냐가 더 큰 문제요. 혹시 뒤쪽에 출구가 있나 확인해 주시오."

무영의 지시에 호소가와는 뒤쪽으로 물러나 골짜기 안을 살폈다.

"흐흐흐, 헛고생은 하지 않는 것이 좋다. 불귀곡에서 밖으로 나갈 수 있는 길은 없다. 그곳은 예전에 본 문의 평생 속죄해야 할 중죄인을 가두었던 금지이기도 하지."

맹초의 말에 무영과 남북쌍괴의 표정이 굳어졌다.

두려워하는 것은 아니었지만 하나의 문파 전체를 상대로 하는 싸움이었다. 무공이 아무리 뛰어나다 하더라도 그들 전체와 싸워 이길 수는 없었다. 지금도 해남검파의 제자들은 속속 골짜기 입구로 모여들며 숫자를 불려가고 있었다.

호소가와는 불귀곡이라 불리는 이 골짜기에 출구가 없다는 말에 흠칫했으나 이내 개의치 않는다는 듯이 안으로 들어갔다. 자신이 받은 명령은 골짜기 안을 둘러보고 행여 있을지 모를 출구가 있는지를 확인하는 것이었다.

무영 일행과 해남검파의 제자들 사이에 팽팽한 긴장이 흘렀다.

그사이 사여검귀 임수의 시체는 해남파의 제자들에 의해 본산으로 보내졌다.

그나마 무영에게 다행이라면 골짜기 입구의 양편은 가파른 경사의 암석으로 되어 있어 한꺼번에 많은 수가 공격해 오는 것이 쉽지 않다는 것이었다.

"뒤에 서 있는 두 사람을 남북쌍괴로 알아도 되겠소?"

맹초는 확인을 하듯 물었다.

무림에 몸을 담고 있는 자로서 독특한 외모의 쌍괴를 확인하는 것은 그리 어려운 일이 아니었다.

"그렇게 묻는 그대는 누구신가?"

남괴가 불편한 심기를 감추지 않고 되물었다.

"핫핫핫, 이거 죄송하게 되었소이다. 큰 실례를 했소. 본인은 해남파의 우호법으로 있는 맹초라고 하오."

그는 상대가 독 안에 든 쥐라고 여겼기에 동료인 임수가 죽었지만 여유있는 말로 상대를 압박하고 있었다.

"장문인께서 오셨습니다."

제자 하나가 장문인의 출현을 알렸다.

요조은은 호법 둘을 좌우로 거느리고 천천히 장내로 들어섰다.

"장문어른을 뵙습니다!"

요조은의 출현에 모든 제자들이 머리를 조아려 장문인을 맞았다.

침입자가 일으킨 소동에도 불구하고 그가 이곳에 늦게 당도한 이유는 사여검귀 임수가 앞장서서 추격하고 있다는 보고가 있었기 때문이다. 하지만 제자 하나가 급히 달려와 알린 임수의 죽음에 관한 소식에 경악한 그는 그제야 침입자들이 예사가 아니라는 것을 알고는 두 호법까지 대동하여 급히 달려온 것이었다.

"어떤 놈들이기에 감히 해남파에 침입해 사람을 죽였느냐!"

그는 무영 일행을 보며 벼락 치듯 소리 질렀다. 임수가 죽었다는 소식에 무척이나 격앙되어 있었다.

"놈들의 정체를 밝혀냈는가?"

그는 그 와중에도 맹초에게 전음을 날려 상대를 확인하는 것을 잊지 않았다.

"남북쌍괴가 이곳에 있습니다. 그리고 앞에 선 젊은 놈은 얼마 전에 혼인식 자리에서 팽수를 격퇴시켰다는 말이 있는 남궁가의 사위 장무영이란 놈으로 보입니다."

맹초도 전음으로 답했다.

그는 이미 지난번 잡은 포로들의 입을 통해 해남파의 배를 공격한 것이 누구라는 것을 알고 있었고 호소가와가 그의 직속 부하라는 것도 알고 있었다.

'흠.'

남북쌍괴나 장무영, 어느 누구도 쉽지 않은 적이었다.

무영을 적으로 삼는다는 것은 남궁가와 등을 진다는 것을 의미했다. 남궁세가는 무림의 은원에 적극적으로 개입하지 않는 관례 때문에 웬만한 무림 일에는 항상 중립적이었고 그것이 오늘날까지 남궁세가를 무림세가의 앞자리를 지키게 만들었다.

혹시라도 오늘의 일이 알려지면 수뇌부에서 자신을 책망할지도 모른다는 우려도 들었지만 그렇다고 임수를 죽인 자들을 순순히 놓아줄 생각은 조금도 없었다.

"감히 남의 문파의 뇌옥에 침입해 죄인을 구해가다니 우리 해남파가 그토록 쉽게 보이더냐!"

"먼저 내 수하를 멋대로 잡아간 잘못이 그대들에게 있지 않소?"

무영은 상대가 장문인이라 약간의 예의를 갖추어 말했다.

"우리 배를 공격한 잘못이 먼저가 아니냐?"

"하하하, 해남파가 무림의 일문으로 해적질을 할 줄이야 누가 알았겠소이까? 용유 상방의 배를 공격하던 사람들이 해남파의 제자들이라는 것을 진작 밝혔었다면 본인은 그냥 지나쳤을 것이오. 하는 짓이 강도질이라 남해의 해적들로 오인한 것이 잘못이었다면 이 자리에서 정중히 사과를 드리겠소."

무영은 정중한 어조로 은근히 해남파의 해적 행위를 비난하며 그렇게 대꾸해 주었다.

"후후후, 젊은이가 입심이 대단하구나. 임수의 죽음은 어떻게 책임질 셈이냐?"

"사실을 말했을 뿐이오. 이곳에 와서도 사람을 상하게 하려고 하지는 않았소. 다만 그가 본인을 죽이려고 핍박했기에 어쩔 수 없이 피를 본 것뿐이오."

"사람을 죽여놓고 어쩔 수 없었다? 여봐라, 모든 제자들은 즉시 저자들을 사로잡아라! 강호에 우리 해남파를 업신여긴 대가가 무엇인지 분명히 알게 하겠다!"

"명을 받습니다!"

모여든 해남파의 제자들이 흉흉한 기세로 검을 뽑아 들고 계곡의 입구로 몰려들었다.

"장문어른, 저들의 무공이 보통이 아닙니다. 이런 방법으로 공연히 제자들의 희생을 크게 할 필요가 있겠습니까? 입구만 막고 지켜도 달아날 구멍은 없습니다."

맹초가 전음으로 그를 각성시켰다.

"멈춰라!"

전음을 듣는 순간 요조은 역시 순간적으로 자신이 감정에 치우쳤다는 것을 깨달았다.

"맹 호법은 제자 백여 명과 함께 진식을 구성해 철저하게 입구를 봉쇄하도록 하시오. 추가로 궁수들을 파견해 주겠소."

그 말을 남기고 그는 되돌아갔다.

양측은 좁은 계곡을 사이에 두고 팽팽한 대치 상태로 들어갔다.

"젠장, 꼼짝없이 갇혔어."

남괴가 투덜거렸다.

그러는 사이 호소가와가 돌아왔다.

"먹을 거라도 좀 있더냐?"

남괴가 물었다. 그는 출구를 기대하지도 않았다. 해남파 놈들이 쳐들어오지도 않고 입구에 진을 치고 있는 것을 보면 사실 둘러볼 것도 없었다. 그저 당분간이라도 버틸 수 있게 먹을 것이나 충분하기를 바라는 마음뿐이었다.

"밤이라서 확인이 쉽지 않습니다. 내일 날이 밝기를 기다려 다시 돌아보겠습니다."

"일단 한 명씩 교대로 입구를 지키고 다른 사람들은 뒤로 물러나 잠이나 편히 자두지요. 일단 북괴 형님이 초번을 서세요. 한 시진씩 교대로 서면 날이 밝겠지요."

무영의 말에 모두 공감했는지 북괴만 남고 뒤로 물러나 입구에서 멀지 않은 적당히 구석진 곳에 자리 잡고 누웠다.

날이 밝자 조금 남아 있던 건량을 꺼내 대충 빈속을 달랬다. 북괴가 남아 입구를 지키고 다른 사람들은 모두 골짜기 안을 둘러보았다. 이 장 남짓한 골짜기 입구의 바깥쪽에는 어느 틈에 설치했는지 구멍이 뚫린 목책까지 둘러져 있었는데 그 구멍들은 유사시 활을 쏘기 위한 것이라는 것을 짐작할 수 있었다.

골짜기는 그리 깊지 않아 사방 오십 장 정도밖에 되지 않았는데 위로 이백 장은 족히 되어 보이는 깎아지른 듯한 암석으로 빙 둘러싸여 있었다.

세 사람은 각자 나누어 골짜기 안을 샅샅이 뒤졌다. 군데군데 몇 그루씩의 과일 나무들이 자라고 있는 것이 보여 당분간 굶어 죽을 염려는 없겠다는 생각에 안심은 됐다.

"여기 동굴이 있습니다!"

호소가와의 고함에 모두들 그쪽으로 모였다.

과연 암벽 사이로 사람이 하나 겨우 들어갈 정도의 좁은 입구가 나 있었는데 호소가와는 안으로 들어간 것 같았다. 혹시 밖으로 나가는 통로가 아닌가 하여 모두들 기대에 부풀어 안으로 들어갔지만 실망스럽게도 동굴은 그리 길지 않아 오 장도 채 되지 않았다. 천장 쪽에 비스듬히 난 틈은 동굴에 약한 빛이나마 비춰주고 있어 보통 사람이라도 사물을 분간할 수 있을 정도였다.

"앞으로 비 맞은 생쥐 꼴은 면할 수 있겠구나."

남괴가 퉁명스럽게 말하며 실망감을 나타냈다.

"상당 기간 사람이 살았던 흔적이 있습니다."

먼저 들어와 동굴 이곳저곳을 조심스레 살피던 호소가와가 말했다. 그의 말대로 동굴 안으로 들어서니 돌을 깎아 만든 탁자가 보였고 뭔가 벽에는 표시를 한 듯 알아볼 수 없는 기호들이 새겨져 있었다. 나무를 베어 만든 목침상도 있었는데 오랜 세월이 지난 듯 먼지가 뽀얗게 쌓여 건드리면 부서져 버릴 것 같았다.

"얼마나 있어야 할지 모르니 비가 올 때를 대비해 이곳을 치워두기나 하지요."

무영의 말에 호소가와가 앞장서서 청소를 시작했다.

"이 나이에 노인네가 젊은이들을 두고 청소하기는 좀 그렇지? 자네들이 알아서 해."

먼지가 풀풀 날렸기에 남괴는 그 말을 남기고 얼른 밖으로 나갔고 둘만 남아 청소를 시작했는데 가장 먼저 오래된 목침상을 들어냈다.

　두 사람은 침상의 앞뒤를 마주 잡고 길게 뻗은 통로로 들고 나와 밖으로 내던졌다.

　빠직!

　워낙 오래되었는지 침상은 그리 큰 소리도 나지 않고 그대로 부서졌다.

　"어라, 저게 뭐지?"

　막 돌아서려는 무영의 눈에 부서진 침상의 잔해에서 뭔가 이상한 것이 눈에 띄었다.

　다가간 무영이 주위 살피니 짐승 가죽으로 된 두루마리였는데, 그것은 얇은 가죽 끈으로 묶여 있었다. 끈을 풀고 조심스레 두루마리를 폈는데 워낙 보관 상태가 좋지 않아 금방이라도 부서질 듯했기에 여간 조심하지 않으면 안 되었다.

　호소가와도 궁금한지 어느 틈에 그의 등 뒤에 서서 두루마리를 지켜보았고 멀찍이 떨어져 있던 남괴도 궁금한지 슬금슬금 다가왔다.

　두루마리를 모두 펼치니 그리 크지는 않지만 깨알 같은 글씨가 빽빽이 쓰여져 있었다.

　"그거 혹시 전대 기인이 남긴 무공 비급 아니냐?"

　남괴가 두루마리에서 눈을 떼지 못하고 물었다.

　그 말에 무영은 속으로 침을 삼키며 글을 읽어 나갔다.

　이 글은 누군가 발견해 후일이라도 진실을 밝혀주기를 바라는 마음에서 적는다.

　본인은 강호에서 폭풍검이라 불렸던 단운비다.

　한때는 해남파의 자랑으로까지 칭송받던 내가 본 문의 죄인이 되어 이

곳에 갇혀 죽음을 맞게 되리라고는 상상도 하지 못했다. 하지만 죽음을 앞
둔 지금에 와서는 이 또한 나의 운명이라고 생각한다.

나는 정사대전에서 본 문의 천강검수들을 이끌고 무림의 공적이 되어
부상을 입고 쫓기던 십마를 끝까지 추적해 마침내 대별산(大別山)의 이름
모를 골짜기에서 잡을 수 있었다. 그들은 이미 심각한 부상을 입어 상당히
기력이 떨어져 있었지만 상대하기가 쉽지 않았다. 하루 종일 격전을 벌여
십마 모두를 죽일 수 있었지만 본인도 한 팔과 눈을 잃었고 본 문의 정예
였던 일백이십 천강검수 중 살아남은 자는 단 세 명에 불과했다. 하지만
그들마저도 시독과 고루독 등에 중독되어 본 문에 도착하기 전 귀로에서
끝내 죽음을 맞았다.

오늘에 와서 내가 이런 운명을 맞은 것은 모두 나의 욕심이 빚어낸 비극
이라 할 수 있다.

나는 죽은 십마의 시체를 뒤져 그들이 소장하고 있던 모든 비급을 수거
해 본 문으로 가져왔다. 혹시라도 마음에 드는 무공이 있으면 후일 몰래
익힐 욕심이었다. 하지만 우연히 비급의 존재를 눈치 챈 막내 사제는 몰래
비급을 빼돌렸다. 당시 나는 그가 비급을 훔쳐 갔다는 사실을 전혀 알지
못했기에 찾을 수조차 없었다가 일 년이 지난 후에 우연히 막내 사제의 연
공 광경을 지켜보게 되어 그가 비급을 훔쳐 간 당사자라는 것을 알았다.

"젠장, 비급이 아니잖아. 기껏 주운 비급을 가지고 문파 내부에 일어
난 다툼을 써놓은 하소연이라니. 과일이나 몇 개 따서 빈 배나 채우련
다."

거기까지 읽었을 때 남괴가 실망한 어조로 그렇게 말하고는 자리를
떴다. 호소가와도 흥미를 잃은 듯 동굴 청소를 계속하기 위해 안으로

들어가 버렸다. 하지만 직접 십마의 후예 두 명과 싸운 경험이 있는 무영은 궁금증이 더욱 증폭되었다. 그는 두루마리에서 눈을 떼지 않고 계속 읽어 나갔다.

두루마리에는 자신이 불귀곡에 갇힌 이유와 그 후 사십 년간 죽기까지의 사건들을 적고 있었다.

단운비는 비급을 훔쳐 간 막내 사제를 꾸짖다가 오히려 그의 모함에 걸려 사부의 딸을 범하려 했다는 누명을 쓰고 불귀곡에 갇혔고 그 뒤 사부가 죽자 장문인을 계승한 둘째 사제도 모든 사실을 알았지만 막내 사제와 한통속이 되어 같이 비급을 연구했다. 장래를 촉망받던 해남파의 주력인 천강검수들이 모두 죽었기에 해남파는 거의 이름만 남은 상태였고, 그것이 새 장문인에게 십마의 무공을 연마하려는 유혹에 빠지게 했다. 하지만 그 꿈 역시 욕심이 커진 막내 사제가 비급을 훔쳐 달아남으로써 막을 내렸다.

그것이 전말이었다.

단운비는 이곳에 갇혀 음식을 날라다 주는 제자들의 입을 통해 들은 말들을 이것저것 꿰어 맞추어 알아낸 것이었다.

두루마리를 읽은 무영은 그제야 최근 십마의 후인들이 무림에 출몰하는 이유를 짐작했다.

일행이 이곳 불귀곡에 들어온 지도 벌써 사흘째로 접어들고 있었다. 이런 곳에서 설마 달아날 길이 없겠느냐며 희희낙락했던 남북쌍괴와 무영도 불귀곡이 예사로운 장소가 아니라는 것을 그제야 알 수 있었다.

해남파 출신의 단운비도 결국 이곳에 갇혀 생을 마감했다는 것을 알았을 때 당연히 경각심을 가졌어야 했지만, 그들은 사흘째가 되는 오늘에야 어쩌면 자신이 이곳에 무덤 자리를 만들어야 할지도 모른다는 생각을 했다.

단운비가 훗날을 대비해 제자들이 날라 온 과일을 먹고 그 씨앗을 곳곳에 뿌려두었기에 수장(數丈)의 크기로 자란 과일 나무들이 적잖이 있어 겨우 배고픔은 면했는데 그마저도 벌써 싫증이 나고 있었다.

하릴없이 시간 보내기가 아까웠던 무영은 이곳에 온 다음날부터 남괴를 졸라 혈도와 점혈법에 대해 배웠다.

"동생, 아직 신혼인데 제수씨와 함께 왔으면 평생 이곳에서 애를 낳고 살 수도 있는데 그랬어. 아늑하잖아?"

그렇지 않아도 은근히 뒤에 남은 남궁화를 걱정하고 있는데 남괴가 그렇게 말했다.

"잘 있나 모르겠어요. 걱정을 하다가 이곳에 와서 어떻게 되지나 않았는지."

농담을 받을 기분이 아닌지 시큰둥한 얼굴로 무영이 그렇게 말하자 남괴도 입을 닫았다.

그의 생각대로 며칠째 무영이 돌아오지 않자 남궁화는 더 이상 기다리지 못했다. 그녀는 증대도만 남겨두고 남궁우를 앞세워 오지산의 중심으로 접어들고 있었다.

"이곳부터는 일체 소리를 내지 말거라."

남궁우는 전음으로 남궁화를 조심시켰다.

며칠째 돌아오지 않고 있으니 무슨 사단이 벌어진 것은 분명했고 이미 무영이 들쑤셔 놓았다면 사방에 순찰과 경계가 강화되었을 것이 분명했다.

그는 무영의 흔적을 놓치지 않고 쫓고 있었다.

남궁우가 짐승같이 예민한 코라도 가져 그의 흔적을 쫓을 수 있는 것은 아니었다. 다만 그는 추적술의 대가답게 무영이 이곳 해남파의 침입자로서 잠입했을 가능성이 높은 길목을 택해 집중적으로 흔적을 조사해 길을 찾는 방법을 쓰고 있었다.

"무영이나 남북쌍괴 같은 고수라면 주변을 별로 의식하지 않고 걷기 쉬운 길을 택했다고 보아야 하지. 자신들의 무공을 믿기에 청각에 의지해 사방의 인적을 감지해 가며 갈 수 있기 때문이지. 특히 중요한 것은 이런 곳에서는 반대로 수비자의 입장에서 생각해 매복을 심을 가능성이 있는 곳이냐는 것을 잘 살펴야 한다는 것이다. 매복이 있었다면 잠입자는 당연히 그것을 피해 우회하기 마련이고 그럴 경우 행적을 찾는 것은 쉬운 일이 아니지."

남궁우는 자신의 추적술을 궁금해하는 남궁화에게 자신이 흔적을 잘 찾아내는 비결을 전음으로 알려주었다.

"아무리 고수라도 이런 곳에서는 경공을 펼치지 않기에 풀이 꺾인 곳을 잘 살피면 지나간 흔적을 알 수 있단다."

그는 남궁화에게 자신이 알고 있는 것을 하나라도 더 가르쳐 주려는 듯 가는 동안 쉬지 않고 전음을 보냈다.

그들이 해남검파가 내려다보이는 뒷산에 도착한 것은 머물던 곳에서 출발한 지 이틀 만의 일이었다.

"조심해라, 저쪽에 두 명이 매복하고 있다. 숨소리를 들어보니 무공이 그리 높아 보이지는 않는구나."

그는 숲길에서 멀지 않는 곳에 풀이 꺾여 약간 패인 듯이 보이는 곳을 가리키며 전음을 이었다.

"세 사람이 이곳에서 잠깐 머물렀던 흔적이다. 아마 이곳이 해남파를 전체적으로 조망하기에 적당하기 때문이었겠지. 다른 흔적과 섞여 있어 다음 이동로를 찾기가 쉽지 않아 보이니 우리도 일단 이곳에 머물면서 살펴보도록 하자."

그들은 무영 일행이 머물렀을 것으로 짐작되는 풀숲으로 들어가 몸을 숨겼다.

한 시진가량 지났을까?

남궁화는 좀이 쑤셔 견디기가 힘들었지만 남궁우는 여전히 심각한 표정으로 해남파 사람들의 움직임을 예의주시하고 있었다.

"할아버지, 움직이며 찾아보아야 하지 않을까요?"

남궁화가 전음으로 물었다.

"저들이 지금 많은 식량을 북쪽 산등성이로 나르고 있다. 아마 그쪽에도 뭔가가 있는 것 같으니 그리 가보자."

남궁우도 슬슬 움직여야겠다고 생각하던 참이었다.

그들은 몸을 숨긴 채 숲 속을 지나 북쪽으로 향했다. 남궁우는 도중에 있는 몇 번의 매복을 어렵지 않게 피해 지나갔다. 하지만 워낙 천천히 움직였기에 그들이 골짜기 근처로 다가간 것은 그로부터 두 시진이나 지난 이후였다.

그는 골짜기를 마주하고 대치하고 있는 두 진영을 손쉽게 발견할 수 있었다. 안력을 돋워 골짜기 안쪽을 살피니 북괴가 입구 건너편에 조용히 앉아 있는 것이 보였다.

'후후후, 저기 갇혀 있었군.'

그는 남궁화를 이끌고 골짜기 뒤로 돌아갔다. 다른 포위망을 확인하고 가장 잠입이 쉬운 곳을 고르려는 것이었다. 하지만 가파르게 올라가는 산등성이는 의외로 오르기가 쉽지 않았는데 겨우 산꼭대기에 오른 그는 놀라지 않을 수 없었다. 무영 일행이 갇혀 있을 것으로 짐작되는 안쪽은 거대한 분지였는데 입구는 북괴가 지키고 있는 한 곳뿐이라는 것을 알았다.

남궁화도 놀라기는 마찬가지였다.

아래로는 아찔할 정도의 절벽이 수백 장이나 이어져 분지 안은 그야말로 밑이 보이지 않을 정도였기 때문이다.

이런 조건 때문이었는지 절벽 주위로는 해남파의 제자들이 전혀 보이지 않았다.

"어떡해요?"

남궁화가 울상이 되어 물었다.

"아마 발각되어 안으로 쫓긴 모양인데 먹을 것만 있다면 당분간 위험은 없으니 천천히 생각해 보기로 하자."

남궁우도 마땅한 수단이 생각나지 않아 일단 그렇게 대답했다.

그들은 절벽이 내려다보이는 곳에 자리를 잡았다. 혹시나 있을지 모르는 해남파의 제자들을 경계하기 위해 적당히 나뭇잎으로 가려두고는 구출할 방법을 생각하기 시작했다.

"덩굴을 아래로 내려주면 되지 않을까?"

남궁우가 말했다.

"그 수밖에 없겠어요. 하지만 덩굴도 튼튼해야 하고 저 아래까지 닿게 하려면 상당히 오랫동안 준비를 해야 할 것 같아요."

남궁화가 동의는 했지만 마땅찮은 표정으로 그렇게 말했다.

"어쨌든 시도는 해봐야지."

남궁우는 그렇게 말하곤 주변을 살폈다.

우거진 숲에는 예상 밖으로 덩굴이 많지 않았다. 두 사람이 반 시진

을 돌아다니며 모은 덩굴은 길이가 이십여 장도 채 되지 않았고 그나
마 절반 정도는 너무 약해 동아줄 대용으로 쓸 수 있는 것이 못 되었
다.

“흑흑, 이렇게 해가지고 언제 구하겠어요?”

남궁화는 끝내 울음을 터뜨렸다.

그 모습을 지켜보는 남궁우도 마음은 편치 않았지만 달리 해줄 위로
의 말도 생각나지 않았기에 잠자코 있었다. 벌써 저녁 식사 때가 되었
는지 배가 고파와 건량을 꺼내 남궁화에게 권했지만 그녀는 입에도 대
지 않았다.

“어서 먹도록 해라. 네 몸이 건강해야 그 녀석도 구출할 수 있을 것
아니냐?”

“알아요. 하지만 먹으면 토할 것 같아요. 흑흑흑.”

그녀는 그저 눈물만 흘렸다.

남궁우는 팔짱을 끼고 절벽 아래를 내려다보았다.

위에서 보니 몇 군데 십여 장 간격으로 사람 하나가 겨우 내려 설 수
있는 돌출 부위가 있긴 했는데 그걸 이용한다 하더라도 몇십 장 아래
로 더 내려갈 수 있는 것이 고작이었다.

한참을 생각하던 그의 머리 속에 오면서 본 농가의 볏짚이 떠올랐
다. 오면서 들으니 이곳은 기후가 따뜻해 이모작, 삼모작까지 한다고
들었다. 볏짚이 있다면 새끼줄을 꼬아놓은 것도 있을 것이라는 생각이
들었다. 원래 농민들이란 그런 것을 그냥 두는 법이 없다는 것을 잘 알
고 있기 때문이었다.

“화아야, 이곳에 몸을 숨기고 있거라. 내가 농가로 가서 새끼줄을 구
해보마.”

그 말에 남궁화의 안색이 환하게 퍼졌다.

"맞아요, 왜 진작 그 생각을 하지 못했지?"

눈물을 흘리던 그녀는 손뼉까지 치며 좋아했다.

남궁우는 그 길로 산을 내려갔다. 농가까지 가려면 족히 한 시진은 달려야 할 거리였다.

"젠장, 천상 새끼줄 뭉치나 메고 다니게 생겼군."

불평이 절로 나왔지만 얼굴 표정은 그리 어두워 보이지 않았다. 구할 수 있다면 열흘이라도 메고 다녀야 할 판이었던 것이다.

농가를 몇 집 뒤지니 양은 충분했기에 하루 만에 두 줄로 꼬아도 충분할 정도의 새끼줄을 확보해 산 정상까지 운반해 놓을 수 있었다. 사실 이틀은 부지런히 날라야 할 정도의 양이었지만 급한 마음에 농민들에게 부탁해서 해남파에서 눈치 채지 못할 장소를 골라 최대한 산 가까이까지 가져다 줄 것을 부탁했기에 가능했다. 물론 비밀 엄수를 위해 별도의 은자까지 쥐어주는 것도 잊지 않았다.

그는 안전을 고려해 정성을 다해 새끼줄을 두 가닥으로 꼬았다. 매달려 올라오다가 행여 줄이라도 끊어져 무영이 죽기라도 하면 평생 그 원망을 어떻게 감당하겠는가?

밤을 새워가며 연결한 새끼줄을 아침에 대충 손짐작으로 재보니 백 장은 족히 넘을 것 같았다. 워낙 까마득해 정확한 깊이를 짐작할 수도 없기에 일단 그 정도로 시도해 보기로 했다.

하지만 문제는 또 있었다. 새끼줄 무게만도 엄청나 무게를 지탱할 적당한 버팀대가 될 만한 것을 찾아야 했다. 결국 골짜기를 따라 돌며 적당한 바위를 찾아낸 그들은 바위에 몇 바퀴씩 둘러 새끼줄을 묶은 후에 천천히 아래로 내렸다.

"샥샥. 샥샥샥."

무영은 절벽 바위에 혈도를 그려두고 지풍을 날리는 시늉을 하며 맹연습을 하고 있었다.

"동생, 너는 주둥아리로 지풍을 날리냐?"

무영이 가벼운 손짓과 입으로만 샥샥거리며 점혈 연습을 하자 지켜보고 있던 남괴가 기가 차다는 듯이 말했다.

"먹은 게 있어야지요. 며칠째 매일 과일만 먹었는데 이런 곳에 힘을 쓰면 뭐가 남겠어요. 혹시 놈들이 맘 변해 쳐들어왔을 때 허기져서 지기라도 해봐요. 그때는 어떡합니까?"

휴대했던 건량은 일찌감치 떨어져 과일만 따 먹고 허기를 채운 것이 벌써 이틀이 넘어서고 있었다. 먹은 지 한 시진이 채 되기도 전에 오줌 한 번 누면 땡인 과일도 혹시라도 모를 장기전을 대비해 아껴 먹느라고 충분히 먹을 수도 없었다. 날마다 한 상 푸짐하게 차려 먹는 꿈을 꿀 정도였다.

"하기는."

"그리고 혹시 알아요? 하늘에서 동아줄이라도 내려주시면 힘이 있어야 붙잡고 올라갈 게 아닙니까?"

무영이 하늘을 손가락질하며 말하자 무심결에 남괴의 눈이 허공을 향했다.

"어랏! 동아줄이다!"

그때 그의 눈에 띈 것은 저만치 십여 장 위에 매달려 대롱거리는 새끼줄이었다.

"노형님, 놀리지 마세요. 힘 빠져요."

말은 그렇게 하면서도 자신도 모르게 눈은 그리로 향했다.

"엉!"

무영도 동아줄을 발견했다. 서로 눈을 마주친 두 사람 중에 남괴가 더 빨랐다. 그는 재빨리 허공으로 몸을 날려 동아줄 근처까지 날아 줄을 붙잡았다. 동아줄 끝에는 천을 찢어 쓴 것으로 보이는 편지가 묶여 있었다.

그는 편지만 빼 들고는 다시 지면으로 내려섰다.

상공, 저 화매예요. 이 줄을 잡고 올라오세요.

피로 쓴 혈서였다.

"킁킁. 동생, 이거 속옷을 찢어서 썼나보다. 향긋한 냄새가 나는 것 같은데."

남괴가 놀리듯 그렇게 말했다.

무영은 얼른 헝겊을 빼앗아 들고 읽었다.

편지를 보는 순간 눈물이 핑 돌았다. 이렇게 긴 새끼줄을 꼬아 내리려면 무척이나 힘들게 일을 했을 것이 분명했다. 남괴의 말처럼 헝겊에서는 남궁화의 냄새가 느껴졌다.

"한 사람씩 올라가자. 난 형님을 불러오겠다."

"입구에 방책을 설치한 후에 올라가는 것이 낫겠어요. 그래야 우리가 곡 안에 있는 것으로 알고 추격을 하지 않을 게 아닙니까?"

무영의 말이 끝나기도 전에 남괴는 주변의 나무들을 베어 쓰러뜨리고는 대충 크기가 비슷하게 잘라 덩굴로 엮었다. 채 반 각도 되지 않아 제법 방책 비슷한 것을 몇 개 만든 두 사람은 낑낑대며 방책들을 입구로 날렸다.

　호소가와도 무엇을 하려는지 알고는 몇 개의 나무를 베어와 지지대를 만드니 이제 곡구는 방책에 가려 안에서 무슨 일이 일어나고 있는지 전혀 들여다볼 수조차도 없게 되었다.

　남궁화는 온갖 생각에 머리가 복잡했다.

　"할아버지, 아직 줄을 보지 못했을까요?"

　"글쎄다. 아래에도 숲과 나무 때문에 무슨 일이 벌어지는지 알기가 쉽지 않구나."

　"혹시 줄이 모자라지는 않겠지요?"

　"대충 될 것 같기는 한데. 그렇다고 지금 줄을 다시 끌어당겨 볼 수도 없지 않느냐?"

　"사람들이 보여요?"

　남궁화는 조급증이 나서 견딜 수 없었다.

　"가만히 좀 있거라. 서둔다고 되는 일이 아니지 않느냐? 곡 안이 그리 넓지는 않으니 곧 반응이 있겠지."

　남궁화의 마음을 모르는 것은 아니었지만 계속 조바심만 내니 자신도 마음이 편치는 않았기에 목소리에 약간 짜증이 실렸다.

　"죄송해요. 흑흑흑."

　남궁화는 다시 눈물을 흘렸다.

　"가만, 사람이 보이는 것 같다."

　누군가 줄을 향해 뛰어오르는 것이 나무 사이로 어렴풋이 보였다. 거리가 너무 멀어 점으로 보였기에 혹시 원숭이들인지도 모른다는 생각도 들었지만 남궁화를 안심시키기 위해 말하지 않을 수 없었다.

남궁화도 울음을 멈추고 아래를 주시했다. 아찔한 높이라 평소라면 내려다만 보아도 현기증을 느끼기에 충분했지만 지금은 그런 느낌도 들지 않았다. 하지만 그녀의 무공으로 흐릿한 안개마저 깔려 있는 절벽 아래의 움직임을 식별하기란 쉽지 않았다.

"왜 조용하죠?"

한동안 남궁우가 말을 않고 내려다보기만 하자 다시 조바심이 난 남궁화가 물었다.

"글쎄다."

그도 아까의 움직임이 원숭이의 것이라는 생각에 점점 확신을 두고 있었다.

한순간 누군가 뛰어올라 줄 끝에 매달리는 것이 보였다.

"됐다!"

그는 자신도 모르게 큰 소리로 말했다.

"올라와요?"

남궁화가 저도 모르게 아래로 고개를 불쑥 내미는 통에 그녀의 몸이 순간적으로 절벽으로 쏠렸다.

"어맛!"

순간 남궁우의 억센 손이 재빨리 그녀의 허리를 낚아채 절벽 뒤로 잡아당겨 내동댕이쳤다.

"너 먼저 죽고 싶으냐!"

그는 화가 잔뜩 난 목소리로 버럭 소리 질렀다. 제 때 잡지 못했더라면 그대로 추락했을 상황이었다. 남궁화도 놀랐는지 아무 말도 못하고 구석에 쭈그리고 앉았다.

잠시 후에 사람의 모습이 보였다.

"몹시도 네 녀석이 보고 싶은 모양인지 네 신랑이 제일 먼저 올라오는구나."

"흑!"

그 말에 남궁화는 끝내 눈물을 쏟았다.

조금의 시간이 더 흐른 후에 무영이 먼저 절벽 위에 도착했다.

떨어질 뻔했던 남궁화는 그사이를 참지 못하고 다시 조바심을 내며 절벽을 내려다보며 발을 구르다가 무영이 올라오자 그대로 품에 안겨서 눈물만 펑펑 쏟아냈다.

뒤를 이어 남괴와 북괴, 그리고 마지막으로 호소가와가 올라왔다.

"엉엉, 그러게 내가 따라오지 않았으면 어쩔 뻔했어요? 엉엉엉."

한동안 울기만 하던 남궁화가 마치 화풀이라도 하듯 무영의 가슴을 주먹으로 치며 말했다.

"미안해, 다시는 그런 소리 하지 않을게."

무영은 남궁화를 꼬옥 안은 채 한동안 그렇게 서 있었다.

"빨리 어디 가서 돼지 한 마리 잡자구."

남괴가 올라와 가장 먼저 꺼낸 말이었다. 그는 정말 고기가 먹고 싶었다.

제9장 남해대전

농가에서 기다리던 중대도를 만나 해구항으로 다시 돌아온 것은 그
로부터 닷새가 지난 후였다. 그들은 해남도에 들어왔을 때와 마찬가지
로 어선을 한 척 사서 동해로 나와 곧장 남사도로 향했다.

남사도에 도착한 무영은 각 섬의 모든 병력을 모아 삼십여 척이 넘
는 대선단을 만들어 해전 연습에 들어가는 한편 대주도 부근으로 어선
을 가장한 정찰조를 보내 대략적인 출발 시기를 탐색했다.

"안 죽고 살아왔다더냐?"

남해대왕은 가슴이 콱 막혔다.

"정말 뭐라고 표현을 해야 할지… 드릴 말씀이 없습니다."

"알고 보니 해남도의 해적 놈들도 별게 아닌 모양입니다."

"당분간 입장 표명을 유보하시는 것이……."

“모두 저희들의 불찰입니다. 근신하겠습니다.”

남해대왕 앞에 사대천왕은 머리를 땅에 조아리며 무영이 살아서 돌아온 것이 마치 자신들의 잘못인 양 죄스러워했다.

‘하늘도 무심하시지……’

그동안 남해대왕은 하루도 거르지 않고 치성을 드렸었다.

물론 대외적으로는 무영의 안전과 섬의 평화, 그리고 주민들의 소득 증대를 위한 기원이었다고 공표했지만 그 치성에 담은 그의 진실된 염원이 무엇인지 모르는 사람은 없었다.

‘그래, 나를 잡아먹어라.’

남해대왕은 자포자기의 심정이 되어 마중도 나가지 않았다.

무영 일행이 돌아오자 남해대왕은 지병이 도졌다며 자신의 처소에 자리를 깔고 누웠다.

‘빌어먹을 놈, 그곳에서 뒈지지 어떻게 살아와 가지고는. 휴, 해남도에도 제대로 된 인재는 없는 모양이구나. 대체 저놈의 천적은 어디 처박혀 있는 거야?’

호소가와를 해남도에 넘긴 것이 발각난 마당이라 무영을 마주 대하는 것도 껄끄러웠다. 무영이 제멋대로 병력을 뽑고 선단을 훈련시키고 하는 것들을 은밀히 보고는 받고 있었지만 감히 나설 형편은 되지 않았기에 아예 드러누워 버렸다.

‘에이구, 내 신세야.’

보고만 있자니 섬 주민들에 대한 체면이 말이 아닌 것은 물론이고 복장이 터지고 썩어 문드러질 것 같아 푸념만 나왔다.

다행히 무영이 그를 찾아오지는 않았는데 며칠이 지나자 정말 몸살이 나버렸다. 시중을 드는 하녀를 통해 흘러나온 은밀한 얘기에 의하

면 그의 증세는 특이했는데, 일반적인 증세가 아니라 혼자 알 수 없는
말들을 중얼거리며 이빨을 갈고 떤다는 것이었다.

대주도.
해남도 동남쪽 끝자락에 붙어 있는 조그만 섬이었다.
섬에는 수백 개의 군막들이 열을 지어 놓여 있었고 각종 무기로 무
장한 병사들이 마치 실전을 방불케 하는 훈련에 열중하고 있었다.
조그만 야산 위에서 그런 광경을 내려다보고 있는 일단의 무리들 중
가장 앞에 선 사람은 해남파 장문인 요조은이었다. 그는 만면에 흐뭇
한 표정을 띠고 병사들의 움직임을 하나하나 살폈다.
"어떠시오? 이만하면 총단에서도 크게 만족할 것 같은데."
그는 뒤도 돌아보지 않고 말했다.
"의외로 묘인들이 많이 모였군요. 그동안 해남도에서 모집해서 육로
로 나누어 보낸 병력도 일만은 족히 되니 총 사만은 모병하신 셈입니
다. 더구나 이런 대병의 수송 준비를 완벽하게 하셨다니 요 장문인의
뛰어난 능력에 그저 감탄할 따름입니다."
"으핫핫핫! 너무 분수에 넘치는 칭찬에 이 요조은이 몸 둘 바를 모르
겠소이다."
듣기가 싫지는 않았던지 요조은의 얼굴이 환하게 펴졌다.
"교주님께서는 해남도에서 출발한 병력이 영파를 지날 쯤에 거병하
실 계획입니다. 그러니 온주 앞바다를 지날 때 연락선을 분타로 보내
그곳에서 전서구를 날리면 됩니다. 전서구가 총단에 도착할 즈음에는
대략 수송선들이 영파 앞을 지날 때가 될 것입니다."
요조은의 뒤에 서 있던 흑의인이 말했다.

"내일 새벽 출발할 것이오. 배 한 척에 평균 오백은 태울 수 있을 것 같으니 삼아항에 정박해 있는 수송선단과 근처에 흩어놓았던 선단을 합쳐 육십 척이면 충분할 게요. 만독신군, 자네도 그 배를 이용해 같이 가는 것이 어떻소?"

"저는 배에 익숙하지 않기에 묘강의 독인(毒人) 십여 명을 이끌고 육로로 가겠습니다."

"하하하, 천독대왕의 독술을 이어받아 천하에 무서울 것이 없는 당신이 배멀미를 겁낸다면 누가 믿겠소?"

"이유가 꼭 그것뿐이 아니고 별도로 지시받은 일이 있기 때문입니다. 해로(海路)로 무창을 가려면 시간이 많이 걸릴 것 같아 그렇습니다."

"아, 그렇소? 무창이라면 무림맹이 있는 곳이 아니오? 하기는 그곳도 이제 정리할 필요가 있겠지."

"듣는 사람이 많습니다."

만독신군이 얼른 주의를 주었다.

"내일이면 모두 떠나야 하오. 어차피 이제는 본 문의 제자들도 알아야 하니 대략 돌아가는 것은 말해 주어야 할 시점이오. 아무튼 주의는 하리다."

만독신군의 질책에 요조은은 괜한 간섭이라는 듯이 자못 불쾌한 기색을 감추지 않았다.

며칠 만에 돌아온 정찰조는 대주도 부근은 물론 항구 근처도 일반인이 얼씬하지 못할 분위기라고 전했다. 다만 사람이 별로 타지 않은 것으로 보이는 큰 배들이 항구 쪽으로 속속 집결하는 것이 보인다는 보고가 전부였다.

　무영은 선단의 훈련을 중지하고 해남도에서 중원으로 들어서는 바다의 길목을 지키기로 했다. 어차피 이 달이 다 가려면 며칠 남지도 않았으니 바다에서 수일만 기다리면 수송선을 발견할 수 있다는 생각이었다.

　그날로 무영은 바다로 나갔다.

　사방으로 정찰선들을 보내 사방을 감시하게 하고 바다 한가운데에 주력 선단을 대기시키고 있었건만 아무런 신호도 받지 못하고 있었다.

　이미 새 달이 시작되었건만 바다에는 간간이 오가는 상선들만 눈에 띌 뿐 특별한 움직임은 전혀 없었다.

　"이상하네. 그놈이 분명 그렇게 말하는 것을 동생도 들었잖아?"

　지쳐 가는 사람들의 은근한 눈총을 견디다 못한 남괴는 아무도 탓하지 않았는데 무영을 끌고 들어갔다.

　"누가 뭐래요?"

　무영도 이제 그만 철수를 해야 하나 하던 참이었다.

　펑! 펑! 펑! 펑!

　갑자기 동쪽으로 나갔던 정찰선에서 신호가 터졌다. 붉은 폭죽이 수도 셀 수 없을 만큼 하늘로 날아올라 어두워지는 바다를 밝히며 솟아오르고 있었다.

　"대, 대규모 선단이다! 놈들이야."

　남괴는 말까지 더듬으며 난간으로 달려갔다.

　"전투 준비!"

　무영도 급히 지시를 내리고 천리경을 들어 그쪽을 살폈다.

　"폭죽이 모두 몇 개가 터졌는가?"

천리경에서 눈을 떼지 않은 무영이 물었다.

정찰선이 수송선단을 발견하면 일단 뒤로 멀찍이 물러나 폭죽으로 신호를 보내게 되어 있었는데 세 척의 배마다 하나씩 붉은 폭죽을 터뜨리게 되어 있었다.

"열여덟이라고 합니다."

"오십 척이 넘어! 대박이다!"

무영은 자신이 있었다. 어차피 놈들의 주 목표는 수송이니 몇 척의 호위 전투함을 제외하면 모두 수송선일 것이 분명했다. 이쪽은 순수한 전투함만 삼십여 척이 넘으니 싸움의 결과는 뻔했다.

"정찰선들도 모두 소집하시오."

다섯 척의 전투함이 사방으로 정찰을 나가 있으니 죄다 불러 모아 전력을 극대화할 필요가 있었다. 무영의 지시에 신호용 폭죽이 하늘로 올라가 터졌고, 잠시 후 각 방향으로 나가 있던 정찰선들이 속속 본 함대로 집결해 왔다.

"선단의 속도가 그리 빠르지는 않아 반 시진 정도는 지나야 우리 선단과 만날 수 있을 것이라고 합니다."

호소가와가 보고를 해왔다.

"일단 더 북쪽으로 나가 중원으로 가는 길목을 지킵시다."

전략을 짜기 위해 모든 배의 선장과 간부들이 기함의 선실로 불려와 모인 자리에서 무영이 말했다.

"적선들의 수는 많지만 전투함이 아니라 수송선이 대부분일 것입니다. 호위함이 몇 척이 될지는 모르겠지만 다섯 척에서 열 척 사이가 되지 않을까 생각합니다."

호소가와가 말했다.

“내 생각에는 단 한 척의 호위함도 없을 가능성이 높소.”

무영이 나서며 말했다.

“예?”

의외의 말에 호소가와는 물론 좌중의 모두가 깜짝 놀랐다.

“생각해 보시오. 오십 척이 넘는 선단을 감히 누가 건드린다고 호위함이 필요하다는 말이오? 게다가 값나가는 보화를 운송하는 것도 아니고 죄다 병사들로만 채웠을 터인데 자살 공격이 아닌 다음에야 해적들이 미쳤다고 노리겠소?”

“흠, 그럴 가능성도 있겠군요. 제가 생각이 짧았습니다.”

호소가와는 그 말에 순순히 동의했다.

“게다가 오십 척 남짓인 선단에 삼만이 넘는 병력을 태우고 이동하려면 배 한 척에 육칠백은 족히 태웠다는 말인데, 호위함을 편성하면 함포며 포탄, 그리고 각종 무기를 실어야 하니 수송 능력이 삼 분지 일로 떨어지오. 열 척의 호위함을 편성하면 적어도 사오천, 다섯 척이면 이삼천은 족히 태우지 못하게 된다는 말이오. 험.”

자신이 생각해도 그럴듯한 추리였기에 헛기침까지 하며 힘을 주었다. 그 모습을 본 남괴는 배알이 틀렸는지 고개를 돌리고 콧구멍만 후볐다.

무영은 못 본 체 말을 이었다.

“거사를 일으키면 황도를 위협할 수 있는 가장 가까운 곳에 병력을 내리려고 할 터이니 그곳은 적어도 산동 이북이 될 것이오. 해남도에서 두 번에 실어 나르기에는 거리가 너무 멀기에 단 한 번에 병력을 수송해야 하니 그럴 여유가 없을 것이라는 말이지요. 나라면 아예 호위함대를 편성하지는 않겠소. 게다가 설마 우리가 수송선단을 노릴 것이라는 생각은 꿈에도 하지 못할 것이오."

무영이 부연 설명을 하자 모두 고개를 끄덕였다.

"일단 해전이 벌어지면 상대는 적극적으로 싸우려 하기보다는 배를 피신시켜 병력을 보존하는 길을 택할 것이니 가장 가까운 항구로 내빼려고 할 것이오. 공격도 중요하지만 퇴로를 차단해 포위망 밖으로 달아나지 못하게 하는 것이 무엇보다도 중요합니다."

무영은 좌중을 둘러본 후에 말을 이었다.

"전투함이 전혀 없다고 확신할 수도 없지요. 마주치게 되면 그 점을 먼저 확인해 발견 즉시 집중 포격을 가해 무력화시켜 아군의 피해가 없도록 해야 할 것이오. 가장 먼저 호소가와가 다섯 척을 이끌고 우측을 맡으시오."

그는 왕극아를 보며 계속 말했다.

"그대 역시 다섯 척을 이끌고 좌측을 맡는다. 지난번처럼 실수하지 않도록 해라."

그 말에 왕극아가 얼굴을 붉혔다.

"나는 보선 세 척을 이끌고 중앙을 공격할 것이오. 북사도주가 다섯 척을 이끌고 호소가와의 뒤를 따르며 적선들의 이동 방향을 사전에 감지해 재빨리 적선의 앞길을 막아 퇴로를 차단하시오. 서사도주 역시 북사도주와 마찬가지로 왕극아 뒤를 따르다가 그렇게 하시오. 마지막으로 포위망을 뚫고 달아난 놈들도 모두 잡으려면 그들이 도주할 목표로 하는 곳을 알아야 하오. 이 근방을 잘 아는 중대도를 오라고 하시오."

잠시 후에 중대도가 불려왔다.

"병력을 내릴 곳은 양강항(陽江港)밖에 없습니다. 오문은 너무 멀고 해남도로 배를 되돌린다면 속도가 현저하게 떨어질 터이니 그리로 가려고 하지는 않을 것입니다. 이 근처에서 반나절이면 충분히 갈 수 있는 거리입니다."

"흠, 됐어요. 그 정도면 충분합니다. 남은 배가 모두 몇 척이오?"

"여덟 척입니다."

호소가와가 즉시 대답했다.

"이제 곧 만날 때가 되었소. 남은 여덟 척 중 네 척은 적들이 정면 돌파를 시도할 경우를 대비하시오. 나머지 네 척은 양강항으로 가는 길목을 지키라고 하시오. 특별이 지휘자를 두지는 않겠소. 각 배의 선장들의 재량에 맡기겠소."

선단의 배치를 마친 그는 잠시 말을 멈추었다. 이제 한 방 먹이는 것만 남았다. 결과는 각자가 얼마나 최선을 다했느냐에 달려 있다 할 수 있었다.

"그물망은 가능한 넓게 펼치시오. 수송선단을 공격할 때는 돛대를 먼저 불태워 달아나지 못하게 하는 것이 중요합니다. 그리고 공격할 때 적도들의 수송선과는 항상 일정한 거리를 유지하라고 하시오. 병력을 가득 실은 배에 바싹 붙었다가는 오히려 공격을 당할 우려가 있소."

'정말 우리 화아가 사내는 제대로 골랐구나. 대단해.'

남궁우뿐만 아니라 모두들 무영의 거침없는 지시에 놀라고 있었고 무영은 내심 그런 반응을 즐겼다.

멀리 왼편에 드문드문 모습을 보이는 뭍을 따라 북상하는 선단의 선두 배에는 해남파의 장문인 요조은이 타고 있었다.

그는 연신 심호흡을 했다.

항상 느끼는 것이지만 바다는 정말 넓었다.

떠날 때는 항구를 가득 메울 것 같은 기세였지만 일단 대해로 나오니 조각배 수십 척이 겨우겨우 몸을 가누며 떠가는 느낌이었다. 바다에 익숙하지 않은 묘족 병사들의 전투력 유지를 위해 선단은 그리 빠르지 않은 속도로 움직이고 있었다.

"허허허, 날씨가 맑아 그런대로 다행이오."

그는 반 걸음 뒤에 서 있는 맹초가 들으라는 듯이 그렇게 말했다.

"하늘도 장문인의 성공적인 출정을 기원하는 모양입니다."

맹초가 재빨리 한마디 거들었다.

그동안 사여검귀 임수의 그늘에 가려 빛을 보지 못했지만 임수가 죽은 지금 그는 해남파에서 요조은 다음 가는 실세로 떠올랐다.

"불귀곡에 가둬둔 놈들은 이상없겠지?"

그는 무영 등에 대해 물었다.

그동안 출정 준비를 하느라 미처 챙기지 못하다가 문득 생각이 난 것이었다.

"물론입니다. 본 문의 죄인이 되어 그곳에서 생을 마친 단운비 어른도 빠져나오지 못한 곳입니다."

비록 단운비가 죄인으로 몰려 불귀곡에 갇혀 죽기는 했지만 해남파의 제자들에게 있어 그는 해남파의 존재와 무공 수위를 중원에 널리 알린 영웅이나 다름없었다.

"허허허, 그렇지. 입구만 막히면 세상과 영원히 떨어지는 곳이 바로 불귀곡이지."

"절벽 위로 제자들을 보내 폭약을 떨어뜨릴까 생각도 해보았지만 앞으로도 불귀곡을 요긴하게 쓸 수 있을지 모른다는 생각에 그만두었습니다.”

“잘했소. 게다가 그곳은 단운비 어른의 무덤이나 다름없는 곳이오. 그곳을 폭파시키면 제자들의 반발을 살 우려도 있소. 어쨌거나 굶어 죽거나 늙어 죽거나 둘 중 하나겠지.”

“놈들은 나오는 순간 끝장입니다. 곡구에 수백 근의 화약을 묻어두었고 철시(鐵矢)를 준비한 궁수 오십과 만독신군이 오보무형독을 뿌려두어 해독약을 미리 복용하지 않은 자들은 다섯 걸음을 넘기지 못하고 쓰러질 것이라고 합니다. 독을 뿌린 그 이튿날 가보니 얼마나 독기가 강한지 근처 초목들이 모두 말라비틀어져 있었습니다.”

“후후후, 임수도 그걸 알면 편히 눈을 감을 게요.”

두 사람은 그런 얘기를 나누며 항해의 무료함을 달래고 있었다.

“전방에 세 척의 배가 오고 있습니다!”

돛대 위에서 천리경으로 전방을 주시하던 관측병이 소리쳤다.

단 세 척이라는 말에 두 사람은 덤덤한 표정이었다.

어제 하루만 해도 몇 척씩 지나치는 어선이며 상선들이 있기는 했지만 이 편의 선단을 확인할 정도의 거리가 되면 모두 꽁지가 빠지게 달아나곤 했었다.

“좌측에도 다섯 척의 선단이 오고 있습니다!”

관측병이 다시 소리 질렀다.

“오늘은 선단을 자주 만나는구려.”

요조은이 말했다.

“이 근처에서는 해적들 때문에 배들이 무리 지어 다니는 경우가 많다고 들었습니다.”

맹초가 말을 받았다.

“우측에 다섯 척의 선단 출현입니다!”

관측병이 다시 소리쳤다.

“흠, 그런가 보구려.”

요조은은 흥미진진한 표정으로 전방을 주시했다.

상대가 수십 척에 이르는 자신의 대선단을 발견하고는 놀라며 허겁지겁 뱃머리를 틀어 달아나는 것을 보는 것도 바다에 나온 이후에 갖는 작은 즐거움이었다.

멀리 작은 점들이 보였다.

‘이제 선수를 돌릴 때가 되었는데.’

밤도 아니고 날씨도 맑아 상대 선단의 관측자가 아무리 게으름을 피워도 이 정도 거리라면 전방에서 자신들의 배를 압도하듯 다가오는 대선단을 충분히 발견할 수 있는 거리였다.

‘허, 저놈들 봐라, 간덩이가 부은 게로군.’

두 선단의 거리가 가까워지며 까만 점들의 크기가 점점 커지고 있는데도 비켜날 생각을 하지 않고 앞으로 나오는 상대를 보며 요조은은 내심 흥미롭다는 생각마저 하고 있었다.

“좌측과 우측의 배들은 모두 전투함들입니다!”

관측병이 다시 소리쳤다.

“전투함?”

요조은의 안색이 굳어졌다.

“관선인가를 확인해라.”

이곳에서 전투함이라면 해적선이나 명나라 수군 소속의 관선들뿐인데 생업에 바쁠 해적들이 아무런 득도 없는 공연한 싸움을 걸 이유가 없으니 진로를 막아설 선단이라면 관선뿐이라는 생각이었다.

“혹시 정보가 새어 나간 것은 아닌가?”

“그럴 리가 있겠습니까? 그리고 이 근처 해안의 모든 병선들이 나선다 해도 저 정도의 규모는 되지 않습니다.”

명나라는 해금 정책의 후유증으로 수군이 현격하게 약화되어 있었다. 한때 환관 정화를 앞세워 동남해의 제해권을 장악했던 명의 수군이었지만 바다를 해적이나 왜구들에게 내어준 지 오래로 더 이상 명의 수군을 겁내지 않았다.

“관선 같아 보이지는 않습니다. 그런데 적선들이 포격 준비를 하고 있는 것 같습니다!”

관측병이 급박한 목소리로 소리쳤다.

“뭐라고? 천리경을 가져오너라.”

그 말에 요조은은 물론 맹초도 크게 놀라 허둥거렸다.

서둘러 가져온 천리경으로 전면의 배들을 관측하니 배의 규모가 자신이 타고 온 배의 두세 배는 족히 되어 보였는데 포를 장착한 것으로는 보이지 않았다. 그도 그럴 것이 무영이 제작한 세 척 보선의 함포는 옆구리의 포구를 개방하기 전에는 함포가 외부로 노출되지 않게 만들어졌기 때문이다.

“이놈이 헛것을 보았나?”

함포가 보이지 않자 그렇게 중얼거리며 이번에는 좌우측의 배들을 살폈다.

“아니, 저놈들이 감히!”

그 배들 위에서는 포탄을 발사할 준비를 마치고 사정 거리 안으로 들어오기만을 기다리고 있는 것이 보였다.

자신의 선단에도 전투함이 십여 척 이상 포함되어 일방적으로 당하고만 있지는 않을 것이지만 가능한 많은 병력을 수송하기 위해 중량이 많이 나가는 포신이며 포탄은 대부분 철거한 상태라, 전투함이라 해야 겨우 포 두 문 정도만 장착하고 있었고 포탄도 충분하지 않았다. 게다가 지금 저들과 전면 승부를 벌인다면 승패도 확실치 않거니와 대부분의 병사들이 물속으로 수장되는 것을 피할 길이 없었다.

문득 얼마 전에 멀리서 자신의 배를 따르며 관찰하다가 사라져 버린 배가 떠올랐다. 그때는 그저 자신의 대선단의 대단한 위용을 구경이라도 하려는 줄로 알고 내버려 두었었다. 물론 별도로 배를 내어 쫓을 만큼 한가하지도 않았다.

"어쩌면 좋겠소?"

그는 다급한 김에 맹초를 돌아보며 물었다. 하지만 맹초도 해전은 처음인지라 언뜻 적당한 대처 방법이 떠오르지 않았다.

"일단 배를 돌려 가까운 항구로 피항하는 것이 좋겠습니다. 뭍의 관군도 우리의 대병이 하선하면 감히 넘보지는 못할 것입니다."

"즉시 배를 돌려 최대한 빨리 가까운 항구로 이동하도록 해라!"

그 말에 선단은 서서히 방향을 바꾸기 시작했다.

이미 거리가 상당히 좁혀져 곧 폭탄이 날아올 것 같은 급박한 상황이라 그의 마음은 다급하기 이를 데 없었다.

"아니, 이놈이 빨리 돌리라는 데 왜 이리 늦장을 부리는 게야?"

배는 속도를 늦추어 마치 큰 원을 그리듯 서서히 돌고 있었기에 선장 놈이 염장을 지르나 싶어진 그는 허리에 찬 검까지 뽑아 들고는 얼굴을 붉혀가며 소리 질렀다.

"빠른 속도에서 급히 방향을 바꾸면 중심을 잃어 침몰할 우려가 많기 때문에 어쩔 수 없습니다."

요조은의 흉흉한 기세에 행여 칼바람이라도 맞을까 겁이 난 고참 선부 하나가 급히 대답을 했다. 그는 갑판에서 선부들을 독려해 돛의 방향을 지휘하던 중이었는데 검을 뽑아 휘저으니 덜컥 겁이 났는지 말소리도 무척 빨랐다.

그 말이 요조은을 더욱 열받게 했다.

"이놈아, 그 사실을 왜 진작 말하지 않았냐!"

그랬다면 차라리 덩치만 컸지 무장이 빈약해 보이는 전면의 배로 돌진해 가는 편이 나았을 것이라는 생각에서였다.

'이 자식아, 니가 물어나 봤냐!'

고참 선부도 속에서는 열불이 터졌다.

묻지도 않은 말에 자신 같은 말단이 어떻게 감히 끼어들어 주절거린단 말인가? 그랬다가 행여 '내가 그것도 모르고 지시를 내리는 줄 아느냐?' 하는 말이라도 들으면 그 순간은 그냥 넘어갈지 몰라도 후에 그의 제자들에 의해 장문인에 대한 불경죄로 요절이 날 수도 있었다.

"그럼 곧장 나갈까요?"

그는 아직 배가 완전히 방향을 바꾸려면 한참을 더 돌려야 하기에 그렇게 물었다.

"그냥 전진한다."

요조은의 생각으로도 그 편이 나을 것 같았기에 그는 다시 전진 명령을 내렸다.

"흠, 다시 앞으로 오는데요."

무영이 천리경을 통해 계속 상대의 동향을 관측하며 말했다.

"처음부터 방향을 틀지 말았어야 했습니다. 사실 저라면 정면 돌파를 시도했을 것입니다. 이런 상황에서는 설령 전방을 막고 있는 배들이 중무장하고 있는 것을 알았다 해도 그 방법이 가장 피해가 적습니다. 저렇게 선단이 몰려 있을 경우에 함부로 방향을 바꾼다면 우군끼리 부딪쳐 침몰하는 배도 생길 수가 있습니다. 게다가 배가 선회에 들어가면 속도가 크게 떨어져 피해가 곱절로 늘어나지요.”

증대도였다.

그는 무영의 지시로 해전을 보좌하는 일을 맡게 되었는데 이십 년을 넘게 바다와 함께 살았다고 해도 과언이 아니기에 배에 관해 상당히 아는 것이 많았다.

서로 마주 보며 가는 상황이라 금방 거리가 가까워졌다.

“우리 선단을 조금 비스듬히 틀어 포구를 개방해야 할 시기입니다. 방향을 많이 틀면 옆구리를 받혀 침몰할 수도 있습니다. 사실 그래서 저는 이 배에 타고 싶지는 않았습니다. 호소가와 도주님이나 다른 도주님들의 배가 더 안전하거든요.”

증대도가 멋쩍은 미소를 띠며 말했다.

그는 전형적인 배꾼으로 무영보다 이십 년은 연상이기에 나름대로 편하게 대하고 있었다.

“그럼 그렇게 지시를 내리시오. 지금부터 당신을 본 선단의 중군으로 임명하니 이번 해전을 책임지고 승리로 이끌도록 하시오. 나는 구경이나 하리다.”

“옛?”

졸지에 선부 증대도가 기함의 사령관이 되어 해전을 치르는 상황이 발생했다. 그는 북사도 도주 휘하에 있던 자로 백호장에 불과했었는데 초고속 승진을 한 셈이었다.

잠시 당황하던 그는 이내 익숙하게 지시를 내려 배의 방향을 조금 튼 후에 함포 개방을 명했다.

중대도가 지휘해 본 경험이 있기는 하지만 기껏 부하 백여 명 정도가 고작이었는데 보함 세 척의 전체 인원은 천오백이 넘으니 부담이 가지 않는 것은 아니었다. 게다가 해적 생활을 하면서 숱한 싸움을 치렀지만 이런 큰 해전은 난생처음이었다.

하지만 그동안 북사도주 밑에서 중간 간부로 있으면서 자신도 총사령관이 되어 선단을 지휘하고 싶은 마음이 항상 있었기에 그간의 싸움이 끝났을 때마다 머리 속으로는 당시 상황을 꼼꼼히 생각하고 정리하여 자기 나름대로 대안을 생각하는 버릇이 있었다.

'그래, 오늘 한번 해보자.'

그는 내심 각오를 단단히 했다.

무영의 선택은 적절했다. 바다 싸움에 익숙하지 않은 그가 육전과 달리 여러 가지 요소를 고려해야 하는 해전을 지휘한다는 것은 오히려 싸움을 힘들게 할 수도 있었다. 일일이 물어가며 지시를 내리고 싶기도 했지만 그간 해남도를 다니며 중대도의 일 처리를 살핀 결과 말단으로 쓰기에는 아깝다는 생각이 있었다. 일단 맡기기는 했지만 마음에 들지 않으면 자신이 다시 개입할 생각이었다.

"발사!"

중대도의 입에서 싸움의 개시를 알리는 우렁찬 목소리가 터져 나왔다. 마치 수백 번의 싸움을 치른 백전노장과 같은 의연한 목소리였다.

'후후, 사람을 잘못 보지는 않은 게로군.'

천리경을 들고 전방의 선단을 주시하던 무영이 못 들은 척하며 미소를 지었다.

“아니! 저, 저, 저놈들이!”

요조은은 눈을 부릅떴다.

다가갈수록 앞을 막고 있는 세 척의 배들이 예상보다 엄청나게 크다는 생각에 은근히 정면 돌파가 잘한 결정인가를 되씹어보고 있었는데 별안간 옆구리에서 들창이 열리듯 수십 개의 포문이 열리며 포신들이 모습을 드러내는 것이 아닌가?

“함정입니다! 속았습니다!”

맹초도 크게 놀라며 소리쳤다.

“방향을 틀어라! 즉시 방향을 틀어라!”

쿵! 쿵! 쿵!

이미 늦었다.

거대한 함선에서 발사되는 포격을 시작으로 삼면에서 일제히 포격이 시작되었다. 포탄은 정확히 수송선들의 옆구리나 갑판 위에 떨어졌다.

쿵!

가장 앞서 있던 요조은의 배에도 포탄 한 발이 날아와 박히며 갑판 위에 커다란 구멍이 패었다. 배가 그 충격으로 휘청했다.

하지만 그것은 시작에 불과했다.

쐐애액!

매캐한 화약 내음과 함께 추진체로 화약을 매단 화전들이 돛대나 갑판으로 날아와 박히더니 이내 돛에 불이 붙어 타 들어가기 시작했다.

“왜 반격을 하지 않는 게냐?!”

자신이 타고 있는 배도 전투함이라 포가 준비되어 있다는 것을 알고 있는 요조은이 포를 거치하고 발사를 준비한 채 서 있는 포수들을 보며 닦달하듯 소리 질렀다.

"아, 아직 이 포의 사정 거리 안으로 들어오지 않았습니다."

포수들 중 하나가 파랗게 질린 얼굴로 대답했다.

그도 바다에서 여러 번 싸움을 해본 경험이 있는 포수였기에 머지않아 이 배를 포기해야 할 상황이라는 것을 예상하고 있었다.

'늦었어.'

가슴속에서 자라난 두려움이 빠르게 줄기를 뻗어 포수의 전신을 옥죄었다. 요조은이 검을 들고 설쳐 대기 때문이 아니었다. 지금 싸우는 곳은 달아날 곳이 없는 바다 한가운데였다. 바다에서 배가 침몰하면 그 배를 타고 싸우던 병사들은 갈 곳이 없었다. 못난 지휘관을 만난 잘못인지 전생의 업보 때문인지는 몰라도 어쨌든 선두에서 집중적인 포격세례를 받고 있는 이 배는 곧 침몰할 것이 틀림없었다.

쿵!

또 한 발의 포탄이 배의 옆구리에 박히자 급히 방향을 돌리며 회전하던 배가 휘청 하더니 겨우 자리를 잡고 부르르 떨었다.

"어이쿠!"

갑판에서 활이며 도검으로 무장하고 싸움을 대기하던 병사들이 그 충격에 여기저기에서 갑판 위로 나뒹굴었다.

"배, 배를 포기해야 합니다."

선장이 급히 요조은에게 달려와 말했다.

내심 예상하던 일이었지만 선장의 한마디는 모두에게 충격적이었다.

"그, 그럼 여기 타고 있는 사람들은 어, 어떻게 해야 하는가?"

"각자 능력껏 알아서 탈출하는 수밖에 없습니다. 대부분 빠져 죽어 물고기 밥이 되겠지요."

"너는 어떻게 하려는가?"

경험 많은 선장이 하는 대로 따라 하면 살아날 가능성이 더 높지 않을까 생각한 맹초가 물었다.

"저는 이 배와 목숨을 함께하렵니다."

선장이 결연한 표정으로 말했다.

'등신.'

요조은은 뭔가 기발한 대답을 기대하고 있다가 그 말이 끝나기 무섭게 고개를 돌렸다. 뒤를 돌아보니 호송선단은 그야말로 아수라장을 방불케 할 정도로 엉키고 있었다. 이미 십수 척의 배에 불이 붙었고 침몰해 가는 배도 적지 않았다. 바깥쪽 배들이 포탄세례를 피하려고 안으로 방향을 틀다가 수송선끼리 부딪쳐 침몰하는 광경도 눈에 들어왔다.

"배를 저쪽으로 몰아라!"

이미 돛에 불이 붙은 것은 알고 있었지만 그렇다고 넋 놓고 수장되기를 기다릴 수는 없었다. 십여 장 거리에 멀쩡해 보이는 수송선 한 척을 본 요조은이 그쪽을 가리키며 말했다.

'그래, 죽어가는 마당에 그 정도 소원이야.'

선장은 겨우 배를 틀어 그리로 움직여 갔다.

속도라고 할 것도 없이 그냥 파도에 떠밀리듯 가고 있었지만 일 장 일 장 간격이 줄어들었고 그에 비례해 배는 물속으로 잠겨가고 있었다. 배에 떨어진 포탄의 수만 해도 이미 십여 발 이상 되었고 곳곳에 난 포탄 구멍을 통해 물이 스며들었다.

일단 침몰이 확실시되자 선원들도 저마다 살 길을 찾아 물통이며 판자 조각이라도 구하느라 배에는 일대 소란이 일었다.

요조은의 눈에 물통 하나를 구해 안고 바다로 뛰어들려는 선부 하나가 들어왔다.

"물통을 이리 가져오너라."

목숨이 경각이니 들어줄 리가 만무했다. 그 선부가 못 들은 척 물통을 껴안고 바다로 뛰려는 순간 이미 눈치를 채고 재빨리 달려간 요조은의 검이 허공을 갈랐다.

"으악!"

등에 일검을 맞은 선부는 물통을 놓치고 난간에서 죽어갔다.

요조은이 잡은 물통을 바다에 멀찍이 던졌다.

"갑시다."

말과 함께 그는 경공을 전개해 훌쩍 바다로 몸을 날린 다음 물통을 밟고는 가볍게 건너편 배로 날아 내렸다. 그 뒤를 따라 맹초가 몸을 날린 순간 바다에 빠져 허우적거리던 선부 하나가 그 통을 움켜쥐고 헤엄을 쳤다.

'아니, 저놈이!'

몸이 허공에 떠 있는 순간이라 물통이 예상 지점을 멀리 벗어나면 맹초도 재간이 없었다.

"으악!"

맞은편 배에 먼저 도착한 요조은이 그 광경을 보고 날린 검이 선부의 등을 꿰었다. 통은 처음의 자리를 약간 벗어나기는 했지만 맹초가 감당하지 못할 거리는 아니었기에 겨우 건너올 수 있었다.

'치사한 놈들.'

무영은 천리경을 통해 그들의 짓거리를 낱낱이 보고 있었다. 생각 같아서는 중대도를 시켜 그 배를 짓이기라고 명하고 싶었지만 일단 맡긴 이상 그의 지휘권을 인정해 주어야 했기에 사소한 간섭으로 그의 기분을 상하게 하고 싶지는 않았다.

'그래, 기회가 왔어!'

중대도는 힘이 났다.

그는 상황에 따라 연신 지시를 내려가며 쉴 새 없이 포수들을 독려했다.

"우현으로!"

수송선단들은 포탄세례를 받아가면서도 선수를 양강항 방향으로 틀어 달아나기에 안간힘을 다하고 있었고 중대도는 그 길목을 차단하기 위해 최선을 다했다.

수백 발의 포탄이 끊임없이 목표물을 향해 날았지만 수송선단들은 살 길은 하나라는 식으로 아예 대응을 포기하고 달아나는 것에만 열중했다. 뒤에 남아 처지는 배에 탄 병력들은 아랑곳도 않고 제 살 길을 찾아 달렸기에 선단의 절반은 여전히 숨을 이어가고 있었다.

"저놈은 끝까지 잡아야 하는데."

"맞는 말이다. 니 마누라가 아니었으면 불귀곡 안에서 늙어 죽을 뻔 했지 않느냐? 당연히 대가를 치르게 해야지."

남괴도 천리경에서 눈을 떼지 못하고 요조은과 맹초의 움직임을 살피고 있었다. 그들은 자신이 탄 배가 침몰 위기에 놓이면 무슨 재간을 부려서라도 다른 배로 옮겨갔기에 아직까지 살아 있었다.

아무리 포탄을 쏟아 부어도 워낙 대함대이다 보니 이미 호소가와의 저지선마저 뚫렸다. 이십여 척의 수송선들은 끝까지 살아남아 항구를 향해 달리고 있었다. 사전에 배치된 마지막 저지조인 함선 네 척이 앞을 막고 있기는 하지만 그 정도의 화력으로는 전속으로 달아나는 수송선단을 대여섯 척 정도밖에 잡기 어려울 것이었다.

이미 저 멀리에 항구가 보이는 상황인지라 그곳에서도 충분히 포성을 들을 수 있을 정도로 가까운 거리였다.

"아무래도 다 잡기는 어렵겠습니다."

보선 세 척의 지휘를 맡은 중대도가 무영에게 다가와 말했다. 코앞이 항구니 그런 상황을 예측하기란 어렵지 않았다. 그는 마치 자신의 잘못인 양 사죄했다.

수송선단의 수가 너무나 많았기에 포탄의 소모도 극심해 이미 바닥을 드러내는 처지라 더 이상 적선에 타격을 주기도 쉽지 않았다. 아군의 피해를 염려해 적당한 거리를 유지하도록 명을 받았기에 함포나 강궁을 제외한 무기는 쓸 수도 없는 상황이었다. 화살의 사정 거리 안으로 배를 접근시켰다가는 탑승 인원이 훨씬 많은 수송선들에게 오히려 당할 가능성도 있기에 내린 명령이었다.

"살려고 저리 애타게 달아나는 데야 어쩌겠소? 하지만 대선단 가운데 겨우 열 척이 살아남을 것으로 보이니 그만하면 대승이라 할 수 있소. 끝까지 최선만 다하시오."

무영은 그렇게 위로를 해주었다.

그의 말에도 죄송스러운 얼굴을 하고 있던 중대도의 표정이 갑자기 밝아졌다. 기막힌 생각이 떠오른 것이었다.

"그대로 뚫고 지나간다."

멀지 않은 곳에 양강항이 보였기에 이제야 놈들의 추격을 벗어났나 싶어 숨을 돌리려는데 앞을 막아서는 네 척의 전투함을 보고는 기가 질렸다. 더 이상 선택의 길은 없었다.

"용의주도한 놈들!"

요조은의 눈에서 불꽃이 일었다.

또 몇 척을 헌납해야 할 판이었다. 마음 같아서는 네 척을 수장시켜 분풀이라도 하고 싶었지만 뒤를 쫓아오는 삼십여 척에 이르는 적선들을 생각하니 그럴 수도 없었다.

맹초도 망연자실한 표정이었다.

위풍당당하게 해남도를 출발한 수송선단이 이틀을 넘기지 못하고 동해 앞바다에서 지리멸렬, 이제는 겨우 십수 척의 배만 꼬리를 보이고 달아나고 있었다.

"적장은 모르는 놈이던데?"

요조은도 천리경으로 적선의 지휘관을 살폈지만 아는 얼굴이 아니었기에 하는 말이었다.

"아마 장무영이란 놈의 부하들이 아닌가 싶습니다. 우리가 놈을 잡아둔 것에 대한 보복으로 공격을 해온 것으로 보입니다."

"맹 호법도 그렇게 생각하시오?"

요조은도 같은 생각이었기에 하는 말이었다.

"대사를 앞두고 해적 나부랭이를 건드린 것이 실책이 아니었나 하는 생각이 드는군요."

"음, 공연한 짓을 했소. 차라리 호소가와란 놈을 구해가게 내버려 두는 편이 나을 뻔했소."

후회는 아무리 빨라도 늦는 법이었다.

막아선 네 척의 전함에서 연신 포탄을 쏴댔지만 아예 선단 중심의 배로 옮겨 탄 그들이었기에 포탄이 거의 날아들지 않아 크게 신경을 쓰지 않고 있었다.

"허, 이런 낭패가 있나? 대체 뭐라고 보고를 한다는 말인가?"

그의 눈앞에서 다시 두 척의 배가 달아나지 못하고 서서 포탄세례를 받고 있었다. 배 안에 탄 병사들이 침몰을 예상하고는 앞 다투어 바다로 뛰어들고 있었지만 그런다고 살 수 있는 것은 아니었다.

"뿌드득, 장무영, 이노─옴!"

"일단 해남도로 돌아가 불귀곡에 불부터 질러 놈들을 몽땅 태워 죽여 분풀이라도 해야겠습니다."

맹초도 기분이 엉망인지라 그렇게 말했다.

남은 병사들이라야 기껏 일만도 되지 않았고 그나마 배가 항구에 도착할 때까지 또 몇 척이 가라앉을 터이니 얼마나 살아남을지도 몰랐다. 몇 천의 병력을 데리고 거사를 돕겠다며 가봐야 좋은 소리를 듣지 못할 터이고 거사가 성공해도 논공행상에서 몫이 크게 줄어들 것이 분명했다.

문득 만세야와 독대하던 그날이 떠올랐다.

"은밀히 대병을 준비할 수 있는 곳으로는 그곳이 적지야. 자네가 나를 도와주면 일인지하 만인지상의 자리를 주지. 그리고 앞으로 해남파 장문인은 대대로 무림맹주를 맡을 것이네. 십마의 무공도 모두 돌려주지."

만세야의 약속이었다.

이미 오래전에 준비된 거사이니 자신 때문에 연기하는 것도 쉬운 일이 아닐 것이라는 생각이 들었다. 이제 그 약속은 물 건너간 것이나 다름없었다.

'큰 질책이나 받지 않으면 다행이지.'

그는 일문의 지존답게 냉정을 되찾으려고 노력했다. 해남파의 제자들도 여러 척의 배에 나누어 타고 있었는데 그들에게라도 피해가 적었으면 하는 마음뿐이었다.

또 한 척의 배가 몇 발의 포탄을 옆구리에 맞아 바다 속으로 빨려들고 있었다.

그때였다. 뒤를 따르던 적함에서 불화살이 날아왔다.

"아니, 이놈들! 공격이 뜸해 무기가 바닥난 줄 알고 있었더니!"

그 광경을 지켜보던 요조은이 깜짝 놀라며 말했다.

그런데 자세히 보니 그것은 창끝을 제거하고 그곳에 기름먹인 헝겊을 달아 불을 붙인 것이었다. 놈들은 필시 그것을 대형 쇠뇌에 장착해 발사하고 있는 것이 분명했다.

그것은 주로 돛만 노렸는데 삽시간에 돛에 불이 옮겨 붙은 몇 척의 배가 속도를 내지 못하고 집중적인 포탄세례를 받고 있었다.

"모두 힘내라! 항구가 바로 저기 있지 않느냐!"

요조은과 맹초가 연신 소리를 질러대며 선부들을 독려했지만 그들이라고 최선을 다하지 않는 것은 아니었다.

"허, 대단한 생각이오!"

무영이 병사들을 독려하고 있는 중대도를 보며 들으라는 듯이 큰 소리로 말했다. 대형 쇠뇌에 창을 쏘아 보낸다는 생각은 정말 효과 만점이었다. 게다가 지금은 다른 배에서도 이쪽 배는 무슨 무기가 아직도 그렇게 남았나 하고 천리경으로 살피다가 그 광경을 보고는 모두 따라 했기에 적선들 대부분이 순식간에 화염에 휩싸여 있었다.

"발사!"

그 소리를 들었는지 명령을 내리는 중대도의 목소리에 더욱 힘이 들어갔다.

〈제6권 끝〉

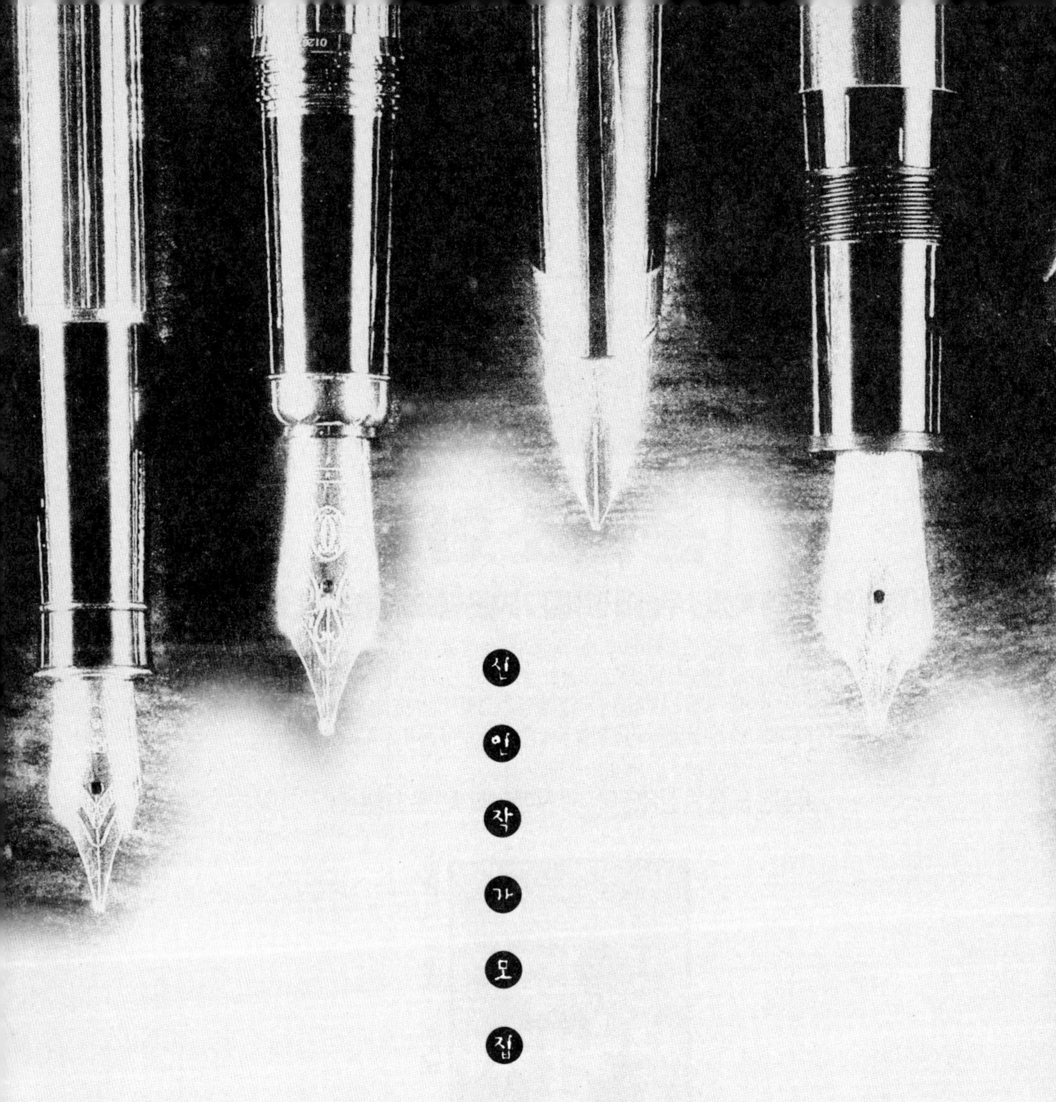

신

인

작

가

모

집

시작이 반이라고 했습니다.
작가의 길에 대한 보이지 않는 벽을 과감히 깨뜨리십시오!
청어람은 작가 지망생 여러분들의
멋진 방향타가 되어드리겠습니다.

저희 도서출판 청어람에서는
소설 신인 작가분들을 모집합니다.
판타지와 무협을 사랑하시는 분들의 많은 참여를 바랍니다.
소정의 원고(A4용지 150매)를 메일이나 우편으로 보내주시면
검토 후 출판 여부를 알려드리겠습니다.

주소:경기도 부천시 원미구 심곡1동 350-1 남성B/D 3F 우편번호420-011
TEL:032-656-4452 · FAX:032-656-4453
http://www.chungeoram.com
e-mail:chungeoram@chungeoram.com